소설가의 변명

소설가의 변명

ⓒ김도언 2015

초판 1쇄 발행 2015년 5월 15일

지은이 김도언

펴낸곳 도서출판 가쎄 [제 302-2005-00062호]

주소 서울 용산구 이촌동 302-61
전화 070. 7553. 1783
팩스 02. 749. 6911
인쇄 정민문화사

ISBN 978-89-93489-47-7

값 13800원

www.gasse.co.kr

김도언 산문집

소설가의 변명

gasse·가쎄

차례

작가의 말

1.

나는 어릴 때부터 경쟁하는 것을 좋아하지 않았다. 누가 나를 다른 사람과 견주는 것도 싫어했고 나도 그렇게 하지 않았다. 이기고 앞서 가라면서 줄을 세우는 제도권 교육이 정말 싫었고 당연히 줄을 서지도 않았다. 문학의 길에 들어선 이후에는 나의 이 같은 풍속이 더욱 확고해졌다. 나는 내가 참여하는 일에서 1등, 베스트원이 되는 걸 한 번도 원했던 적이 없다. 나는 동료 작가나 시인의 작품보다 좋은 작품을 써야겠다는 생각을 하지 않았고, 다만 내 고유한 세계를 만들어나가는 일에 집중했다. 내 목소리와 색깔을 어떻게 낼 것인가, 이것만이 내 관심사였다. 그러면 되는 것이라고 생각했다. 그런데 지금 세상은 모든 것의 서열을 나누고, 그 서열에 따라 이익을 분배하고, 그 이익 앞에서 굴종을 강요하고 있다. 예술계도 문학판도 예외는 아니다. 소위 말하는 좌도 우도 크게 다르지 않다. 소설가로서 나는, 이 제도화된 생태계의 폭력적인 구조, 미친 시스템을 묘사하는 데 내 문학을 사용해야겠다는 생각을 해왔다. 욕망, 위선, 위계, 지배, 해방. 이런 것들이 나에게는 가장 근본적인 탐구 대상인 것이다. 평소의 내가 현실정치나 현안에 대해 비교적 거리를 두는 것은, 그것에 대해 발언하는 것은 나의 몫이 아니라고 생각하기 때문이며, 내가 아니어도 나보다 그런 일을 잘할 사람들이 있다고 믿기 때문이었다.

2.

이 책에 모인 글들은 한국일보에 2012년 겨울부터 2014년 가을까지 2년 가까이 연재했던 것들이다. 소설가로서 내 눈에 들어오는 세계의 다양한 형태와 그것을 받아들이는 내 심상을 묘사한 것이었는데, 그것은 하나같이 내 사유와 감각의 첨단을 찾아 표현하려는 열정의 소산이었다. 그러다 보니 형식과 내용이 다양해질 수밖에 없었는데, 어떤 경우에는 에피소드의 형태를 띠기도 하고, 흐릿한 관념이나 몽상적

에피그램의 형태를 띨 때도 있으며, 때로는 견고한 주장이나 선언의 목소리를 가지기도 한다. 나는 이런 것들이 포괄적인 의미에서 '변명apologia'이라고 보았다. 내가 지금 여기에서 이렇게 살고 있다는 실존적 변명 말이다. 그런데 이 변명은 필연적으로 당신의 추궁을 요구하는 것이다. 나는 독자인 당신의 추궁이 필요하다. 그래서 내가 더 적극적으로 변명할 수 있기를. 그리하여 이 세계가 당신의 추궁과 나의 변명으로 가득 차기를. 그 문답의 행간에서 이 세계가 비로소 완성되기를 바라는 것이다.

3.

간밤부터 비가 내린 모양이다. 우리 집에서는 다행히 빗소리가 잘 들린다. 비가 제법 오면 물 흐르는 소리, 그러니까 빗물이 돌계단을 흘러내리는 소리까지 들린다. 왜 빗소리 얘길 하냐면, 요즘 나에게 큰 위안이 바로 빗소리이기 때문이다. 일종의 씻김을 받는 기분이랄까. 깊이 스미기 위해 빗물이 아래로 아래로 흐르는 것처럼 나는 좀 더 나의 내부로, 내 고유한 세계로 돌아가야 하리라. 세상에 고개를 함부로 내밀었다가, 보지 않아도 좋을 것만 보는 경우가 많았다. 나는 좀 더 근본적인 세계의 창을 열어야 한다고 생각한다. 바로 지금부터 말이다.

4.

감사를 드리는 것으로 이 글을 맺고 싶다. 어수선한 원고를 귀한 책에 담아주신 gasse 김남지 대표님과 미지의 독자께, 그리고 내 삶의 허기와 욕망을 송두리째 돌아볼 수 있는 절대적인 적막을 허락해준 K에게 특별한 감사를 드린다.

2015년 봄, 새절에서 김도언

데카당스 문학

　백치, 타락론 등의 작품을 쓴 일본 소설가 사카구치 안고의 책을 들여다보다가 문득 이런 생각이 들었다. 우리나라에는 왜 데카당스 문학이라는 것이 없을까. 그런 자문이 들고 보니 정말 데카당스 문학이 존재하지 않는 우리 문학의 현실이 좀 이해가 되지 않았다. 인간의 퇴폐와 사회의 타락성을 깊이 조응시키는 데카당스 문학에 대해 내가 떠올릴 수 있는 우리나라 작가는 이제하 선생과 윤후명 선생 정도다. 두 분의 어떤 작품들은 일본에서 데카당스 문학을 보여준 사카구치 안고 등 무뢰파 작가들 못지않게 깊고 적나라하다. 그 세계는 선명한 이색(異色)이었다. 그런데 그것뿐이다. 데카당스 문학은 이후에 계승되지 않았고, 평가하는 사람도 없었으며, 그래서 거기에서 끊긴 느낌이다. 과거에 이상 같은 작가, 그리고 전후 손창섭 같은 작가들의 작품에서 허무주의 깊은 냄새가 배어나는데, 그것은 일제 치하라든가 전쟁 직후라는 특수한 역사적 사정과 맞물리는 것이었다. 진정한 데카당스 문학은 삶의 보편적 상황에서도 충분히 인간과 세계의 비참함을 발견하고 그것을 깊고 낮고 무거운 언어로 표현할 수 있는 것이리라. 우리나라처럼 해서는 안 되는 게 많고, 도처에서 모독과 수치의 세례가 벌어지고, 곳곳에서 권력과 돈의 다툼이 벌어지고, 부조리한 욕망과 불량한 연애가 끊이지 않는 땅에서 데카당스 문학이 없다니. 우리 문학이 왜소하다는 지적에는 데카당스 문학의 부재도 한몫하는 것 같다.

스타의식

예전에 중고등학교 다닐 때에도 반에 그런 친구가 꼭 한둘씩 있었지만 지금도 주변에는 스타의식에 젖어 사는 이들이 있다. 이름이 널리 알려지고 인기를 얻은 사람이 스타의식에 젖거나 연예인병에 걸리는 것은 매우 자연스러운 현상이다. 그걸 비난할 수는 없다. 스타의식이나 연예인병은 일그러진 병리현상이라기보다는 인정욕망의 자연스러운 진화라고 볼 수 있다. 오히려 그걸 과도하게 비난하는 사람들에게서 심심찮게 비뚤어진 콤플렉스나 자기 투사를 보게 된다. 내 생각에 '스타의식'은 사랑과 동경의 대상으로 굳어진 자의식이 자기비판 능력을 의도적으로 망각할 때 나타나는 자기애를 가리키는 것 같다. 스타의식에 젖은 사람은 자신이 타자에게 무조건 이해되고 수용되어야 한다는 강박증 같은 걸 갖는다. 그것이 배반될 때 그는 깊이 절망하고 좌절한다. 톱스타들의 자살은 대부분 그런 맥락을 갖는다. 이와 반면 '연예인병'은 좀 더 낮은 차원의 감각적인 욕망을 갖는 것이어서, 자신의 일거수일투족과 동선과 근황을 다른 사람들이 궁금해할 것이라는 일종의 망상에 가깝다. 이 망상은 사실 근거가 희박한 경우가 많다. 그러니까 연예인병은 현시에의 욕망이 비정상적으로 발달한 사람이 갖는 자기환상과 비슷한 것이다. 매스미디어와 엔터테인먼트, SNS의 권위가 이상할 정도로 비대한 21세기 한국사회에서 스타의식과 연예인병은, 소설가나 시인, 그리고 대중문화 연구자들이 관심을 갖고 관찰하기에 꽤 흥미로운 새로운 형태의 주제임에 틀림없다.

깨달음과 즐거운 삶

삶이 퍽이나 진부하게 느껴질 때는 깨달음에 이르렀다는 현자와 성인들의 삶을 상상한다. 과연 그들이 말하는 '깨달음'이란 과연 무엇일까. 일체의 회의나 번민이나 고통이 없어진 상태를 가리키는 것일까. 크리스천이나 무슬림, 불교신자들에게는 참 미안한 말이지만 내 짧은 생각에는 이 세상에 '깨달은 자'는 존재하지 않았던 것 같다. 우리가 깨달은 자라고 말하는 이들은 깨달았다고 느낀 순간을 연장하고 지속시키는 능력이 뛰어난 자들을 가리키는 것 같다. 예수나 마호메트, 석가모니가 여기에 해당하는 사람들이다. 당신이나 나 같은 대부분의 범인은 무언가 깨달았다고 느낀 순간을 눈 깜짝할 사이에 놓쳐버리는 존재들이다. 그리고 그 빈자리에 불안과 공포와 질투와 욕망 같은 것들을 한가득 들여놓는 것이다. 그런데 다시 생각해보면, 이것은 쾌락의 원리를 따른 자연스러운 결과가 아닌가. 불안이나 공포나 질투 같은 것들이 가져다주는 번민은 분명 고통스러운 것이지만 즐거움 또한 주는 것이다. 어쩌면 사람이란 모든 걸 깨달아서 세상의 원리를 알아버린 재미없는 상태보다는 여전히 알 수 없고 여전히 알고 싶은 것들이 남아 있는 상태가 훨씬 더 재미있거나 살아 있다는 것을 체감시켜준다는 걸 알고는 의식적으로 깨달음의 상태로부터 달아나려고 하는 것인지도 모른다. 깨달음의 상태도 재미있을 수 있다는 것을 알려주기만 하면, 다시 말해 재미있고 쾌감을 주는 깨달음도 있다는 걸 알려주기만 하면 많은 이들이 깨달음의 상태를 오랫동안 유지하려고 할 것이다. 그걸 간파한 사람이 오쇼 라즈니쉬 같은 사람 아닌가. 이 글의 결론은 도대체 뭔가.

정의라는 장르

　어제 술자리에서 오랫동안 일본 문제를 공부하고 고민해온 선생님들 앞에서 나는 겁도 없이 이런 소리를 했다. 그것은 오래전부터 머릿속에 들어와 있던 생각이었다. "한일 간 역사인식의 문제가 고약한 것은, 거기에 국가의 위선이 개입되어 있기 때문인 것 같아요. 한국 정부가 가장 손쉽게 국민의 지지나 인기를 얻을 수 있는 방법은 일본과 각을 세워서 옥죄고 윽박지르는 것 아닌가요. 그러니까 우리 정부는 사실 일본이 위안부나 독도 문제 같은 역사적 혹은 외교적 사안을 우리의 요구대로 완전하게 청산해주는 것을 바라고 있지 않은 것 같아요. 만약 일본 정부가 우리의 요구를 100퍼센트 받아들여 역사적 과오를 사죄하고 보상하고 법적인 조치를 취해버리면 더 이상 우리 정부는 일본을 몰아세울 수 있는 명분이 없어지니까요. 우리 정부는 우파나 좌파 정권 할 것 없이 역사적 피해자로서 '요구하고 윽박지를 수 있는 수 있는 권리'를 계속 유지하면서 그것을 '전가의 보도'처럼 다음 정권에 물려주고 있는 것 같아요." 선생님들은 그냥 고개만 끄덕이셨는데, 나에겐 그것이 '그렇게 생각할 수도 있겠구나'라는 작은 동의의 뜻이라고 생각됐다. 부끄러워서 말해버린 것을 조금 후회했다. 내 생각에 오늘날의 정의는 실현되거나 구현되는 것이 아니라 그것을 전유하거나 선취한 세력에 의해 다만 표현되고 있을 뿐인 것 같다. 그렇다면 정의 역시 하나의 장르로 전락한 것이 틀림없다.

10대 가수

내가 어렸을 때는 '10대 가수' 라는 게 있었다. 연말에 방송국에서 그 해에 왕성한 활동을 하며 인기를 끈 가수 중 열 명을 선정해 성대한 가요제를 하면서 시상을 하는 것이다. 그 가요제는 '가수왕' 을 선정하며 대미를 장식하곤 했다. 언젠가부터 '가왕' 이라고 불리는 조용필은 거의 매해 10대 가수에 뽑혔다. 이 TV 프로그램에 사람들은 열광했다. 1년 동안 유행했던 노래를 한 자리에서 들으면서 슬펐던 기억이나 기뻤던 기억을 다시 한 번 복기하고 1년을 마무리하는 것이 의미 있는 일이라고 생각했기 때문인 것 같다. 확실히 음악에는 지나간 시간을 효과적으로 불러내는 향수가 들어 있다. 10대 가수 가요제가 또 인기를 끌었던 요인 중에는 열 명의 가수를 선발하는 기준이나 결과가 철저하게 비밀에 부쳐져 시청자들의 호기심과 궁금증을 유발했기 때문이다. 그런데 10대 가수라는 것이 어느 해부터인가 없어졌다. 10대 가수 가요제의 애청자였던 나는 속으로 좀 아쉬운 마음이 드는 한편 어떤 의미에서는 잘된 일인지도 모른다는 생각을 했다. 그 이유는 단순한데 10대 가수 가요제를 보고 10대 가수들의 노래를 따라 부르는 와중에서도 나는 늘 10대 가수에 뽑히지 못한 수많은 다른 가수들에게 마음이 쓰였기 때문이다. 그들은 10대 가수들이 화려한 무대에서 자신의 유행곡을 열창하고 있는 그 시간, 자신은 그 무대에 초대받지 못한 것을 자책하고 있지는 않을까. 정말 그렇다면 이 얼마나 우울하고 쓸쓸한 일인가. 이런 생각이 들어서 마냥 10대 가수가 부르는 노래가 흥겹게 들리지는 않았다. 서열화하고 순위를 매기는 문화는 궁극적으로는 없어지는 것이 좋을 것이다.

선출된 자와 감시자

직접선거가 민주주의 제도의 꽃이라는 말을 부인하지는 않겠다. 하지만 다소 엉뚱하고 시대착오적인 생각인지는 모르지만 지역구 국회의원은 말할 것도 없고 선출직 단체장, 공무원들이 어떤 의미에서는 임명직 단체장이나 공무원보다 권위적이고 독선적일 확률이 높을지도 모르겠다는 생각이 든다. 이들의 무의식 속에는 자기에게 표를 던진 시민과 주민을 자신의 팬이나 추종세력 정도로 생각하려는 경향이 있는 것 같다는 말이다. 이것은 필연적으로 독선과 오만을 부른다. 공복이 되어 주민과 시민을 섬기겠다는 선거 전의 너스레는 말 그대로 쇼일 뿐이고 실제로는 '니네가 나를 좋아해서 나를 찍은 거 아냐? 그러니까 내가 뭘 해도 그냥 따라오기만 해.' 이런 마음을 가지고 있는지도. 임명직, 낙하산 말고 내부에서 꾸준히 승진해서 자리에 오른 이들은 그 과정에서 충분히 검증을 받고 또 내부 견제와 감시의 대상이 되면서 임명권자로부터 평가를 받아야 하는 자리이기 때문에 어쩌면 더 성실하게 일하고 철저하게 처신을 했을 수도. (실제로 임명직 공무원 중에 청백리로 부를 만한 사람들도 꽤 있었지 않나.) 그런 반면 선거로 단체장이나 국회의원으로 선출된 사람들은 유권자의 표를 부정한 권력 행사의 면죄부나 신임장 정도로 해석하고 부패하기에 십상인 듯싶다. 임기 동안 이런저런 부정으로 형사처분을 받은 선출직들이 얼마나 많나. 결론은 내가 지지하는 후보에게 투표해서 그가 단체장이든 뭐든 됐다면 그때부터는 오히려 두 눈에 불을 켜고 그의 감시자 또는 반대자가 되어야 한다는 얘기.

건강 강박

요즘, 구멍가게 대신 골목마다 들어선 편의점에서 일본 맥주를 엄청나게 할인해 판매하고 있다. 혹시 그것이 후쿠시마 원전 피폭과 관계가 있을까 없을까. 아무래도 관계가 있겠지. 난 대체로 신맛이 강하게 나는 일본 맥주를 별로 좋아하지 않는다. 그래서 원전 피폭과 관계가 있다는 가정에서도 자유롭다. 그런데 정말 관계가 있는 게 맞는다면 이건 윤리적으로 심각한 문제가 있는 게 아닌가. 그것과는 별개로 나 개인적으로는, 우리가 일상생활을 하는 동안 방사능에 오염될 가능성이나 그 위험보다는 전자파 노출이 훨씬 위험하다고 생각한다. 스마트폰과 각종 PC, 디지털 TV 앞에서 우리가 얼마나 많은 시간을 보내고 있는지를 생각해보면 내 말이 과히 틀린 말은 아닐 것 같다. 아이들에게 혹여라도 방사능에 오염됐을지도 모르는 음식을 피하려는 부모의 마음은 십분 이해한다. 후대에게 방사능에 오염되지 않은 국토를 물려주지 않으려는 우리 세대의 도덕도 다 좋다. 그런데 난 그냥 전자기기를 멀리하는 습관을 물려주는 게 훨씬 현실적인 배려라고 생각한다. 그리고 나는 이런 생각을 그냥 또 해본다. 건강과 보신에 대한 우리나라 사람들의 지나친 염려와 맹목은 그만큼 우리 사회에 정신적인 스트레스를 안기는 요인이 많기 때문이 아닐까 하는 것. 그래서 우리는 몸이 아프면 서럽게 느끼는 것이다. 이 이상한 나라에서 살아가려면 몸이라도 건강해야지. 비빌 데도 없는데 몸이라도 건강해야지 이런 심리의 일반화 아닐까. 그래서 뱀도 먹고 곰도 먹고 개도 살살 꼬셔 잡아먹는 거 아닌가.

여성 대통령

어딜 가나 대통령이 화제가 되고 있다. 대통령이 저잣거리의 화제의 중심이 되는 나라는 대체로 불행한 나라라는 생각이 든다. 우리나라처럼 정치평론가라는 직함을 가진 사람들이 바쁜 나라는 없을 것이다. 반대로 국민이 정치인의 이름을 모르면 모를수록 그 나라의 행복지수는 높을 것이다. 2012년 12월 대선에서 현 대통령이 당선되었을 때, 우리나라는 근대국가가 형성된 이래 한·중·일 동아시아 3국 중 제일 먼저 여자 국가수반을 가져본 나라가 되었다. 민주주의 시대의 최고 권력을, 인류 역사에서 언제나 약자였던 여자에게 부여했다는 것은 양성평등을 지지하는 사람이라면 충분히 자랑스러워해도 될 만한 것이었다(지구촌의 어느 구석에서는 간음한 여자를 여전히 돌로 쳐 죽이고 있다는 사실을 상기해보자). 그래서 나는 현 대통령에게 표를 던지지 않았음에도 불구하고 그녀가 꼭 성공한 대통령이 되어주길 바랐다. 그리고 그녀가 집권한 지 1년 반이 지났다. 그런데 나는 이제 그녀에 대한 기대를, 여자 대통령을 가진 나라의 국민으로서 가지고 있는 어떤 자부심을 버려야 하는 게 아닌가 하는 생각을 하고 있다. 자랑스러워해야 할 우리의 첫 번째 여자 대통령이 국민을 경원시하고 있다는 인상을 주고 있기 때문이다. 물론 이것은 섣부른 판단일 수도 있다. 여성성이 세계를 구원한다고 말했던 이는 괴테였다. 괴테의 말을 지금부터라도 박 대통령이 증명해준다면 얼마나 좋을까.

생태주의 운동

어떤 생태주의자들은 인간의 생명을 최우선의 가치로 여긴다. 그런데 진정한 생태주의자들은 인간의 생명을 최우선적인 가치로 삼으면서 벌어지는 폭력들을 반대한다. 그들은 인간의 생명을 위해 희생되는 동물이나 식물의 생명을 귀하게 생각한다. 모든 생명을 동일하게 중요하게 여기는 것이다. 우리나라는 하루에 42.6명이 자살로 삶을 마감하는 자살공화국이다. 1년이면 1만 5,000명이 넘는 사람들이 자살하는 것이다. 그런데 인간의 생명을 최우선의 가치로 간주하는 생태주의자들 중 일부는 자살이라는 이 심각한 사회적 질병에 대해 아무런 관심이 없고 오로지 후쿠시마 원전 사태 이후 일본이나 태평양 연안에서 잡힌 생선과 해물의 위해성을 공유하고, 나아가 원자력 발전소의 위험을 경고하는 데 열중하고 있다. 그리고 그들은 생산 비용이 막대해 경제적으로 소외된 이들에게는 돌아가지도 못하는 유기농업과 방사형 축산의 가치에 대해서 침이 마르도록 찬양하고 있다. 나는 그자들이 지금 이 시간에도 34분에 한 명씩 스스로 목숨을 끊고 있는 현실에 대해 적절하고 유효한 발언을 했다는 얘길 들어본 적이 없다. 대신 그들은 아직 눈에 보이지 않는 위험과 위협과 공포를 삶의 전선에 끌어들여 자신들의 신념을 보급하는 것에만 관심이 있는 듯하다. 생태주의 운동에 자살을 방지하는 근본적인 고민이 포함되면 좋겠다. 그럴 때 생태주의의 외연이 넓어지고 폭넓은 지지를 받을 수 있을 것이다.

담뱃값

요즘 담뱃값 인상이 화제인 것 같다. 현재 우리나라의 흡연율은 49% 정도로 OECD 국가 중에서는 꽤 높은 편이다. 흡연자들은 담뱃값 인상이 흡연율을 떨어뜨리는 데 별 효과가 없을뿐더러 정부의 재정을 담배에 매겨지는 세금 확충으로 메우려는 꼼수라면서 거세게 비판하고 있다. 과거의 경우를 보면 담배 가격이 올랐을 때 흡연율이 다소 떨어지는 경향을 보였으나 시간이 지나면 내성이 생겨 흡연율이 완만하게 회복하는 추세를 보였던 것 같다. 나는 담배를 끊은 지 벌써 16년 정도 되었는데, 그때만 하더라도 가장 인기 있는 담배가 한 갑에 600원 정도여서 흡연자들에게 별 부담이 없었다. 심지어는 '백자'나 '청자' 같은 200원짜리 담배도 있었다. 나는 사실 담뱃값 인상에 반대하는데 그 이유는 이렇다. 한국을 포함해 어느 나라든 고학력 고소득자들의 흡연율이 그렇지 않은 계층에 비해 낮다. 고학력, 고소득자들은 담배가 아니더라도 스트레스 관리나 기호를 소비할 수 있는 대안을 확보할 수 있고 건강에 대한 의식도 상대적으로 각성되어 있기 때문이다. 그런데 저학력 저소득자들은 담배 이외에 자신의 스트레스를 관리하거나 기호를 소비할 수 있는 대안을 갖기 어렵고 보건에 대해서도 무신경한 경우가 많아 흡연율이 높다. 사정이 이와 같아 담뱃값 인상은 저소득 소외계층을 압박해서 고혈을 짜내는 나쁜 정책일 가능성이 높다는 것이다. 이만하면 반대하는 이유로 충분치 않은가.

비관주의자

　세상과 타인에 대한 기본적인 태도에 따라 사람을 다소 거칠게 두 부류, 즉 비관주의자와 긍정주의자로 나누어보면 비관주의자는 인간의 선의를 믿지 않는 쪽이고 긍정주의자는 인간의 선의를 믿는 쪽을 가리키는 것 같다. 그것이 양자의 다른 점이다. 인간의 악한 의도와 악한 행동, 도덕적 타락을 비판한다는 측면에서는 비관주의자나 긍정주의자는 다르지 않다. 비관주의자든 긍정주의자든 나쁜 것은 나쁜 것으로 본다는 말이다. 그런데 비관주의자를 자처하는 나의 경우를 말하자면 나는 좀 독특한 비관주의자인 것 같다. 나는 인간의 선의를 잘 믿지 않는다는 측면에서는 다른 비관주의자들과 다르지 않지만, 인간의 악의나 악행 그리고 도덕적 타락에 대해서 다른 비관주의자들과 달리 훨씬 관대한 편이기 때문이다. 관대하다는 말을 좀 바꿔 말하면 나는 인간의 악의, 악행, 도덕적 타락에 대한 이해가 선의에 대한 이해보다 인간의 본질을 설명하는 데 훨씬 수월하고 유효하다는 판단을 하고 있다는 것이다. 이것 역시 비관주의자다운 것이겠지만 선의는 보통 위장되거나 왜곡되어 있기 쉽지만 악의나 악행은 있는 그대로의 것일 가능성이 크기 때문이다. 악한 의도와 악한 행동, 그리고 도덕적 타락에 대해서 관대한 것은 따뜻한 비관주의일까 아니면 긍정주의를 뛰어넘는 또 다른 차원의 긍정주의일까. 어쨌거나 나쁜 것들에게 관대한 시선도 필요하다고 나는 믿고 싶다. 따뜻한 비관주의자들에게 연대의 인사를.

지적 서사의 부재

맑스주의 철학자인 동시에 이론가였던 알튀세르의 자서전을 읽고 있다. '미래는 오래 지속된다'가 그것이다. 예전에 이미 읽은 것이지만 틈날 때마다 펼쳐보는 책이다. 알튀세르는 자신의 석사논문의 주제를 헤겔 철학으로 정한다. 논문 원고를 타이핑해준 이는 미래의 부인이 될 엘렌. 하지만 알튀세르와 엘렌이 행복한 결혼생활을 한 것은 아니다. 이들은 기질과 취향의 문제로 자주 부딪쳤고 불화가 깊어지자 엘렌은 차라리 알튀세르에게 자신을 죽여달라는 말까지 한다. 알튀세르 역시 심각한 분열증과 우울증을 앓고 있었다. 결국 알튀세르는 62세가 되던 1980년, 엘렌을 정신착란 상태에서 교살한다. 법원은 정상참작을 인정, 아내를 목 졸라 죽인 마르크스주의자에게 법적인 처벌 대신 감호 및 치료를 명령한다. 알튀세르는 이후 적극적으로 자신의 행위를 해명하는 글을 쓰고 독특한 위치에서 유럽 지성계에 영향을 미치는 연구 활동을 지속한다. 그리고 72세에 숨을 거둔다. 알튀세르를 파리고등사범학교에서 지도한 사람은 그 유명한 가스통 바슐라르다. 바슐라르는 알튀세르의 석사 논문에 10점 만점 중 8점을 주었다. 알튀세르와 그를 둘러싼 이야기들, 그의 동료 학자들과 스승들의 이야기는 그대로 20세기 인류의 지성사를 채우고 있다. 저쪽에서 저렇게 풍성한 지적 서사가 만들어지는 동안 우리 사회에는 이상하고 끔찍한 정치가와 신념가들의 병적인 오만만 가득했을 뿐. 슬프다.

리처드 브라우티건

자주 들여다보는 책 중에 '미국의 송어낚시'라는 소설이 있다. 작가는 리처드 브라우티건. 반항과 위반, 그리고 해방과 모험의 상상력으로 1960년대 히피 운동의 문학적 상징이 된 작가다. '미국의 송어낚시'는 시적 은유와 삶에 대한 깊은 통찰, 반성적 사유로 가득한 작품이다. 이 책은 200만 부 이상 팔렸고 리처드 브라우티건은 젊은 세대의 우상이 되었다. 매니저의 증언에 의하면 그가 샌프란시스코의 거리를 걸으면 수많은 젊은이가 순식간에 그를 에워쌀 정도로 그의 인기는 사회적 현상이었다고 한다. 하지만 그는 인기가 주는 중압감을 이기지 못했고 비평에 예민했으며 독자 수가 줄어드는 걸 점차 참을 수 없었다고 한다. 초창기의 예기치 않았던 성공이 독이 되었던 것일까. 말년에 발표한 작품들의 거듭된 실패로 인해 그는 극심한 좌절감에 고통스러워하다가 마흔아홉 살 되던 1984년 수렵용으로 쓰이는 44구경 매그넘 권총으로 자신의 머리를 쏴서 자살한다. 창을 열면 태평양이 보이는 숙소에서였다. 기계주의와 물질주의 비판을 통해 삶의 현실논리를 초월한 듯한 통찰과 예지를 보여준 작품과 현실적 삶에서 욕망과 소유의 불일치에 따른 고통에 시달리다 끝내 스스로 목숨을 끊은 작가의 삶. 이 첨예하고 극적인 모순 앞에서 나는 문학이 주는 영예가 사실은 저주와 한 몸이라는 것을 겨우 깨닫는다. 문학을 세상의 풍속에서 분리시키지 못하는 한에는 영영 그럴 것이다.

삶을 암시하는 태도들

당연한 말이겠지만, 우리는 세상의 모든 일을 최선을 다하거나 치열하게 할 수는 없다. 아니 그것은 불가능하다. 우리의 열정이나 재능은 한정되어 있고 시간은 언제나 부족하기 때문이다. 열심히 하지 않는 것을 무능하거나 부도덕한 일로 간주하는 세상의 윤리는 종종 폭력적이라는 인상마저 준다. 세상일 중에는 한눈을 팔면서도 얼마든지 할 수 있는 일이 있다. 예를 들면, 바나나 껍질을 벗기는 일이나 캔맥주의 뚜껑을 따는 일이 그렇다. 우리는 바나나 껍질을 벗기거나 캔맥주의 뚜껑을 따면서 TV를 볼 수도 있고 간단한 춤을 출 수도 있다. 이와는 달리, 세상일 중에는 무서운 집중력을 발휘해야만 가능한 일이 있다. 예를 들면, 벽에 못을 박는 일이나 멈춘 벽시계의 시침을 맞추는 일 따위는 집중하지 않고서는 훌륭하게 이뤄내기 어렵다. 그런데 한눈을 팔면서도 할 수 있지만 그렇다고 집중력을 갖지 않고서는 할 수 없는 이상한 일이 하나 있다. 그것이 바로 발톱 깎기이다. 발톱을 깎는 일은 우습게도 한없는 권태와 함께 냉정함과 치열함을 요구한다. 발톱 깎기를 가리켜 내가 이상한 일이라고 단정하는 가장 결정적인 이유는 그것이 부끄러운 일도 아니면서 자랑스러운 일도 아니고, 또는 부끄러운 일이기도 하면서 자랑스러운 일이기도 하기 때문이다. 게으름을 허락하면서도 집중력을 요구하는 발톱 깎기, 어쩌면 여기에 우리 삶의 태도를 암시하는 어떤 통찰이 숨어 있는지도 모른다.

승자와 패자

　내가 가장 불편해하는 부류의 사람은 남을 이기려고 작정한 사람이다. 그가 예수를 믿든 부처를 믿든, 마르크스주의자든 유교주의자든, 노무현교 신도든 박정희교 신도든 상관없다. 나는 남을 이기려고 작정한 그들을 당해낼 재간이 없다. 그들은 대체로 집요하면서 친절하고 이기적인데 역설적이게도 매우 의존적이기도 하다. 그들이 의존적이라는 말은 역설이 아닐 수도 있다. 왜냐하면 그들은 본질적으로 상대를 제압하는 데서 자신의 존재가 증명된다고 믿기 때문에, 대립항이 갖춰지지 않은 보편적 상황에서 독자적인 정체성을 갖는 것이 애초부터 불가능하기 때문이다. 남을 이겨야 자신이 증명되는 이 불구성을 나는 의존적이라고 표현한 것이다. 다시 한 번 말하지만, 내가 가장 불편해하고 두려워하는 사람은 권력을 가진 이도 아니고 지위가 높은 이도 아니고, 남을 이기려고 작심한, 혹은 남에게 지지 않으려고 작심한 사람이다. 권력이나 지위를 가진 부류는 세속적으로 타락할 수밖에 없는, 다시 말해 도덕적으로 궤멸할 수밖에 없는 자기모순을 안고 그것의 생리를 자기 것으로 받아들인 사람들(물론 예외는 있겠지만)이기 때문에 불편해하거나 두려워해야 할 까닭이 없다. 그들은 그냥 대놓고 경계하거나 비판하고 감시하면서 거리를 두면 된다. 하지만 상대를 이기려고 작심한 이들은, 대체로 그런 자신의 욕망을 드러내지 않고 은폐하면서(마치 누우나 가젤을 잡으려고 접근하는 사자처럼) 그렇지 않은 자의 표정을 짓는다. 그들은 그런 식으로 용의주도하게 상대를 피습하고 암살한다. 눈을 똑바로 뜨지 않으면 우리 곁에 숨어 있는 그 표정에 우리는 유혹당할 수밖에 없다. 그리고 슬프게 패배하고 죽는다.

갈비뼈의 희생

엊그제 저녁, 퇴근해서 밥 잘 먹고 샤워도 하고 화장실 청소도 하고 빨래도 걷고 하루를 무탈하게 마무리하는가 싶었다. 그런데 방심은 금물이라고 했던가, 마른 수건을 잘 개서 수납장에 넣기 위해 화장실에 들어서는 순간, 바닥에 남아 있던 물기에 미끄러지면서 크게 뒤로 넘어졌다. 과장하지 않고 약 30초간 숨을 쉴 수가 없었다. 몸이 상체부터 떨어지면서 오른쪽 등 뒤로 이어지는 옆구리가 문턱에 찍힌 것 같았다. 숨을 쉴 때마다 아프고 상체를 조금만 움직여도 통증이 엄습했다. 자연스레 갈비뼈 골절이 의심됐다. 이튿날 아침에도 통증이 여전하기에 병원에 가서 엑스레이를 찍고 의사의 검진을 받아보았다. 아니나 다를까 갈비뼈 두 개가 금이 갔다는 소견이 나왔다. 요즘은 엑스레이를 인화된 필름으로 보지 않고 모니터로 보는 것이 인상적이었다. 처방받고 주사도 맞고 약도 타왔다. 나를 위로하려고 그랬는지 의사분 말씀이, 갈비뼈는 금이 가든 안 가든 치료 방법은 다르지 않다고 말했다. 약 잘 먹고 무리하게 움직이지 않으면 조금씩 통증도 사라지고 회복이 된다고. 그런데 그 순간 엉뚱하게 갈비뼈라는 뼈에 대해서 상상하게 되었다. 다리나 팔에 있는 뼈는 몸의 구조를 이루는 것이지만 갈비뼈는 폐 같은 장기를 보호하기 위해 존재한다는 것. 그래서 그런가. 갈비뼈는 부러지거나 금이 가도 별다른 치료를 할 수 없다는 것. 어쩐지 갈비뼈의 희생정신이 거기에 있는 것 같았다.

문학과 시대착오

글을 쓰는 데 있어서 나는 비교적 유연하고 탄력적인 생각을 가진 사람이라고 스스로 생각하고 있다. 소설이나 시 같은 문학 본연의 장르를 특별히 편애하지도 않는다. 모든 글은 그 소여의 운명에 맞는 형식을 가질 수 있다고 믿는다. 그 내적인 동기를 따를 때 모든 글은 미학적 기품을 가질 수 있다. 사실 유연함이란 창조적인 일을 하는 사람에게는 필수적으로 요구되는 자질일 것이다. 나는 글을 쓰기 위해 작가가 된 것이지, 소설가와 시인이라는 이름을 얻기 위해 작가의 길을 가고 있는 것이 아니다. 나는 그저 매일매일 몇 줄의 글을 쓰는 것이 좋다. 작가의 사회적인 '하이어라키'를 염두에 둔다거나 문단 구성원들과 어떤 동류의식을 공유하기 위해 소설이나 시를 쓰지 않는다. 소설이나 시는, 내가 어떤 이야기를 하기 위해 내게서 우연히 고안된 그때의 형식일 뿐이다. 그것에 지나치게 의미를 부여하고 매이는 순간, 문학을 통해 자유롭고자 했던 정신은 오히려 문학의 억압을 받게 된다.

엊그제 술기운에 살짝 젖어 내가 믿고 아끼는 후배 시인에게 이런 메시지를 보냈다. 그 후배는 비교적 문단 내 여러 행사에 많이 관여하고 참석하는 편이다.

"활동이나 활약을 하지 말고 인사도 하지 말고 시로 가자. 넌 그걸로 충분해."

그 후배에게 내 진실이 어떻게 받아들여졌을지 모르지만 이 단문의 메시지 안에 문학에 대한, 문학을 하는 태도에 대한 내 고집스러운 생각이 담겨 있다. 내 생각이 어쩌면 시대착오적일지도 모르지만, 어떤 시대의 윤리나 표정은 마땅히 착오되어도 될 만한 것들이다.

말의 사회성

　'말'이라는 것은 그 사회와 시대의 산물이다. 당대의 요구에 의해 새로운 말이 탄생되기도 하고 소멸되기도 하는 것이다. 세대 차이라는 것은 사실 사용하는 어휘의 다름에서 가장 불거진다. 불과 5년 전에는 사용하지 않던 단어나 어휘를 일상에서 빈번하게 사용하는 경우를 우리는 흔히 볼 수 있다. 예를 들면 협업을 뜻하는 '콜라보'라는 단어와 화학적 궁합을 뜻하는 '케미'라는 말이 그것이다. 그것들은 주로 문화예술계 쪽에서 수입한 외국어에서 온 것들이다. 그런데 꼭 이런 외래어만 생활 속의 어휘를 증가시키는 것은 아니다. 잘 찾아보면 우리말을 결합시킨 재미있고 아름다운 어휘도 있다. 요즘 여기저기서, 그러니까 글이나 대화 속에서 자주 쓰이는 말 중에 '어마무시하다'라는 말이 있다. 순우리말인 어마어마하다와 무시무시하다를 결합시켜놓은 말임에 틀림없다. 누가 처음 이런 조합을 만들 생각을 했는지 모르지만 보면 볼수록 절묘하고 탁월한 조어라는 생각이 든다. 재미로 만든 말 같지만 내용과 형식을 완벽하게 통합시키고 있기 때문이다. 보통 크기나 양 같은 외형적인 '형식'에 대해 놀랍고 압도적이라는 뜻을 나타내는 형용사 '어마어마하다'와 질이나 성분 같은 '내용'에 대해 놀라움을 표현하는 형용사 '무시무시하다'를 결합시켜 공히 형식과 내용 양면에서 놀랍고 압도적이고 경이롭다는 의미를 모두 끌어안았으니 말이다. 국어사전에 등재돼도 손색이 없을 것 같다.

헌혈

　요즘 얼음물을 자기 자신에게 끼얹는 아이스 버킷 챌린지가 전 세계적으로 유행이다. 루게릭병을 앓는 환자를 돕는다는 취지로 전파되고 있는데 그 취지에 공감한다. 기부 행위를 놀이와 결부시켜 짧은 시간에 붐을 만들어버린 건 탁월한 아이디어인 것만은 분명하다. 그것의 좋은 취지가 희석되고 단지 유행처럼 번지고 있다는 비판도 새겨들을 일이지만 말이다. 나 역시 소액 기부라는 걸 하고 있는데, 내가 가장 열심히 했던 건 헌혈 기부다. 나는 그것에 소박한 자부심마저 갖고 있다. 6, 7년 전쯤, 지갑을 잃어버린 적이 있었다. 그때 내가 가장 속상했던 것은 사실 현금이나 신용카드 분실이 아닌, 지갑 안에 들어 있던 여러 장의 헌혈증서였다. 지갑은 한 달쯤 후에 돌아왔다. 현금과 카드는 모두 없어졌는데 놀랍게도 헌혈증서 30여 장은 고스란히 들어 있었다. 내 지갑을 주운 이는, 피와 바꾼 것에 손을 대지 않았다는 점에서 매우 인간적인 사람이었을 거라고 추측한다. 얼마 후에 헌혈증서는 지인의 위급한 소용을 위해 모두 기부해버렸다. 정기 헌혈자로 등록이 되었기 때문에 나는 적십자에서 헌혈 가능한 날짜가 되면 문자 연락이 온다. 그런데 사실을 고백하자면 내가 술을 자주 마시는 생활을 하면서부터는 헌혈을 하지 못하고 있다. 혈중알코올농도가 정상치보다 높을 거라고 나 스스로 판단하기 때문이다. 기부자에게는 따뜻한 마음뿐만 아니라 건강한 개인 관리도 필요하다는 각성.

프란치스코 교황

　며칠 전 늦은 밤 별생각 없이 TV를 틀었더니 얼마 전 한국을 방문했던 프란치스코 교황의 한국에서의 일정을 다큐멘터리로 보여주는 프로그램을 하고 있다. 나는 프란치스코 교황이 보여준, 탈권위적인 파격적인 행보를 좋아하지만 그가 광화문에서 시복식이라는 가톨릭 행사를 주재할 때, 100만 명의 인파가 모였다는 얘길 듣고, 아, 이건 정말 비정상이군, 이라는 생각이 들었다. 선동과 선전이 횡행했던 볼셰비키 시절도 아니고 인류가 진화하기 위해선 전체가 계도되어야 한다는 계몽주의 시대도 아닌 21세기에 100만 명이라는 숫자가 같은 시간 같은 공간에 모인다는 건, 인간의 불가해한 광기와 집착의 어떤 전거를 보여주는 것만 같아 끔찍하게 느껴진 것이다. 내가 너무 뻐딱하게 생각하는 것인지는 모르지만, 대체로 광장의 진실은 폭력과 폭압을 용인하는 수단으로 쓰여 오지 않았던가. 역사를 지켜봐도 진실, 정의, 선이라는 이름으로 전파되는 것들, 그리고 그것들이 가지고 있는 전체주의적인 속성은 타당한 회의와 의심과 비판을 말살할 소지가 다분하다. 그건 아마 프란치스코 교황조차도 원하지 않을 것이다. 나는 프란치스코 교황의 소박함과 가난한 마음이 좀 더 섬세하게 인간 한 사람 한 사람을 돌아보는 데 쓰였으면 좋겠다. 그의 인기가 가톨릭의 교세 확장과 로마와 바티칸시티의 관광수입을 올려주고 있다는 기사 속에 들어 있는 어떤 가시를, 우리 모두 되새겼으면 좋겠다.

외로움이 발각되는 일

　최근 각별하게 지내는 동료 작가의 모친상이 연거푸 두 번이나 있었다. 그래서 단정한 마음을 하고 빈소에 다녀왔다. 장례식장의 빈소에는 으레 문상객들에게 식사를 대접하는 식당이 있다. 문상을 마친 사람들은 이곳에서 식사를 하고 술도 한잔 하면서 고인에 대한 추억을 더듬거나 상주를 불러 다시 한 번 격의 없이 위로하기도 한다. 상주가 문상객이 따라주는 술을 받는 것도 바로 그곳이다. 지금은 좀처럼 볼 수 없는 풍경이지만 시간이 이슥해지면 한쪽에서 고스톱 판을 벌이는 이들도 있다. 남자들은 집에 늦게 들어가는 가장 주된 핑계로 상갓집에 가는 걸 들기도 한다. 아무튼 빈소나 식당에서 오래 머물러주는 것은 고인에 대한, 그리고 상주에 대한 예의라고 생각하는 어떤 풍습이 우리에겐 있다. 그런데 사회성에 문제가 있는지 나는 이 풍습이 여전히 참 낯설고 불편하다. 지난 일요일엔 소설가 S형의 모친상 빈소에 가 문상하고 한 시간 정도 앉아 있다가 장례식장을 나왔다. 그러는 동안 나는 소주를 한 잔 마셨을 뿐이다. 같이 있던 동료 소설가와 시인들이 술 좀 더 마시고 천천히 가라고 했지만 나는 말을 듣지 않고 서둘러서 집으로 왔다. 그러는 동안 내 머릿속에는 다소 엉뚱하게도 이런 생각이 떠올랐다. 남의 장례식장이나 결혼식장에서 술을 실컷 마시고 취하는 일은 가장 외로운 사람의 일이 아닐까 하는 것. 사실 그런 생각은 오래전부터 해온 것이다. 아무리 외로워도 나는 그런 식으로 외로움이 발각되는 건 싫다.

순우리말

엊그젠가 지하철 안에서 ○○안과 광고판을 보는데, '안구건조'라고 크게 쓰인 네 글자가 눈에 들어왔다. 안구건조 치료는 자기들이 전문이라는 말인 듯했다. 보통 한자에서 온 어휘가 순우리말 어휘보다 실생활에서 효율적으로 받아들여지는 것은 음절 수가 짧기 때문이다. 발음할 때와 기록할 때 모두 그렇다. 이것은 한자어를 순우리말로 순화하는 데 가장 큰 걸림돌이기도 하다. 그런데 안구건조의 경우는 우리말로 바꿔도 음절 수는 변함이 없다. '눈알마름'이라고 하면 되잖아. 눈알마름 이상한가. 그런데 자꾸 쓰다 보면 익숙해질 것이다.

일전에 돌아가신 국어학자 이오덕 선생님을 뵈었을 때 '조림보다 육림'이라고 쓴 식목일 날의 어떤 신문 머리기사를 보여주시면서 이렇게 쓰면 사람들이 어떻게 알아듣겠느냐고 성토를 하신 적이 있다. 왜 '조림보다 육림'을 '심기보다 가꾸기'로 못 바꾸느냐는 것이었다. 실제로 '조림보다 육림'과 '심기보다 가꾸기'는 음절 수에서 큰 차이가 없으니 우리말로 바꾸는 것이 얼마든지 가능할 것이다. 그럴 의지만 있다면 말이다. 그런데 이런 경우가 사실은 매우 드물다는 게 문제다. 한자어 어휘를 우리말 어휘로 바꿔 문장을 만들어보면 대부분 두 배 가까이 음절 수가 늘어난다. 짧고 아름다운 순우리말이 많았으면 좋겠다. 손과 발, 물과 눈 같은 말처럼. 아무도 모르게 소년 같은 마음으로 '눈알마름'이라고 적힌 안과 광고판을 기다려보고 싶다.

몇 가지 희망들

마흔이 넘고부터 하고 싶은 게 몇 가지 생겼다. 지금 하고 있는 일, 그러니까 글 쓰고 좋은 책 만드는 일을 제일 열심히 해야 하는 건 당연한 것인데, 그것 말고도 구미를 당기는 일들이 하나둘씩 생긴 거다. 이제 삶의 후반생을 본격적으로 준비해야 하는 시기이기도 하니까. 먼저 캘리그라피와 일러스트, 전각 같은 걸 제대로 배워보고 싶다. 미술적인 감각이 크게 둔하지는 않다고 생각을 하니까 좋은 선생님을 만나 열심히 배우면 넉넉한 취미로 즐길 수 있을 것 같다. 도반들과 함께 배우고 익히는 즐거움을 나누고 전시회 같은 것도 열 수 있으면 더욱 기쁠 것이다. 건강을 생각해 산악회나 조기축구회에도 들고 싶다. 시인들이 만든 축구단 '글발'에서 몇 년 전부터 영입 제의가 있었지만 끝내 고사하고 있는데, 그 이유는 시인들과 너무 많은 걸 나누고 싶지는 않기 때문이다. 나는 내 고유한 생활을 지켜내고 싶은 마음이 있기 때문에 그냥 아무런 연고도 없는 사람들과 익명성을 즐기면서 산에 올라가고 축구를 하고 싶다. 그리고 무작정 도보여행 같은 것도 하고 싶다. 나는 집을 너무 좋아해서 여행을 기피해왔는데, 가보지 못한 곳을 많이 남겨두고 생을 마치면 후회가 많을 것 같다. 살아 있는 동안 되도록 우리 땅 많은 곳을 밟아보고 싶다. 그리고 길 위에서 만난 사람들을 기록하는 것이다. 피에르 부르디외식의 '세계의 비참'을 감정도 없이 기술하고 싶다.

이성과 광기

개신교를 모태신앙으로 받아들였던 이력 때문인지 나는 샤머니즘이나 토템 같은 토속적인 물상들에 생래적인 거부반응이 있다. 사찰의 대문에 있는 사천왕상을 보면 등골이 오싹하고 탱화 같은 것에도 심한 이물감을 느낀다. 점집에 꽂힌 대나무와 생닭의 깃털과 붉은 깃발 같은 제의의 상관물에도 심한 거부감이 있다. 언젠가 우리나라를 대표하는 만신 김금화 선생의 자전 에세이를 만드느라 선생님 댁을 드나든 적이 있는데, 한 번은 점심을 먹고 가라면서 밥상을 차려준 적이 있다. 그리고 선생님과 겸상을 하게 됐는데 어딘지 모르게 꺼림칙해서 그 밥을 먹는 게 거북스러울 정도였다. 나는 서구적 이성, 혹은 오성과 합리, 판단력 같은 것에서 인간의 가능성과 세계의 보편적 질서를 찾는 게 확실히 편했던 것 같다. 그런데 이런 기질이 사실은 문학을 하는 것에는 방해가 된다. 내 생각에 문학이란 주술성이 강한 예술이다. 언어를 기반으로 하는 예술이기 때문이다. 문학에 개입하는, 혹은 문학이 넘보는 영성이나 초현실적인 세계의 재현은 작가가 어떤 영적인 상태를 유지할 때 혹은 영적인 세계에 닿았을 때 가까스로 가능해진다. 이성과 객관에 대한 강박적 신념이 있는 사람은 그렇지 않은 사람에 비해 주관적 몰아의 세계에 진입하기가 힘들다. 내가 소설가로서 종종 겪는 혼란이 바로 여기에서 비롯되는 것 같다. 이성과 광기의 끊임없는 교섭과 충돌 같은 것 말이다.

영화, 독서, 문화소비

　나는 아직 안 보았지만 이순신 장군의 명량대첩을 소재로 만든 영화 '명량'이 간만에 터진 블록버스터가 맞긴 맞나 보다. 일간지에 전면광고까지 실렸다. 투자배급사가 확실히 미는 것 같다. 광고카피도 영화를 본 사람들의 관람평에서 뽑았다. "영화를 보고 나서 모르고 있던 새로운 걸 알았다." 뭐 이런 식이다. 그런데 책을 만들고 글을 쓰는 것을 업으로 가지고 있는 사람의 입장에서 염려스러운 게 있다. 그 관람자들이 달랑 두 시간짜리 영화 한 편을 본 것으로 어떤 역사적 사실에 대해 자신의 관점을 갖게 됐다고 간주하고, 더 이상의 자발적 학습을 마치게 되지는 않을까 하는 것이다. 우리나라 성인의 1년 독서량이 아홉 권 정도 되는 현실을 감안하면 내 염려가 기우는 아닐 것이다(미국 성인은 1년 평균 60~70권을 읽는다). 다 적용하기에는 무리가 있겠지만, 기본적으로 오락활동으로 분류되는 영화 관람에서 얻어진 정보를 사리에 대한 통찰이나 분별에 필요한 지식으로 착각하는 것, 그게 우리 대중들의 무의식을 지배하는 관습 아닐까. 문화소비에 들일 수 있는 비용이 가계 재정의 악화로 현저히 줄어든 것 역시 이러한 관행을 더욱 공고화시키는 것이다. 어쨌거나 영화가 대히트를 쳤으니 아마 앞으로 명량대첩과 이순신에 대해서 전문가가 됐다고 생각하는 사람들을 꽤 볼 수 있을 것 같다. 해당 책 한 권 안 읽은 전문가들 말이다. 내가 너무 냉소적이라면 미안.

병영의 야만

병영 내 폭력으로 사병이 사망한 사건 때문에 여론이 뜨겁다. 나는 1992년 3월 현역으로 전방부대에 입대했다. 노태우가 대통령일 때였다. 군인 출신이 대통령일 때였으니, 그 시절의 병영문화란 건 야만과 다름없었다. 아니 야만이 야만인 줄도 몰랐던 시절이다(이전 선배들은 말할 것도 없을 것이다). 나도 어지간히 폭력을 경험했는데, 기억에 남는 기합이 '깍지를 낀 손으로 엎드려 뻗친 상태로 앞으로 전진하는 것'이다. 그것은 부드러운 풀밭이나 모래밭이 아닌 시멘트바닥이나 자갈밭에서 행해졌다. 깍지를 끼고 엎드려뻗쳐를 하고, 깍지 낀 두 손을 바닥에 지그재그로 마찰시키면서 앞으로 나가는 것이다. 그러면 손가락의 돌출한 마디가 다 까진다. 그 까진 손마디의 피를 닦는 시간이 왔을 때 들었던 모욕감과 분노, 그리고 그것들과 교차하는, 아 오늘도 무사히 치러냈구나, 라고 느낀 무기력한 안도감을 어떻게 설명해야 할지. 우리는 그 기합을 매달 한 번씩은 받았던 것 같다. 내가 왜 이런 말을 하느냐면 군대에서 일어나는 폭력에 대해서, 경험자이자 목격자인 남자들이 좀 더 적극적으로 말할 필요가 있다는 것이다. 군대에서 겪은 폭력을 여기저기에 미주알고주알 말하는 것은 남자답지 못한, 비겁한 내부고발이라는 인식이 남자들 사이에 만연해 있는 것이 사실이니까 말이다. 그것이 여전히 군대문화의 야만이 척결되지 않는 중요한 요인 중 하나라고 이제 와서 나는 생각하는 것이다.

밀레의 스승

고흐와 함께 한국 사람들에게 가장 인기 있는 화가 중 한 사람인 밀레에 대한 이야기다. 밀레에게 화가의 재능을 발견한 부친은 그를 동네의 화가에게 보내 미술수업을 받게 했다고 한다. 밀레가 최초로 그림을 배운 화가 '무쉘'이라는 사람인데, 출신을 알 수 없는 무명이었고 좀 괴팍한 성정을 가진 사람이었다고. 그는 신학교를 다닌 적이 있고 작은 산골에서 평범한 시골 아낙과 결혼하고 방앗간 옆에 화실을 차렸다. 그는 농촌생활과 동물을 좋아해서 돼지와 정답게 머리를 맞댄 채 몇 시간이고 이야기를 나누기도 했단다. 그는 교구의 신부님들에게 제단화를 그려 무상으로 기증했고 계몽사상을 받아들였으며 기독교와 자유사상, 가톨릭을 차례대로 받아들이기도 했다. 그런 걸 보면 그가 사랑하고 지적 호기심이 있었던 사람인 것 같다. 하지만 그는 위선적인 사제와 신부님들을 조롱하기도 했고 어떤 때는 고해를 부정하기도 했다. 그리고 자신의 이단적 사유나 행동에 스스로 놀라기도 했다. 그리고 사망할 때는 속죄의식도 치르지 않았다고 한다. 어쨌거나 이 괴팍하고 이상한 무명화가 무쉘은 밀레에게 강렬한 인상을 심어준 것만은 틀림없다. 무쉘이 밀레에게 가르친 것은 아무것도 없고 다만 이런 말만 했다고 한다. "너 하고 싶은 대로 해라, 여기 화실에서 네 마음대로 그려봐. 박물관 같은 데도 가보고." 좋은 스승의 조건은 어쩌면 간섭하지 않는 것에 있는 건지도. 무쉘 같은 스승이 그립다.

고등동물의 잔인함

어이없는 병영 내 폭력으로 한 일등병이 사망했다. 사망 사건의 가해자는 두 명의 병장과 두 명의 상병이라고 한다. 그런데 두 명의 상병 역시 얼마 전까지 두 명의 병장에게 구타를 당하는 처지였단다. 여기서 야만적 사슬의 뻔한 속성이 드러난다. 폭력의 주체가 폭력의 객체에게 폭력의 주체가 될 수 있는 기회를 주고 이에 가담케 하면서 존재감을 인정하는 전략을 취하는 거다. 이 시험에 직면한 자는 사실상 자기 존재를 부정해야 하는 모순적 상황과 맞닥뜨린다. 폭력의 주체는 교활하게 회유한다. 너도 해봐, 지배하는 쾌감을 느껴봐, 망설이지 말고 해보란 말이야. 그때 양심을 던지고 그걸 보란 듯이 해낸 자는 곧바로 폭력 주체의 일원으로 수용되고 피해자의 위치에서 비껴난다. 하지만 그는 점점 더 깊은 폭력의 수렁에 빠지게 된다. 존재를 인정받기 위해, 어렵게 벗어난 피해자의 자리로 돌아가지 않기 위해 더욱더 잔인하고 악랄한 폭력의 집행자가 되면서 내면이 파괴되는 것이다. 반면, 개인의 윤리에 따라 폭력의 주체가 될 수 있는 기회를 거부한 자는 상대방의 위악마저 건드리면서 폭력의 무차별한 타깃으로 전락한다. 당연히 이번 사건의 가해자들에겐 엄한 처벌이 필요하지만 정말 필요한 것은 인간의 정신 속에 깃든 이 뿌리 깊은 야만성, 비겁과 이기심과 악마적 계급주의의 근원을 들여다보는 일이다. 고등동물의 잔인함을 사람들에게 가급적 구체적으로 알려야 하는 이들이 나는 소설가라고 생각한다.

이름

우리나라 사람들은 이름에 무척 민감한 것 같다. 옛사람들은 이름 외에 자호를 여러 개 만들어 자신의 정체성을 표현하기도 했다. 좋은 이름을 짓기 위해 비용을 치르는 이들도 있다. 며칠 전 대법원에서 2013년 신생아에게 지어진 이름 중 인기 있는 것들을 성별로 발표했다. 남자아이 이름으로는 민준과 서준, 여자아이 이름으로는 서연과 서윤이 각각 1, 2위를 차지했다. 주원, 민서, 준서 등도 인기 있는 이름에 포함됐다. 이들 이름은 거의 대부분이 중성적인 느낌을 준다는 공통점이 있다. 중성적인 이름이 인기를 얻는 이유는 무얼까. 내 짐작으로는, 부모들이 자신들의 아이에게 이름으로부터 오는 어떤 제한적인 이미지의 속박을 벗겨주고 싶은 마음이 있었던 것은 아닐까 싶다. 누가 봐도 남자 같은 이름을 가진 남자아이는 남자답게 자라야 한다는 강박감이 이름과 함께 주어질 테고, 누가 봐도 여성스러운 이름을 가진 여자아이 역시 비슷한 구속이 그 아이의 삶을 따라다닐 것이다. 그런데 이에 비하면 중성적인 이름은 어떤 고정적인 이미지에 묶이지 않고 자신의 취향이나 개성 등을 자유롭게 표현하는 기표가 되어줄 수 있다는 고려가 있었을 것이다. 여담인데 내게는 영미식 이름이 하나 있는데 그것은 트레이시다. 트레이시 역시 미국에서는 중성적인 느낌을 주는 이름으로 알려져 있다. 내가 트레이시를 내 이름으로 정할 때 고려한 것도 바로 그 점이다. 그냥 그렇다는 얘기다.

선과 악

어느 때보다도 선과 악의 구분을 요구받는 시대인 것 같다. 헤브라이즘의 윤리적 전통이 강고한 서구에서는 선과 악을 분리해 세상을 인식하는 것이 보편화돼 있다. 사실 그들이 말하는 인식론이란 선악을 전제로 하는 인식의 '방법론'이라 할 수 있다. 이에 반해 동양의 고전은 선악이 아닌 '선'과 '불선'으로 나누는 것 같다. 그러니까 선인 것과 선이 아닌 것으로. 예컨대 인간은 벌레조차도 이로운 벌레와 해로운 벌레로 구분하는데, 그것은 전적으로 인간이 만든 자의적 기준에 입각해 있다. 사람들이 발을 담그는 것조차 꺼리는 더럽고 끈적끈적한 늪은 악어에게는 최상의 안락한 서식지다. 늪을 장악한 악어의 자부심을 무시하고, 악어를 인간들이 안락하게 여기는 공기청정기가 갖춰진 베드룸의 대리석 돌침대에 올려놓으면, 악어는 며칠을 버틸 수 있을까. 이 거대한 선에 대한 오해와 무지를 어떻게 할 것인가. 선하지 않은 것이 죄가 아니라, 선인 것과 선이 아닌 것을 구분하지 못하는 것이 죄이지 않을까. 다자이 오사무가 물었던 것처럼 죄의 반대말이 없다는 것이 그 방증이 될 수 있겠다. 죄의 반대편에는 무엇이 있는가? 지금 내 눈에 이 세상은 선이라 말할 수 없는 것과 악이라 말할 수 없는 것들이 서로 난삽하게 교미하고, 거기서 태어난 자식들이 값싼 서열을 다투고 있는 것만 같다. 우리 마음속에 기르는 악어를 더러운 돌침대에서 내려주고 저 늪으로 돌려보내자.

글을 쓴다는 것

출판사에서 일을 하다 보면 주변에 책을 내려는 분들이 무척 많다는 걸 알게 된다. 매일매일 출간 문의가 쇄도한다. 그중에는 책을 내기 위한 정신적, 물리적 준비가 전혀 안 된 이들도 꽤 있어서 퍽 난처한 경우가 많다. 그러면 책을 내기 위해서는 어떤 준비들이 필요할까. 당연한 말이지만 책을 내기 위해서는 한 권의 책으로 묶일 만큼의 빼어난 글이 확보되어 있어야 한다. 그리고 그만큼의 글을 확보하기 위해서는 사실 그것의 몇 배가 되는 분량의 글쓰기가 숙련되어 있어야 한다. 쓰는 글마다 책으로 묶일 수 있을 정도의 높은 수준을 갖추기는 어렵기 때문이다. 예컨대 시인의 경우, 시집 한 권을 묶기 위해 수백 편의 시를 버린다고 알고 있다. 그런데 책을 내겠다는 생각에 얽매이면 얽매일수록 글쓰기는 고통으로 일그러질 수밖에 없다. 의도하면 할수록 도망가는 것이 글이기 때문이다. 여기서 잠깐 내 이야기를 해보겠다. 나는 소설책을 내기 위해 소설가가 된 것이 아니고 시집을 내기 위해 시인이 된 것도 아니다. 다만 내가 보아버린 세상과 내게 읽힌 타인을 가장 잘 표현하기 위한 방법을 찾다 보니 소설이라는 형식과 시라는 형식이 눈에 띄었을 뿐이다. 이 말은 소설과 시라는 형식이 나와 더 이상 맞지 않는다고 느껴지는 순간이 오면 기꺼이 다른 형식을 찾을 수 있다는 뜻이다. 언제 어떤 책을 내느냐가 아니라 무엇을 어떻게 쓰느냐가 나의 영원한, 주된 관심사다.

쌍둥이 형

　내게는 쌍둥이 형이 있다. 한날한시에 태어났으니 그야말로 육친 중의 육친이다. 우리는 고등학교까지 한 집에서 한 방을 쓰며 티격태격하면서 서로의 성장기를 지켜보았다. 그러면서 서로 의식하지도 못하는 사이에 각별한 정이 뼈에 사무쳤을 것이다. 대학에 진학하면서 떨어져 지내기 시작한 우리는 이후 취업과 결혼 등으로 다시는 한 집에 살 수 없었다. 그리고 세파에 지쳐가면서, 자신이 감당해야 할 삶의 무게에 지쳐가면서 연락도 뜸해졌다. 그런데 올해 초 쌍둥이 형이, 자신이 다니는 회사의 본사발령을 받아 서울근무를 시작하면서 우리 집에 몸을 의탁하게 됐다. 마침 1층의 방이 비어 있어 그 방을 쓰게 된 것이다. 20여 년 만에 한 집에서 살게 된 우리는 진심으로 이런 기회가 온 것을 마뜩하게 생각했고 회포라도 풀듯이 일주일에 한두 번씩은 술잔을 놓고 마주앉아 지나간 시간에 대한 이야기꽃을 피웠다. 함께 공유했던 추억이나 살아내야 할 삶에 대한 고민도 같이 나눴다. 그런데 지난주를 마지막으로 쌍둥이 형의 본사가 서울을 떠나 지방의 혁신도시로 이전하면서 우리의 동거가 막을 내렸다. 그와 한집에서 지냈던 6개월의 동화 같은 시간이 끝난 것이다. 우리는 그 마지막 날 이별주를 마셨다. 그러면서 이제 다시는 돌아오지 못할, 같은 집에서 함께 살았던 시간을 반추했다. 가슴이 살짝 미어졌다. 육친이라는 것, 그것은 화선지가 물을 빨아먹듯 가슴속에 그냥 그렇게 스미는 것이다.

관심과 믿음

지난주 회사에서 주관한 워크숍을 마치고 삼겹살집에서 회식을 했다. 상반기의 업무를 결산하고 하반기의 계획들을 다시 다지는 자리였다. 술이 몇 순배 돌자 자연스럽게 평소 대화할 기회가 적었던 직원들을 찾아가 덕담들을 나누는 장면이 연출되었다. 나는 그냥 내 자리에 앉아 두리번거리고 있었다. 그때 회사에서 콘텐츠 전략을 이끌고 있는 K국장이 슬그머니 맥주잔을 들고 내 옆으로 오는 것이었다. 업무의 연관성이 적어 평상시엔 많은 대화를 나누는 분은 아니었다. K국장이 내 맥주잔을 채워주며 말했다. "경기가 안 좋아 많이 힘들죠? 그런데 L선생님 책 진행은 잘 되어가고 있어요?" 나는 곧 K국장이 내가 진행하고 있는 업무의 내용들을 다 꿰고 있다는 것을 알 수 있었다. K국장에게 일의 진행 상황들, 그러니까 잘 되어가는 부분과 잘 풀리지 않는 부분 등을 털어놓자 놀랍고도 유효한 조언을 주는 것이었다. 그는 국내 유수 출판사에서 오랫동안 데스크를 맡았던 경험이 있는 분이고, 조직을 효율적으로 가동시키는 능력과 빼어난 기획력으로 출판계에 정평이 난 분이다. K국장의 조언은 내가 미처 돌아보지 못했던 부분을 정확히 짚어주면서 어떤 해법까지 암시하는 것이어서 내게 많은 격려가 되었다. 누군가 나를 지켜보고 있다는 것, 나의 고민과 근심을 누군가 들여다보고 있다는 것. 나는 그것을 그날 회식에서 깨달았다. 그런 관심과 믿음 속에서 사람은 외로움과의 싸움에서 승리하는 것이리라.

슬픔을 밀어내는 슬픔

미당은 슬픈 일 좀 있어야겠다고 어느 시에서 노래했는데, 바야흐로 슬픔이 범람하는 시절인 것 같다. 세월호 사고가 일어나고 100일이 지났다. 그런데 아직도 바다 밑에 수장된 채 햇볕을 보지 못하고 있는 실종자가 있다. 얼마 전에는 세월호 관련 임무를 수행하던 소방헬기가 추락해 다섯 명의 귀한 인명이 희생됐다. 마음이 아프다. 우크라이나 지역에서는 말레이시아 소속 민간 여객기가 미사일 공격을 받고 피격되어 수백 명의 인명이 일순간 삶을 마쳤다. 팔레스타인 가자 지구에서는 이스라엘과 하마스 간의 교전으로 어린아이를 포함한 수많은 팔레스타인 민간인이 죽었다. 이처럼 나라 안팎으로 분란도 많고 사고도 많다. 신문에 실린, 순직한 동료 소방관의 영결식장에서 오열하는 소방관의 사진을 오랫동안 바라본다. 내 눈시울도 어느 사이 젖는다. 그래 슬픔을 피할 수 없다면 받아들여야 하리라. 그런데 말이다. 그게 가능하기만 하다면 새로 들어오는 슬픔이 묵은 슬픔을 밀어낼 수 있다면 좋겠다. 그렇게라도 생각해야 슬픔을 받아들일 수 있을 테니. 슬픔이 다른 슬픔을 이기고, 우리가 모두 다른 이의 고통과 슬픔을 좀 더 자세히 들여다보고 조금씩만 나누어 가질 수 있으면 좋겠다. 슬픔을 나누어 갖는 것은 말로 가능한 게 아닐 것이다. 그건 마음으로 감싸는 것이리라. 묵은 슬픔을 밀어내는 새 슬픔을, 우리 모두의 가슴으로, 두 팔 벌려 받아내자. 그게 슬픔에 대한 예의일 테다.

모순의 가치

　살다 보면 앞뒤 말이 다른 모순적인 사람들을 자주 보게 된다. 우리는 그럴 때 그 사람을 '모순덩어리' 같은 말로 비판한다. 사실 '모순'이라는 말은 서로 충돌하는 의지의 역동적 개념이다. 그런데 내가 좀 의아스럽게 생각하는 것은, 대부분 사람이 '모순'을 부정적인 개념으로 받아들이고 있다는 사실이다. 모순이 가지고 있는 맥락, 풍요로운 함의 등을 의도적으로 무시하고 있다는 인상마저 든다. 만약, 오랫동안 사색한, 신뢰할 만한 어떤 사람이 있어 내게 "너는 어떤 사람이냐"고 묻는다면, 나는 이렇게 대답할 것이다. "나는 모순으로 가득 찬 사람입니다. 나는 나의 모순을 사랑하는 사람입니다." 모순은 우리가 흔히 말하는 '이중성', '앞뒤가 맞지 않음' 등과는 좀 다른 것이다. 그것은 내부에서 서로를 겨누는 어떤 첨예한 정신의 태도들을 가리킨다. 모순은 '합일'이나 '등치' 같은 생동 없는 정지의 상태를 허물어뜨리려는, 서로 다른 상상력의 전선을 도모하는 일이다. 나는 모순이 없이 사람은 성장하거나 진화할 수 없다고 생각한다. 다른 사람 말을 빌려서 좀 그렇지만 철학자 헤겔 같은 사람도 모순에 대해 "모든 운동과 생명성의 근원"이라고 말한 적이 있다. 내 경험으로 말하건대 자기 안에 있는 모순을 충분히 관찰하고 이해하고, 그것을 건강하게 관리할 때, 우리는 미숙하고 열등한 감정의 노예 상태에서 벗어날 수 있다. 그것이 바로 모순이 갖는 특별한 가치일 것이다.

스트레스를 퇴치하는 몇 가지 방법

사람은 스트레스를 피할 수 없다. 그것은 생존을 위해, 생활을 유지하기 위해 치러야 하는 대가로 받아들여진다. 해결해야 하고 치러야 하는 일은 도처에 산적해 있다. 그래서 사람들은 꿈을 꾼다. 고즈넉한 산사에서, 숲에서 혹은 사막 같은 데서 혼자만의 시간을 가지며 자신의 삶을 정화할 수 있기를. 그런데 스님들처럼 좌복을 깔고 절을 하거나 바른 자세로 앉아 단전호흡을 하는 것, 또는 요가나 명상을 하는 것만이 마음을 정화시키는 것은 아닌 것 같다. 가만히 우리의 일상을 살피면 어렵지 않게 마음을 다스리고 자신을 긍정하고 좋은 생각을 할 수 있는 방법들이 많다는 걸 알게 된다. 그것들은 결코 특별하다고 말할 수 있는 것들이 아닌데, 나의 경우에 비추어 열 개 정도를 꼽아보면, 손톱을 깎는 것, 샤워, 길에서 휴지를 줍는 것, 버스에서 자리를 양보하는 것, 면도, 구두를 닦는 것, 이불을 터는 것, 빨래를 개는 것, 책상정리, 접시를 닦는 것 등이 그것이다. 이 열 가지의 행동을 하는 동안 종종 나는 나 자신이 좀 더 나아지고 있다는 긍정에 사로잡히게 된다. 행복한 삶을 사는 가장 기본적인 전제는 아무래도 자존감을 유지하는 일일 텐데, 자존감을 유지하는 시작은 '나는 생각보다 훨씬 괜찮은 사람일지도 몰라' 같은 자신에 대한 선망을 갖는 일인 것 같다. 선망이란 들뜸과 설렘을 수반하는 것인데, 자신에 대해 설렘이 없는 사람이 그 누구를 설레게 할 수 있을까.

손톱 깎을 때 아프다고 말하는 아이들

책상 서랍 속에 들어 있는 손톱깎이를 만지작거리다가 문득 이런 생각이 들었다. 나도 그 시절 그랬던 것 같은데 아이들은, 그러니까 대략 열 살 미만의 어린아이들은 누가 손톱을 잘라주면 아프다고 말한다. 통점이 없는 손톱을 깎는데 마치 생살이라도 잘려나가는 것처럼 아프다고 말한다. 함부로 우직스럽게 깎는 것도 아닌, 엄마나 누나가 혹은 언니가 사랑스럽게 조심조심 손톱을 깎아도, 나, 아파요라고 말한다. 나는 대수롭잖게 생각됐던 그것이 지금 의미심장한 삶의 교술로 읽힌다. 사람은 누구나 태어나고 성장하고 늙고 병들고 죽는다. 그 누구도 이 순환을 피할 수 없다. 그런 관점에서 보면 열 살도 안 된 아이는 무럭무럭 자라나고 샘솟는 존재다. 아이 자신의 여린 눈에도 자신이 육신과 영혼이 자라는 것이 보일 것이다. 그는 환희에 들뜬 맘으로 새순처럼 초록처럼 뻗어 나가는 자신의 성장을 발견할 것이다. 물을 먹은 5월의 나무처럼 매일매일 탄생하는 아이에게는 그것이 영혼에 대한 것이든 아니면 육체에 대한 것이든 무언가가 매일매일 태어나고 자라고 보태어지는 것이 익숙할 것이다. 그런 아이에게 무언가 떼어내지는 것, 결락되는 것, 잘려나가는 것을 보는 건 익숙하지도 않고 편하지도 않다. 그러니까 그것은 매우 불편한 일이다. 그 심상이 감각으로 전이된다. 그래서 아이들은 아무리 사랑스럽게 손톱을 깎아도 나, 아파요라고 마음의 입을 열어 말하는 것 아닐까.

카피레프트

얼마 전 나는 개인적인 필요에 의해 '체 게바라 사진'을 검색했는데, 처음에는 우리나라 포털 사이트 이미지 검색서비스를 이용했다. 그런데 체 게바라 사진을 올려놓은 국내 수많은 개인 블로그들이 사진의 다운로딩을 막아놓았음을 알게 됐다. 다른 이름으로 파일을 저장할 수 있는 오른쪽 마우스 사용을 할 수 없도록 금지했던 것이다. 그래서 할 수 없이 구글 검색서비스를 이용해 외국의 블로그나 개인 사이트에서 체 게바라 사진을 찾았다. 그랬더니 대부분 다운로딩을 허용하고 있었고 너무나 쉽게 이미지 파일을 다운받을 수 있었다. 이 경험을 통해 나는 우리나라가 유독 지적재산권이나 저작권에 대해 경직되고 보수적인 태도를 보이고 있다는 생각이 들었다. 지적재산권이나 저작권을 존중하는 태도는 매우 중요하다. 그것은 무형의 것이어서 사실상 소유에 대한 권리를 관리하고 통제하는 것이 기술적으로 어렵고 그만큼 침해나 훼손의 여지가 크기 때문이다. 그런데 copyright에 대한 무조건적인 옹호는 우리나라가 유독 심한 것 같다. 나는 지적재산권이나 저작권에 얽매이지 않고 지식예술문화 콘텐츠 등속을 공유하는 copyleft 운동에 원칙적인 호감을 가지고 있는데, 그것은 지나친 저작권 단속이 콘텐츠를 상업적으로 이용할 의사가 전혀 없거나 그럴 만한 조건에서 소외된 대중들을 유의미한 콘텐츠로부터 격리하는 문제를 발생시키기 때문이다. 공유해도 되는 건 공유 좀 하자는 얘기.

글에 대한 취향

　나는 출판사 대표라는 직분 때문이라도 매일매일 많은 글을 읽는다. 좋은 글을 쓰는 것과 좋은 글을 골라내서 책으로 묶는 것이 나의 업이기 때문이다. 물론 글을 읽거나 쓸 때 내게는 분명한 기준이 있다. 그 기준은 내가 필요로 하는 의도에 따라 조금씩 바뀌기도 하지만 순전히 내 개인적인 취향만을 놓고 얘기하라면 내가 선호하는 글은 대략 이런 글이다. '~임에 틀림없다.' '~가 분명하다.' '~임이 아닐 수 없다.' 같은 확신이나 단정의 단호함이 담긴 글이 아닌, '그런 것 같다' '~인 것처럼 보인다' 같은 짐작과 추정이 많은 글, '~인 것이 아닐까.' '그건 무엇이었을까.' 같은 의심과 회의가 스민 글, '그것까지는 잘 모르겠다.' '~인지는 좀 더 생각해봐야 한다.' 같은 판정의 유예와 주저함이 있는 글, 나는 그런 글들을 좋아한다. 그러니까 불완전함과 불안을 마주보고 있는 눈의 촉기를 알고 그 안에서 자신의 한계와 조건의 유한성을 내다보고 있는 그런 글 말이다. 여전히 개인적인 생각이지만, 아름다움은 사실은 분명한 것보다 흐릿한 것에 가까운 것 같다. 환상이 스미지 않은 아름다움은 왠지 얇고 엷게 느껴진다. 주저와 망설임이 있는 글은, 세상에 대한 지배와 소유의 욕망이 없거나 의지가 약한 사람들을 위로할 개연성이 있다. 분명하고 강한 주장이 담긴 글에 대해 내가 느끼는 불편함은, 그 글을 쓴 주체들이 자신들이 글을 통해 밝혔던 소신을 종종 배반할 때 극적으로 팽창된다.

마흔과 뱃살

　마흔의 고개를 넘어서는 남자들에게 건강을 체크할 수 있는 리트머스 시험지 같은 것이 바로 뱃살이다. 뱃살은 나이 들어간다는 것의 비애와 통제되지 않는 일상의 해이를 상징적으로 보여주는 것(이라고 사람들에게 받아들여지는 것)이기 때문이다. 사람들은 누구나 복부에 군살이 없는 연예인들의 복근을 보면서 건강함에 대한 이데아를 그려본다. 그런 복근을 갖기 위해 저마다 노력을 한다. 내게도 뱃살을 관리하는 나름의 비법이 있는데, 그것은 특별한 것은 아니고 평소 길을 걸을 때 빠른 속보로 걷는 것과 계단을 오를 때 한꺼번에 두 계단씩 오르는 것이다. 내가 실제로 배에 손바닥을 대고 빨리 걸어도 보고 보통 속도로 걸어도 보았는데, 빨리 걸을 때 복부에 경직이 훨씬 강하게 일어나는 것이 느껴졌다. 이 경직은 아마도 지방분해를 촉진시키리라. 마찬가지로 지하철 역내나 빌딩에서 계단을 이용할 때(난 에스컬레이터나 엘리베이터를 웬만해선 이용하지 않는다) 한 계단이 아니라 두 계단씩 한꺼번에 오르면 복부에 훨씬 힘이 들어간다. 언젠가 5층짜리 건물에 올라갈 때 배에 손바닥을 가져다 대고 계단을 올라봤는데, 한 계단씩 올라갈 때보다 두 계단씩 올라갈 때 배에 훨씬 단단한 압력이 가해지는 게 느껴졌다. 사실 뱃살이 없으면 여러 가지로 몸이 가벼워진 느낌이 든다. 뱃살이 넉넉한 인품의 상징이었던 시절을 그리워하기엔 경쟁과 생존의 정글 속에 있는 우리 현실이 녹록지 않다.

환상 혹은 망상

살아가는 동안 환상이나 망상을 완전히 배제하기란 불가능한 일이고 또 어느 정도의 환상과 망상은 뻑뻑한 삶의 윤활유 역할을 하기도 한다. 그런데 그런 환상이나 망상이 점점 더 늘고 있다는 건 무언가 지금의 삶이 불만족스럽다는 징후일 것이다. 나는 오늘은 이런 망상을 해본다. 아무런 연고도 없는, 절대로 아는 사람이 한 명이라도 있어서는 안 되는, 비교적 조직력이 허술한 산악회에 가입해, 꼬박꼬박 회비를 내고, 한 달에 한 번이나 두 번, 전국 방방곡곡의 산길을 걷고 싶다는 것. 통보받은 집합 장소에 제일 먼저 도착해 'ㅇㅇ산악회'라는 플래카드가 걸린 전세버스 맨 뒷좌석에 앉아, 차례차례 버스에 오르는 회원이라는 이름의 타인들을 무심한 눈으로 감상하다가 잠을 청하는 것. 그리고 선행자의 뒤통수와 등과 엉덩이와 종아리를 눈으로 쫓으며 아무 생각 없는 육체를 끌고 하루 종일 산을 오르는 것. 힘들게 지고 올라간 무언가를 산 위에 부려놓고 한껏 홀가분해진 얼굴로 내 삶의 희망이나 근심을 묻고, 지친 동행자에게 귤과 생수를 건네고, 하산 후의 회식에는 참석하지 않고 홀로 서울로 돌아오는 삶의 저녁. 비사교적이라는 이유로 산악회가 나를 제명하려 한다면, 좀 비굴한 모습으로 회식 같은 데 참석해 상냥하게 인사하다가, 몇 주 후에는 다시 본래의 생각 없는 모습으로 돌아오는 것. 망상이 편리한 것은, 현실에선 책임져야 할 어떤 의무로부터도 해방된다는 것 아닐까.

문학의 윤리

대안적 공동체에 대해 쓴 어떤 평론가의 글을 읽다가 후쿠시마 원전 피폭 현장 투입을 거부하고 사표를 낸 후 낙향을 한 일본 자위대원들의 초상을 떠올리게 되었다. 사정은 이렇다. 2011년 3월 11일 발생한 동일본 대지진 당시 가공할 만한 쓰나미에 후쿠시마 원전이 파괴된다. 방사능 노출이 심각한 상황에서 자위대는 대원들을 현장에 급파하지 않아 일본 국민의 공분을 산다. 뒤늦게서야 자위대가 대원들의 현장 투입을 결정하자 적지 않은 수의 자위대원이 사표를 내고 낙향한다. 국가재난 시 구조활동을 벌이는 것이 중요한 의무일 자위대원이 국가의 명령에 불복하고 사표를 내고 낙향한 것은 지극히 이기적인 행동으로 비난받아 마땅한 일이다. 우리가 공유하고 합의하고 있는 공동체의 윤리적 상식으로는 그렇다. 하지만 소설가의 한 사람으로서 나는 이런 생각을 한다. 소설가라면 그 자위대원 개인의 비겁, 분열, 공포와 불안의 상황을 이해해야만 한다고. 그것을 비난하기에 앞서, 포기할 수 없는 개인의 삶과 사랑하는 가족과 실체 없는 명예와 위신 사이에서 그가 느꼈을 고독, 그 극한의 고독과 자기혐오를 수반하는 카오스의 상황에 몰아세워진 작고 누추한 개인의 영혼을 이해해야 한다고. 나는 그것이 사회윤리와는 좀 다른 지점에 있는 문학의 윤리라고 생각한다. 의무를 저버린 자위대원을 비판하고 비난해야 한다면, 나는 그것을 소설가가 아닌 공동체 구성원인 개인의 자격으로 할 것이다.

정직한 육체성

돌아가시기 1년 전쯤 소설가 최인호 선생님은 시골의 어느 허름한 식당에서 내게 대략 이런 요지의 말씀을 하신 적이 있다. "다시 태어난다면 사람들의 주목과 세속적인 영예에 사로잡히는 삶이 아닌, 시골 허름한 식당에서 전을 부치고 막걸리나 팔면서 살고 싶다." 명예와 인기와 부귀를 충분히 누린 대작가의 매우 극적인, 하지만 짐작 못할 것도 없는 소회가 아닐 수 없다. 아마도 선생님은 그토록 화려한 삶을 살았기에 더욱 두드러져 보일, 당신이 곧 피하지 못하고 맞게 될 죽음의 적막이 몹시 두려웠으리라. 그 적막을 편안히 맞이할 수 있는 소소한 삶을 동경했던 것이리라. 선생님과는 비교 자체가 안 되는 소인배지만 나도 가끔은 그런 비슷한 심사에 사로잡힌다. 서울을 떠나, 어디 작은 소읍의 염색공장이나 비료공장 같은 데서, 외국인 노동자들을 위해 지어진 기숙건물 한 켠에 짐을 풀고 하루 열한 시간의 노동을 수행하는, 드러나지 않고 드러내지 않아도 되는 삶. 실제로 그런 노동을 감내하지 않으면 삶이 영위되지 않는 분들에겐 결례가 되는 말인지는 모르지만, 단순함이, 고단함을 수반하는 육체의 노동이, 지식과 관계 맺지 않음이 오염된 삶을 정화시킬 수 있다는 어떤 환상과 믿음 같은 것이 내게는 있다. 지식노동이니 정신노동이니 하는 말들, 가끔 참 어처구니없다는 생각이 든다. 편견인진 모르지만 아무래도 정신이나 지식은 육체보다는 정직하지 않을 거라는 짐작.

오빠라는 호칭

사회에서 알게 된 나이 어린 어떤 여자분이 내게 느닷없이 '오빠'라는 호칭을 하는 걸 보고 몹시 겸연쩍어했던 적이 있다. 나는 사람들 간의 호칭에 다소 민감한 편인데 연애를 하는 사이라면 모를까 너무나 쉽게, 아무렇지 않게, 자기보다 나이가 많은 남자들에게 '오빠'나 '오라버니'라고 부르는 여자들을 나는 좋아하지도 않고 신뢰하지도 않는다. 같은 맥락에서 오빠나 오라버니라는 말을 쉽게 허락하거나, 나이가 많은 여자선배들에게 '누나'라는 말을 쉽게 하는 남자들도 나는 그다지 좋게 생각되지 않는다. 물론 나무랄 일은 아니다. 자기들끼리 좋다면 아무 문제없는 거니까. 사실 나는 태어나서 오빠라는 소리를 들어본 적이 없다. 나보다 나이가 적은 여자들과 연애를 할 때조차도 그렇다. 언젠가 아주 오래전에 어떤 여자애가 내게 오빠라고 말했던 적이 있었던 것 같은데 난 그 애에게 정색하며 '그런 말은 하는 게 아냐'라고 면박을 줬다. 좀 까다롭고 강퍅한 것임에 분명한 이런 성격은 친연성이나 육친의 정 같은 것에 기대지 않고 사는 동안 자연스럽게 만들어진 것 같다. 그리고 이런 성정의 기저에는 타인에게 동질감을 느꼈다가 실망했던 기억이나 상처가 진득하게 고여 있을 것이다. 친밀감을 호칭에 담을 때, 우리는 그것에 맞는 존경과 관심을 상대에게 가질 수 있을까. 오히려 호칭에 대한 오해 때문에 섣불리 친해졌다고 착각하고 기대했다가 실망만 하고 마는 것은 아닐까.

폐허의 바닥

2008년 7월 18일 일기에 나는 이렇게 썼다. "나는 늙어서 쓸쓸하다. 세상에는 경청해야 할 말이 너무 많고, 존중해야 하는 표정이 너무 많고, 결정적으로 치명적인 모범들이 너무 많다. 치명적인 모범들. 항상 그것이 문제다. 언제나 그것들이 날 피살하려고 한단 말이지." 저 무렵 나는 어지간히 염세주의에 경도됐던 모양이다. 그런데 사실을 말하자면 그때보다 내 형편이 별반 나아졌다고 말할 순 없을 것 같다. 옳고 좋은 세상이 가능한가라고 자문할 때 나는 고개를 가로젓는 편이다. 희망을 가지는 것도 좋고 행복을 꿈꾸는 것도 좋다. 누구나 그럴 권리가 있다. 모든 인간에겐 자신의 행복을 구현하기 위해 투쟁할 자유가 있다. 그리고 그 자유는 억압되지 않아야 한다. 하지만 그것이 삶의 유일한 가치거나 목적이어야 한다는 집단 무의식에는 동의하지 않는다. 우리 세계는 소유를 통해 존재를 증명 받으려는 욕망과 남을 앞서려는 이기심으로 가득 차 있고, 파멸로 치닫고 있으며, 회복될 가능성이 전혀 없다는 말을 음울한 목소리로 하는 사람도 필요하다. 그게 시인이어도 좋고 가수여도 좋다. 세상은 망하고 말 거야, 라는 루머를 퍼뜨리는 그의 목소리를 통해 우리는 비로소 폐허의 바닥에 닿고 생의 은폐된 본질을 가까스로 들여다보는 기회를 가지게 될지도 모른다. 폐허를 가리키며 폐허라고 말하는 자, 그의 무기력한 슬픈 눈앞에서 우리는 좀 더 진실하고 강해질 수 있을 것이다.

불가능한 가능

고령화, 노후, 여생이라는 말들이 이제는 일상적 용어가 되어버린 것 같다. 평균수명을 계산해보니 생업에서 은퇴를 하고 나서도 20년 이상의 시간이 막연하게 주어지는 시대를 살고 있는 것이다. 나도 벌써 10년 후, 20년 후 나의 삶이 궁금하고, 어떻게 꾸려갈 것인지 많은 생각을 하게 된다. 출근길에 나는 3호선 안국역에서 내려 인사동의 조밀한 골목길을 거쳐 회사까지 온다. 그런데 인사동 골목 곳곳 후미진 곳에서 할아버지들이 삼삼오오 모여 소주와 막걸리 등을 마시는 걸 자주 목격한다. 아침 아홉 시도 안 된 이른 시간에 그냥 시멘트 바닥에 술병과 변변찮은 과자 부스러기를 올려놓고 술을 드시는 것이다. 싸고 독한 술기운으로 자신의 기울어지는 여생에 대한 감상을 재무장하고 오늘 하루도 버티자고 저러시는 것인가라는 생각이 들면 마음이 씁쓸해진다. 어쩌면 저것이 나의 근미래인지도 모르니까. 한 사람의 인생의 경험이 가지는 영묘함의 크기는 측정이 불가능하지만 아무리 위대한 인생일지라도 필연적으로 자기모독을 작동시켜야 하는 어떤 순간이 있다. 공공행사장이나 강연장에서 사람들 앞에 서야 하는 순간의 나와 새벽 두 시 발정 난 고양이들이 우는 초등학교 운동장 한복판에 홀로 서 있을 때의 나를 우리는 얼마나 자주 대면시키는가. 경험이 아집이나 오만의 기반이 되지 않고 성찰의 거름이 되길 기대하는 건 여전히 가능한 불가능인가 아니면 불가능한 가능인가.

내가 쓰는 글

많은 사람이 글을 쓰고 있다. 인류의 역사가 시작된 이래, 지금이 가장 많은 사람이 글쓰기에 참여하고 있는 시대가 아닌가 싶을 정도다. 간혹, 아니 생각보다 종종 나는 왜 글을 쓰는가라는 자문을 해본다. 글쓰기가 습관이어서는 곤란하지 않겠는가라는 생각 때문이다. 천연적인 모순과 회의적인 기질 때문에 생각하는 것을 분명하게 말하는 것에 장애가 있지만, 글을 읽고 글을 쓰는 자로서 내 희망 중에는 이런 것도 있다. 내가 쓰는 글이 남을 이기고 지배하려는 욕망에 취한 자들이거나 그들의 편에 선 사람들, 그리고 결국 그런 삶을 살길 선망하지만 그렇지 않은 척하는 배덕자들을 부끄럽고 불편하게 하길 바란다는 것. 내 글이 맹독성은 아니지만 천천히 스미는 메스꺼운 독 같은 것이어서 그들이 더욱 혼란스럽고 오래 괴롭다가 자신의 삶을 뉘우치는 데 유효하길 원한다는 것. 만약 내 의도대로 된다면 나는 내 글을 읽고 자기들이 왜 조금씩 불편해지는지 영문도 모른 채 어리둥절하고 있을 그들을 향해 이렇게 말할 것이다. "나는 당신들이 알아차리도록 당신들에게 분노도 하지 않고 증오심도 보이지 않았어요. 하지만 나는 방금 당신들을 내가 아는 가장 경멸하는 어법으로 훌륭하게 조롱했지요. 당신들은 자신도 모르는 사이에 모독을 당한 겁니다. 이게 진짜 모독이지요. 단순한 욕망에 길들여진 당신들은 이것 또한 시의 원리란 걸 죽었다 깨나도 이해하지 못할 거예요."

카페의 몽상

며칠 전 신문에서 자영업자들이 더욱 가난해졌다는 기사를 보았다. 봉급생활자 신분에서 자의로든 타의로든 벗어난 이들이 생계의 수단으로 너도나도 식당이나 카페나 편의점 같은 걸 창업하고 있기 때문이다. 말하자면 자영업의 시장은 초포화상태인 거다. 외국에 나가 보면 우리나라에 얼마나 식당과 카페와 바가 많은지 알게 된다. 때문에 구체적인 계획도 없이 창업한 분들 중 1년도 버티지 못하고 문을 닫는 경우가 비일비재하다고 한다. 그런데, 그럼에도 불구하고 자신만의 가게를 하고 싶다는 몽상을, 오늘도 사무실에 갇힌 봉급생활자들은 하고 있다. 그것은 죽을 것을 알면서도 불을 향해 달려드는 나방의 퇴행을 닮아 있는 것인지도 모른다. 16년차 봉급생활자인 나 역시 예외는 아니어서 지금 가지고 있는 직업에서 은퇴를 하면 카페나 작은 바를 하나 해도 좋겠다는 생각을 가끔 한다. 그 생각만으로도 가슴은 두근거린다. 근사한 카페 이름도 지어두었다. 가령 이런 이름. "세상은 망해가는데 나는 사랑을 시작했네." 이름이 좀 길어서 간판업자가 글자 수대로 돈을 받겠다고 하면 좀 곤란하겠구나. 하지만 저 이름이 아닌 다른 이름으로 카페를 하겠다는 생각은 단 한 번도 한 적이 없다. 내가 하는 카페는 꼭 저 이름이어야 한다. 사랑을 시작한다는 건 망할 때 망하더라도 아름답고 싶다는 의지의 표현이다. 그런 마음을 이해하는 사람들에게 차와 술을 팔면 덜 외로울 것 같다.

집이라는 것

　나는 여행을 그다지 좋아하지 않는다. 게으른 탓도 있지만 그보다는 집에 있는 시간이 너무나도 좋기 때문이다. 내가 사는 집은 값비싼 저택도 아니고 편의시설이 다 갖춰진 최첨단 주거시설도 아니지만, 나는 내가 사는 집이 너무 좋다. 그것은 내가 거쳐온 반지하 연립과 좁디좁은 빌라도 예외는 아니었다. 지금 내가 살고 있는 집은 1970년대부터 비스무리하게 지어진, 양옥구조에 기와지붕을 얹은 2층짜리 입식한옥들 중 하나인데, 돌아가신 건축가 김수근 선생이 이런 집을 가리켜 냉소적인 어조로 '박조(朴朝)건축'이라고 불렀다는 걸 몇 년 전 건축가 승효상의 글을 읽다가 알게 되었다. '박조건축'이라는 말은 조선시대에 지어진 건축 양식을 '이조건축'이라고 하는 것처럼 박정희가 집권하던 시절부터 새마을 운동의 소산으로 똑같은 형태의 건축물이 전국적으로 지어졌음을 비꼬기 위해서 나온 말이다. 고속도로나 국도를 달리다가 농촌 마을을 지나다 보면 창밖으로 비슷한 단독주택들이 일렬로 늘어선 것을 심심찮게 보게 되는데, 이것들이 모두 박정희 정권 때 지어졌거나, 그때부터 정형화된 양식에 따라 후대에 지어진 주택인 것이다. 어쨌거나 나는 10년 동안 이 집에 살면서, 충분히 나의 체온과 숨결과 땀과 분비물과 비명을 집 안 곳곳에 발라놓았다. 그리고 집이란 이렇게 해서 그곳에 사는 사람과 분리되지 않는다는 걸 알았다. 여행이란 이런 분리를 감행하는 것인데, 나는 이것이 몹시 두렵다.

자괴감

　어떤 비극이나 재앙 앞에서 사람들은 다양한 태도를 보인다. 그들의 태도는 평소 그들이 보여준 성향이나 기질 등으로 충분히 유추 가능한 것도 있지만, 그렇지 않은 것도 있다. 나는 예측 가능한 사람들의 태도보다는 평소의 모습과 전혀 다른 태도를 보이는 사람들에게서 그 비극이나 재앙의 본질을 더욱 섬세하게 발견하게 된다. 나는 어떤 경우인가. 나는 사실 평소의 모습에서 크게 이탈하지 않는다. 이해할 수 없는 참괴한 현실이 눈앞에서 일어났을 때, 나는 보통 '여기는 무엇이고 우리는 어디인가' 같은 관념적인 질문에 빠지거나 가파른 환상 속으로 숨어든다. 그것도 아니라면 밑이 빠진 술잔 속으로 도피한다. 그러면서 너무나도 쉽게 그 절망에서 비켜서 보려고 하는 것이 내 오랜 습벽이다. 이런 모습은 사실 평소와 크게 다르지 않다. 나는 다른 사람들 눈에는 너무나 뻔해 보이는 재미없는 인사인지도 모른다. 그런데 세월호 침몰이라는 전대미문의 비극 속에서 참혹한 봄을 지내고 있는 지금, 나는 나의 태도에 좌절한다. 이번에는 똑같은, 뻔한 태도 속에 침잠하려는 내가 마음에 들지 않는 것이다. 많은 이들이 분노의 연대를 하고 있다. 연대가 세상을 바꿀 수 있다고 하고 있다. 곳곳에서 집회와 단체 행동을 결사한다. 그러면 그럴수록 단독자도 못 되고 연대의 동지도 못 되는 나의 자괴가 깊어진다. 혼자 울 수 있는 방을 설계한 건축가는 정말 없는가. 아니면 지금이라도 방을 뛰쳐나가야 하는가. 잘 모르겠다.

내 친구

며칠 전 초등학교 동창으로부터 전화를 받았다. 그는 인터넷에서 일부러 나를 검색해서 연락처를 알아냈다고 했다. 그런데 정말 미안하게도 나는 그 친구를 기억해내는 데 시간이 무척이나 걸려서 몇 번이고 되물어야 했다. 그 친구는 그런 나를 불편해하지 않고 내가 자신을 기억할 수 있는 몇 가지 에피소드를 말해줬다. 그랬더니 희미하게 그 친구의 초상이 떠오르는 것이었다. 그 친구는 초등학교 내내 외톨이였는데, 그 친구의 말에 의하면 그런 자신이 딱해 보였는지 내가 그 친구에게 말을 많이 걸었다고 했다. 그리고 축구 같은 걸 할 때도 꼭 자기에게 공을 패스하고는 했다는 것이다. 그 말을 듣고서야 나는 그 친구의 좀 파리한 인상이 떠올랐다. 그 친구는 사실 지나치게 내성적이고 시무룩해서 학교에서나 동네에서 조금씩 소외될 수밖에 없었다. 반 아이들은 명백히 남자애인 그 애가 여자일지도 모른다고 수군거릴 정도였다. 나는 그의 아버지가 무엇을 하는 사람인지, 그가 전에 살던 곳은 어디였는지도 기억하지 못한다. 어쩌면 나도 그 친구의 어느 부분을 불편해했을지도 모른다. 그런데 그 친구는 자신에게 말을 걸고 자신에게 공을 넘겨줬던 친구를 30년이 넘도록 잊지 못하고 있다가 연락을 해온 것이다. 그 친구가 내성적이고 시무룩한 것만큼이나 나는 이렇게 먼저 연락을 해오는 마음이야말로, 그 친구의 본성을 설명해주는 것이라고 생각한다. 곧 만나 따뜻한 밥을 먹기로 했다.

생활의 수도승

아침에 눈을 뜨고 무료한 나머지 TV를 켜니 '생활의 달인'이라는 프로그램
이 방송 중이다. 설악산에서 지게를 지는 마지막 지게꾼 임기종 씨가 화면에
잡힌다. 헬기로 짐을 나르기 시작하면서 설악산의 상업시설과 산장에 필요한
짐을 대는 지게꾼이 다 사라졌는데 그가 유일하게 남은 지게꾼이란다. 60kg이
채 되지 않는 왜소한 체구인 그는 많게는 100kg이 넘는 냉장고부터 수십kg에
이르는 생수와 쌀가마니 등을 지게에 지고 나른다. 40kg당 흔들바위까지 2만
원, 그보다 가까운 거리대로 1만 5천 원, 8천 원의 품삯을 받는다. 보통 사람은
그냥 오르기도 힘든 가파른 산길을 그는 마치 고행하는 수도승처럼 묵묵히 오
른다. 방송국의 카메라는 그의 굽은 등과 무게를 지탱하느라 흔들리는 다리를
잡아준다. 그것은 말 그대로 거룩하고 위대한 투쟁처럼 보인다. 그러고서 임
씨가 하루에 버는 돈은 기만 원 남짓. 더욱 놀라운 것은 그가 처한 삶의 처지
다. 그는 정신지체 2급의 아내와 정신지체 1급의 아들과 함께 살면서, 온몸으
로 삶의 무게를 지탱한 대가로 받은 돈으로 사랑하는 식구를 부양하고 장애인
들을 위한 기부금을 꼬박꼬박 낸단다. 삶은 이토록 숭고하고 거룩한 것. 인간
은 자신의 삶을 위해 얼마나 무거운 짐을 짊어지고 가파른 길 위에서 버텨온
것일까. 세 치 혀로, 알량한 글 몇 줄로 쉽게 돈을 벌면서 엄살 부리는 내 삶이
한없이 부끄럽다.

기억의 습관

조금 전 무심결에 스마트폰을 들여다보았는데 시간이 4:44를 가리켰다. 이럴 수가 있나. 벌써 이게 몇 번째인가. 습관적으로 스마트폰을 들여다볼 때 액정판의 숫자가 4:44인 경우가 많았는데 나는 그것이 너무나 신기하게 느껴져서 특별한 징표로 받아들이곤 했다. 확률적으로 생각해도 범상찮은 징조라고 생각된 것이다. 그런데 곰곰 생각하다가 나는 이 우연의 이치를 깨닫게 되었다. 내가 4:44라는 숫자와 빈번하게 조우했다고 생각하는 것은, 다만 그것이 기억하기 쉬운 인상적인 숫자였기 때문이라는 것. 다시 말해, 내가 스마트폰을 들여다볼 때 4:44와 똑같은 빈도수로 3:52도 뜨고 4:29도 뜨고 4:57 같은 것도 떴을 텐데, 나는 그 평범한 숫자들은 기억 속에 축적하지 못했다는 것이다. 그래서 특이한 조합인 4:44가 뜬 것만 기억하고 의미부여를 해왔다는 것. 그러곤 다른 숫자보다 4:44가 훨씬 빈번하게 나타났다고 착각을 해온 것이다. 아, 별게 아니었던 거야. 어쩌면 우리는 기억하고 싶은 것만 기억하는지도 모른다. 그리고 기억하고 싶지 않은 것은 일부러 회피하는 것이다. 어쩌면 이와 같은 기억의 선택적 작용이 인간의 개별적인 삶을 구분 짓는 것인지도 모른다. 우리 앞을 스쳐 지나가는 수없이 많은 사물과 사건들 속에서 어떤 것을 특별하게 기억할지 선택하는 것, 그것 또한 장엄한 삶의 풍경은 아닐는지. 그 선택이 잘못됐을 때 우리의 소중한 삶은 나쁜 과거에 붙들리고 만다.

절망하는 이유

  먹고 사는 데 기본적으로 요구되는 생필품이 아닌 생존과는 직접적 연관이 없는 문화상품(영화나 뮤지컬, 음반, 책, 공연)을 기획하는 일을 하고 있는 나는 세월호 침몰이 야기한 국가적 위난 앞에서 전 사회가 슬픔과 애도의 분위기에 침잠해 있는 상황에서 큰 무력감을 느낄 수밖에 없다. 이 무력감은 대부분 내가 지금 무엇을 해야 하고, 내가 하는 일에 어떤 의미를 부여할 수 있을지 알수 없는 망연함에서 오는 것이다. 이를테면 내가 어떤 상품을 기획해서 내놓았을 때, 그 의도가 어떻게 받아들여질 것인가를 짐작하는 것조차도 살아남은 자의 사치처럼 느껴진다. 유쾌하고 재미있는 책을 내놓으면 분위기 파악을 못하는 게 아닐까 하는 근심을 피할 수 없을 것 같고, 치유나 위로에 필요한 책을 내놓으면, 내가 지금 비극을 상업적으로 이용하려는 게 아닐까라는 노파심으로 괴로울 것만 같은 것이다. 수위와 타이밍에 따라 달라질 수 있는 문제겠지만, 그것을 판단하는 것조차도 영악하게 느껴진다는 게 문제. 내가 다른 사람보다 자기검열이 심한 편인지는 모르겠지만 이처럼 어떤 이에겐 치열하게 지속되어야 하는 삶일지라도, 거대하고 깊은 죽음이 역설적으로 요구하는 삶의 명분은 우리가 생각하는 것보다 훨씬 연약한 것 같다. 부당한 죽음은 부정한 삶보다 삼엄하다. 우리가 지금 절망하는 이유가 삶을 비관하는 데 있지 않다면 우리는 이 죽음으로부터 삶을 오래오래 배워야 할 것이다.

무의미한 동어반복

침몰한 세월호에 대한 구조가 지지부진하니까 대통령에 대한 원성이 높다. 정부에 대한 불신은 이미 어떤 상식이 되어버렸다. 술집에서, 거리에서, SNS에서 과격한 발언들이 쏟아진다. 욕설까지 섞인 원색적인 비난이 난무한다. 지금 하는 말 역시 해봐야 별 소용없는 말이겠지만, 시계를 거꾸로 돌려 지금의 대통령을 만들어낸 2012년 12월로 돌아가 보자. 그때 진보진영이 조금만 냉정했다면, 조금만 차분했다면, 다 이긴 듯이 자만하지만 않았다면, 그리고 '입진보'들이 깐죽대지만 않았다면, 좀 더 유연한 태도로 부동층을 흡수하고 저쪽의 결속을 무력화했다면, 지금 무능의 극치라고 몰아붙이는 대통령을 대통령으로 만들지도 않았을 것이고, 죄 없는 아이들이 이렇게 바닷속에서 죽어가지도 않았을 것이다. 아이들이 지금 다 죽어가는데, 대통령 물러나라는 말, 정부를 전복시켜야 한다는 말은 얼마나 허망한 구호인가. 정부를 전복시키면 죽은 아이들이 살아 돌아오나. 대통령과 정부가 잘못한 일에 대해 비판은 비판대로 엄혹하게 하고 분노는 단호하게 하되 아무짝에도 쓸모없는 자위와도 같은 증오와 비아냥은 걷어치우자. 그것은 또다시 저쪽으로 하여금, 대통령은 우리가 지켜야 한다는 명분을 주는 것밖엔 안 된다. 이 끝없는 그리고 무의미한 동어반복과 순환을 이제는 끝내야 하지 않겠는가. 부디 죄 없는 아이들의 죽음을 자신의 응어리진 정치적 한풀이의 매개로 사용하지는 않았으면.

해원의 섬

세월호 침몰 사고가 발생한 이후 계속해서 마음이 무겁다. 주변의 지인들 표정도 어둡기는 마찬가지다. 피할 수 없는 자책감과 무력감 때문일 것이다. 이 트라우마가 과연 언제쯤 사라질지도 막연하기만 하다. 사고가 일어난 해역에서 가장 가까운 진도는 우리나라에서 민간신앙의 원형이 가장 잘 간직된 곳으로 알려져 있다. 곳곳에 전통적인 풍속과 더불어 당제의 흔적이 존재한다. 이는 진도의 역사적 경험, 지리적 환경에 기인하고 있다. 수많은 전란을 겪어야 했던 역사적 경험과 바다에서 죽는 사람이 많을 수밖에 없었던 지리적 환경으로 인해 진도에서는 유별나게 사람의 생명을 수호하고 액운은 막는 방액적 성격이 민간신앙의 형태로 두드러지게 나타났다고 한다. 이번에 세월호가 이러한 진도 해상에서 침몰했다는 것도 묘한 암시를 준다. 어쨌거나 희생자 수는 갈수록 늘어날 것이다. 종교가 없는 내 딴에 빌 수 있는 것은 이것뿐이다. 진도에 서린 온갖 만신의 영험한 기운이 희생자들의 넋을 잘 거두어주면 좋겠다는 것. 그리고 희생자들의 넋 역시 그곳에서 정령으로 오래오래 살아남아 있길 바란다. 그래서 우리 바다를 지켜주고, 미욱하고 못난 우리나라를 지켜주길 바란다. 그리고 잘못된 정부 관계자와 무능한 관료들에겐 벌을 내려주길 바란다. 무책임한 기성세대에게도, 비겁한 위정자들에게도 준엄한 벌을 내려주길 바란다. 그래서 진도가 거대한 해원의 섬이 되었으면 좋겠다.

세월호

　침몰한 여객선의 이름이 세월호라는 것, 생각하면 생각할수록 참 심상치 않게 느껴진다. 어떤 도저한 암시거나 은유처럼 받아들여지기 때문이다. 세월호는 지배자에게 핍박받던 저 무도한 세월을, 굴종을 강요당하던 없는 자의 서러운 세월을, 치부를 숨기고 은폐하기 바빴던 위정자의 부끄러운 세월을, 기성세대에 만연한 관료주의와 무사안일주의의 세월을 모두 다 데리고 여기 우리 앞에 와 있는 게 아닌가라는 생각. 소환되지 않았어야 할, 기억하기 싫은 세월을, 세월호는 우리 앞에 부려다 두려고 저렇게 바다에 부표를 띄우고 가라앉은 것이 아닌가. 우리는 세계가 저절로 진보한다고 믿지만, 그것은 어리석은 생각이다. 우리가 깨어 있고 실천하지 않고서는 한 발자국도 진보할 수 없는 것이다. 그것은 첨단 기술의 발달과는 아무런 상관이 없다. 진보는 가장 낮고 순수한 인간의 의식 속에서 이루어지는 것이다. 진보하려면 기억해야 한다. 다시금 우리 앞에 불린 이 세월의 참혹한 의미를 말이다. 반드시 기억하고 잊지 않아야 한다. 세월이 아무리 흘러가더라도 바닷물의 빠른 유속처럼 세월이 저 멀리 흘러가더라도 잊지 않아야 한다. 우리가 저 바다 밑에 가라앉은 세월을 잊지 않을 때, 오지 않아야 할 세월은 저만큼 물러가겠지만, 저 세월을 금방 잊는다면, 다시 원치 않던 세월이 언제라도 우리의 굳지 못한 삶을 징치하고 지배하게 될 것이다. 그것은 우리 모두가 망하는 일이다.

가수와의 대화

　며칠 전 대중의 취향에 맞추기보다는 자신만의 음악을 추구하는 싱어송라이터 한 분과 인상적인 대화를 나누었다. 우리가 나눈 대화의 요지는 이렇다. "위대한 예술은 드러나지도 않고 눈에 보이지도 않아요. 고흐조차도, 비록 사후지만 운이 나쁘게 위대함이 드러나고 말았죠. 우리는 그의 위대함을 끝끝내 몰랐어야 해요. 그게 고흐의 예술을 존중하는 유일한 방법이죠. 진정한 예술의 위대함은 드러나지 않는 데 있어요. 우리는 그것을 알 수도 없고 알아서도 안 돼요. 위대함이 드러나는 순간, 그러니까 예술이 존경과 옹호의 대상이 되는 순간, 예술은 걷잡을 수 없이 흉물스러워지거든요. 자신에 대한 존경과 인기에 눈뜨는 순간 예술가는 타락하게 되어 있어요. 그러면 진짜 예술은 사망하게 되죠. 그는 그때부터 평생을 가짜 예술가이면서 진짜 예술가 행세를 하면서 살아가야 해요. 진짜 예술가들은, 우리가 알 수 없는 곳에서, 그러니까 눈 밖에서, 들킬까 봐, 사람들이 자신을 알아챌까 봐, 전전긍긍하며 어디에선가, 조금씩 살아가고 있어요. 그들에게 남은 시간은 지나치게 길어요. 사람들이 자신을 알아보기 전에 어서 지상을 떠나야 하는데 말이에요." 그날의 대화가 좀 극단으로 치우쳤을 수는 있을 거다. 문화예술의 대중적 확산과 향유가 여러 사람의 삶에 좋은 영향을 미치는 걸 고려하면 더욱 그렇다. 하지만 예술의 기원과 존재방식에 대한 생각이 더 깊어지는, 영감 가득한 대화였다.

자신을 사랑하는 가장 적극적인 행위

며칠 전 글을 쓰는 삶을 살고 싶은데 자신이 그것을 해낼 수 있을지 확신이 없어 망설이는 지인에게 이런 말을 해주었다. "글을 쓴다는 것은 자신과 자신의 삶을 가장 적극적으로 사랑하는 행위이니 당신의 삶을 사랑한다면 글을 꼭 쓰세요"라고. 그것을 가장 적극적으로 증명하는 이들이 바로 시인과 소설가 같은 문인들이다. 나만의 편견인지는 모르지만 시인과 소설가들이 글을 쓰는 이유는 자기 자신을 견딜 수 없게 사랑하기 때문이고 그들의 글쓰기는 자기 자신에게 바치는 예배와 같은 것이다. 물론 모든 글이 글쓴이에게 만족감과 행복을 주는 것은 아니다. 글쓰기에 대한 어떤 태도나 원칙 같은 것을 세심하게 마련해둘 때 글은 글쓴이의 삶에 온전하게 깃든다. 나 역시 글을 쓸 때 꼭 지키려고 노력하는 원칙이 하나 있는데, 그건 나도 무슨 소리인지 모르는 글은 쓰지 않겠다는 것이다. 다시 말해, 무슨 뜻인지 아는 것만 글로 쓰겠다는 것. 그런데 어떤 글을 읽다 보면 글쓴이가 자기가 쓴 글의 내용을 알고 쓴 것인지 사뭇 의심스러울 때가 있다. 만약 무슨 내용인지 본인도 모르는 글을 썼다면 그것은 명백한 자기기만이다. 시가 좋은 점은 시에서는 자신이 하는 소리가 무슨 소리인지 모르면 모를수록 영험해질 가능성이 농후하다는 것이다. 문학이론은 그것을 모호성(ambiguity)이라고 규정하고 있기까지 하다. 미쳐버리고 싶지만 미쳐지지 않는 것도 시인이 자주 대면하는 슬픔이다.

포즈

　봄꽃들이 만발하고 있다. 목련과 개나리, 벚꽃과 진달래에 이어 튤립도 한창이다. 그런데 꽃들이 지는 것은 운명이어서 오래지 않아 꽃잎을 바닥으로 떨구기 시작한다. 그것을 보는 사람들의 마음은 아쉽고 허전하기만 하다. 꽃을 사시사철 완상하려는 사람들의 마음이 결국 조화라는 걸 만들게 했을 거다. 어떤 조화는 실상 향기만 없을 뿐이지 진짜 꽃보다 더 진짜 같다. 사람들이 조심스럽게 조화의 꽃잎에 손을 대보고 조화라는 걸 알고는 멋쩍은 웃음까지 짓는 경우를 여러 번 본다. 하긴 조화의 경쟁력은 얼마나 진짜 꽃과 비슷하냐에 있을 것이다. 사람들이 진짜 꽃과 최대한 비슷한 조화를 더 선호하기 때문이다. 누가 봐도 가짜인 것은 선택되지 못한다. 그것은 사람의 사회도 마찬가지여서 얼치기일수록 더욱더 프로의 흉내를 내려는 것 같다. 자신의 능력을 사실과 다르게 포장하는 것이다. 문화 예술 정치 경제 할 것 없이 우리 사회의 모든 영역에서 다 그런 것 같다. 이를테면 얼치기 시인이 가장 전형적인 시인의 포즈를 가지고 있고, 얼치기 정치가가 국민을 걱정하는 포즈를 가장 그럴듯하게 취하고, 얼치기 스님이 염불을 가장 구성지게 외는 것이다. 아마 자기 자신의 눈에도 자신의 부족함이 보이기 때문일 거다. 그래서 그걸 더욱 철저하게 위장하는 거다. 그런 위장에 속는 사람도 있고 속지 않는 사람도 있겠지만, 그래야 하는 게 삶이라면, 그건 참으로 눈물겨운 인간의 비애다.

집착과 존중

　며칠 전 한 그림작가와 술을 마시는데, 그가 스토킹을 당한 적이 있는 자신의 이야기를 들려줬다. 그림작가가 자신을 사랑했던 사람에게 이별을 선포하자 그가 전화나 문자로 폭언을 하는 것은 물론이거니와 그의 전시회장이나 그가 가는 곳 어디에나 불쑥불쑥 나타나 위협을 가했다는 것이다. 결국 그림작가는 경찰의 도움을 요청했고 지금은 진정 기미를 보이고 있다고 했다. 그 과정에서 그림작가나 그 사람의 삶이 피폐해졌음은 굳이 확인할 필요조차 없을 것이다. 스토킹은 좀 극단적인 형태지만 누구나 살아가는 동안 조금씩은 무언가에 집착한 경험이 있을 것이다. 이때 집착의 대상은 사람이기도 하고 사물이기도 하다. 보통 집착은 상대를 소유하고자 하는 욕망으로 간주하기 쉽다. 그런데 내 생각에 집착은, 대상을 향하고 있다기보다는 자신을 향하는 것이다. 집착은 상대방으로부터 인정을 받고자 하는 욕망이지만, 좀 더 깊이 들여다보면, 상대방으로부터 인정을 받은 나 자신을 수긍하는 데서 오는 희열에 대한 욕망이다. 그래서 대상에 의해 자신이 부정되는 것을 참을 수 없는 것이다. 그때 그 대상은 자기애의 확인을 가로막는 장애물일 뿐이다. 그런 인식에서 자연스레 그 대상에 대한 가해나 공격 성향이 나타나는 것이다. 결코 대상을 사랑해서도 좋아해서도 아니다. 그것은 자기애의 병적인 산물일 뿐. 집착에서 벗어나기 위해서는 인간사회의 상시적인 상호존중이 필요하다.

행복에 대해

행복은 인간의 화두다. 매일매일 졸린 눈을 비비고 일어나 회사에 나가는 것도, 밤새워 공부하는 것도, 좋아하는 사람에게 잘 보이려고 노력하는 것도, 다른 이의 삶이 묘사된 영화를 보고 소설을 읽는 것도 모두 자신의 삶을 행복으로 이끌어가고 싶은 본능 때문일 것이다. 그런데 행복은 단숨에, 일순간에 찾아오는 것이 아니라는 것은 삶을 살면 살수록 명백해진다. 그럴 때 일단 가까운 것부터 호명해보자. 자, 내가 먼저 내 곁의 행복을 하나하나 명기해볼 테니 따라 해보시길. 내 어리석음을 깨치는 좋은 선배들과 친구들의 작은 목소리, 내 스마트폰에 뜨는 그들의 수신 전화번호, 내 작은 지혜를 빌려가면서 고맙다고 말해주는 사람들, 지하철이나 버스에서 노약자에게 먼저 올라타라고 양보하는 청년을 바라보는 일, 그리고 마음의 탁한 기운을 헹궈주는 수많은 음악과 책과 시들, 그것을 제대로 들을 수 있는 귀와 제대로 볼 수 있는 눈, 불행한 삶의 기미를 자신들의 고통으로 먼저 알려주는 시인들, 내 투명한 잔에 술을 따라주는 따뜻한 손의 표정들, 소설가들의 일관된 열정과 겸손, 성실하고 정확하게 물건을 가져다주는 택배 배달부들, 길에서 만난 노인들의 깊은 퇴행이 보여주는 삶에 대한 은유, 개들의, 언제나 지나친 구애, 일본 사람들이 비행기까지 타고 와서 사 먹는다는 북촌 피냉면집이 회사에서 걸어서 3분, 행복은 멀리 있는 게 아니라는 것이 이제는 확실해졌어.

에너지를 소진시키는 것들

전문가가 아니어서 확언할 순 없지만, 매우 정신적인 작업으로 간주되는 글쓰기도 물리적 에너지를 소진시키는 분명한 요인인 것 같다. 내가 바로 그 증물이다. 나는 아침에 키를 재면 177cm이고 저녁에 키를 재면 176cm 정도가 나온다. 그리고 몸무게는 69kg. 15년째 이 적정 체중을 유지하고 있다. 그런데 나는 체중을 일정한 수준으로 관리하기 위해 규칙적인 운동을 하거나 식이요법을 실천한 적이 없다. 오히려 잦은 음주로 인해 필요한 에너지보다 많은 양의 에너지원을 섭취하는 것이 일상화되어 있다. 그럼에도 불구하고 체중을 유지하는 이유를 나는 글쓰기에서 찾을 수밖에 없다. 지금까지 내가 낸 책이나 발표한 원고들을 단순 환산하면 나는 평균 한 달에 100매 정도의 글을 지속적으로 써온 셈인데, 글을 쓸 때는 생각을 많이 하게 되는 것은 물론이고 나도 모르는 사이 내 몸에 장엄한 긴장이 깃든다. 그것은 예컨대 수축을 지향하는 상태다. 아무래도 이 과정에서 내 몸에 쌓여 있던 에너지가 소진되는 것 같다. 왕성한 창작열을 가진 소설가 중에 비만 체형을 가진 이들이 거의 없다는 것도 내가 글쓰기가 에너지를 소모한다고 추정하는 근거다. 글쓰기뿐만 아니라 정신적인 집중이 요구되는 모든 일은 실제로 우리 몸의 에너지를 우리가 생각하는 것보다 훨씬 많이 소진시키는 것 같다. 스트레스를 유발하는 질 나쁜 연애에 빠진 이들의 체중이 줄어드는 것도 이와 같은 이치가 아닐까.

경찰 이야기

몇 년 전 몇 개월 미국 체류를 하면서 직접 느낀 것이지만, 미국 경찰의 권위와 그것에 대한 미국 시민들의 존중은 절대적인 것이다. 경찰의 정당한 요구에 불응하면 그 즉시 콘크리트 바닥에 키스를 하게 되고 수갑이 채워진다. 다양한 이해관계가 부딪칠 수밖에 없는 다인종, 다문화 국가 체제를 유지하기 위해, 강력한 공공 통제는 미국사회가 선택한 가장 필연적인 전제였을 것이다. 그런데 이에 비하면 우리나라 경찰은 참 뭐랄까 그냥 답이 없는 것 같다. 경찰조직의 개별적인 구성원들을 비난할 생각은 추호도 없지만 우리나라 경찰의 권위와 역할에 대해 국민들은 매우 비판적이고 냉소적이다. 한국 경찰이 생긴 이래 그들이 시민들로부터 존중받은 적이 한 번이라도 있었을까. 경찰이 존중은커녕 냉소와 조롱의 대상이 된 이유를 나는 두 가지 정도로 생각하고 있다. 첫째는 개별적 주권과 인간의 권리를 옹호하는 공공선과 도덕에 대한 철학적 이해가 한국 경찰에게 부재한다는 것이다. 다시 말해 자신들이 왜 존재하는지를 진지하게 성찰하는 모습을 우리 경찰에게선 발견하기 어렵다. 이것은 사실 직업윤리의 문제다. 경찰 구성원 대부분이, 경찰을 단순히 월급이 보장되는 공무원의 일종으로 생각하는 한, 자신의 존재적 당위에 대해 그들은 어쩌면 가장 자조적인 태도를 취하는 부류일 수도 있다. (공무원 조직에서 자조처럼 무서운 게 또 있겠는가.) 한국 경찰이 존중받지 못하는 두 번째 이유는 이미 여러 차례 지적된 것이지만 경찰 조직이 정치권력의 명령이나 요구에 지나치게 순응적인 태도를 취했기 때문일 것이다. 얼마 전 우연히 인터넷에서 광화문 광장을 일정한 간격으로 점거하고 있는 경찰들을 보았는데, 이건 뭐 너무 부끄럽고 한심하고 어이없어서 웃지도 못할 수준이었다. 경찰이 시민들의 안전을 보장하는 공공선도 지켜내지 못하면서 범국민적 저항에 부딪친 정부를 옹호하는 데 조직의 역량을 소비한다면 그 누가 이 조직을 지지할 수 있을까.

무명의 삶

　사람들은 누구나 지금과는 다른 삶을 살고 싶어 한다. 그런데 그것을 실천하는 것은 여간 어려운 일이 아니다. 현실에서 다른 꿈을 꾸는 것을 방해하는 게 한두 가지가 아니기 때문이다. 여건 자체가 되지 않기도 하고 여건은 되지만 용기가 없기 때문이기도 하다. 다른 삶을 꿈꾼다는 것은 사실 우리 모두의 권리이자 의무이다. 현실에 만족하며 산다는 것은 사실상 퇴행을 의미하는 것이기 때문이다. 누구나 현실에 만족하며 산다면 인간의 역사는 한 발자국도 발전하지 못했을 것이다. 나 역시 다른 삶을 자주 꿈꾼다. 그런데 내가 꿈꾸는 삶은 어이없을 정도로 소박하고 어떤 의미에서는 퇴행적인 것이다. 하지만 그 소박과 퇴행의 성질 속에 내가 생각하는 삶의 진면목이 들어 있다. 지난주에 프로야구가 개막했다. 나는 프로야구를 좋아하지도 싫어하지도 않는다. 내가 꿈꾸는 다른 삶이란 이런 것이다. 글 따위는 쓰지 않고 걸어서 야구장을 갈 수 있는 동네의 작은 전파상이나 철물점을 하는 사내가 되어 한 달에 두어 번 야구를 보고, 옆집에서 부동산을 하는 사내와 슈퍼 앞 파라솔에서 싸구려 오징어 다리를 씹고 소주를 마시며 그날의 야구경기에서 누가 잘했네, 못했네 마구 지껄이는 삶. 왜 이런 삶을 꿈꾸느냐면, 이 삶 속에는 무엇을 겨루는 투쟁이나 경쟁에 내 영혼을 팔지 않아도 될 것 같기 때문이다. 물론 착각일 수도 있겠다. 하지만 저 무명의 삶에 내 영혼은 늘 이끌린다.

술 마시는 날들

월요일 퇴근 시간이 되면 유독 술이 당긴다. 경험칙으로 말하자면, 나처럼 술을 좋아하는 직장인들이 술을 가장 즐겨 마시는 요일이 월요일과 금요일이다. 요즘은 미국인들의 라이프스타일을 흉내 내 금요일 저녁부터 가족과 보내기 위해 그 전날인 목요일에 회식날짜를 잡는 사람들이 점점 는다고 하는데, 아직 내가 보기엔 월요일과 금요일에 제일 술을 많이 마시는 것 같다. 금요일은 일주일의 업무가 끝나는 날이고 다음 날 출근 걱정을 할 필요가 없기 때문에 부담 없이 마실 수 있는 날이다. 금요일에 술을 마시는 건 이상할 것이 없다는 얘기다. 그런데 일주일의 업무를 시작하는 월요일에는 왜 그토록 술을 많이 마시는 걸까. 그에 대해서는 몇 가지 의견이 있는데, 주말 동안 집에서 가사나 육아 등 노력봉사를 하면서 매여 있다가 해방되는 날이기 때문이라고 말하는 이도 있고, 금요일 밤에 폭음을 하고 술집 앞에서 어떻게 헤어졌는지 모르는 술친구를 만나 금요일 밤의 행적을 서로 확인하기 위해 마신다는 웃지 못할 이유를 대는 사람도 있다. 또는 자신을 기다리고 있는 일주일치의 업무에 대한 공포와 두려움을 잊기 위해 월요일에 마신다는 사람도 있다. 주말 동안 술을 마시지 않아 체력이 가장 좋고 월요일에 회의 같은 게 많아서 으레 술자리로 이어진다고 말하는 이도 있다. 나는 어떤 경우인지 말하지 않겠다. 사실은 내 경우 월요일이어서 술을 마시는 게 아니고 마시고 보니 월요일이더라.

꽃이라는 장엄

바야흐로 꽃이 만개하는 계절이다. 서울에 핀 벚꽃은 이번 주가 절정이란다. 그러나 화무십일홍이라고 이 꽃이 보여주는 화엄도 어느 사이 저물 것이다. 그것이 아무리 이치라고는 하나 꽃이 지는 걸 바라보는 것은 확실히 처연하고 허무한 일이다. 그것을 삶의 비유로 받아들이면 더욱 그렇다. 하지만 꼭 그렇기만 한 것일까. 꽃이 지는 것을 일종의 적선이라고 볼 수는 없을까. 꽃이란 말하자면 식물의 생식기관인데 꽃이 피고 지는 사이 수분이란 게 이루어질 테고, 저렇게 져야만 다시 내년 봄에 더욱 풍성하게 꽃잎을 피울 수 있을 테니까 말이다. 그것이 과실수라면 과일까지 맺는다. 식물도 생각하고 느끼는 존재라고 생각하는 나로서는 꽃이 자기 잎을 스스로 떨어뜨리는 것이 지혜로까지 받아들여진다. 생각을 한번 해보자. 꽃이 일 년 열두 달, 4월처럼 풍성하게 피어 있다면 꽃이 귀하다는 걸 우리가 지금처럼 알 수 있을까. 우리가 꽃을 지금처럼 화사한 생명의 전령으로 받아들일 수 있을까. 아마 꽃 귀한 줄 모르고 식물들의 지위까지 깎아내릴지도 모른다. 어쩌면 식물들이 자신의 꽃을 오래 피우지 않는 것은, 자신의 가치를, 그 가치의 희소성을 어필하기 위한 생존의 장엄한 비밀 같은 것인지도 모른다. 그러니 꽃이 진다고 아쉬워할 일만은 아니다. 꽃이 피는 것처럼 지는 것의 의미 또한 꽃의 입장에서 생각해볼 수 있다면 말이다. 인생 또한 그러하리라. 피고지고 피고지고.

어려워라, 삶이여

다들 공감하겠지만 지하철이나 버스에서 책을 읽는 사람을 본 지 오래됐다. 아주 가끔 책 읽는 사람을 발견하게 되면 마치 별종이라도 발견한 것처럼 휴대폰으로 사진을 찍을 정도다. 서점에 가도 사람이 없다. 그렇다고 사람들이 인터넷 서점에서만 책을 사는 것 같지도 않다. 사람들은 스마트폰만 들여다본다. 영혼 없는 표정으로 게임을 하고 트위터를 한다. 엊그제 만난 출판전문가는 교보문고가 머지않은 미래에 없어질지도 모른다는 충격적인 말까지 했다. 나 역시 책을 만드는 일을 직업으로 가지고 있는 이로서 그리고 소설을 쓰는 작가로서 고민이 많다. 지금의 상황을 어떻게 진단하고 분석해야 할지 몰라 머리는 복잡하고 심장은 두근거린다. 그 어디에도 해법은 없는 것처럼 보인다. 좋은 책을 내는 것과 이익을 내는 것은 정녕 모순일까. 지금처럼 팔리지 않는 책을 내면서 애써 의미를 부여하고 팔리는 책들을 인정하지 않으려는 건 질투 어린 위선밖에 안 될까. 정말 머리가 아플 지경이다. 어린아이의 마음으로 돌아가 선과 악이 무엇인지부터 차근차근 생각해보고 싶다. 과연 우리 삶에서 선은 무엇이고 악은 무엇일까. 성공하고 이익을 내고 그것을 나누는 것이 선일까 아니면 실패하고 손해 보고 그것을 함께 위로하는 것이 선일까. 나는 어떤 선을 따라가야 할까. 부끄러운 고백이지만 나이를 먹으면 먹을수록 삶이 어렵게 느껴진다. 그래도 살아야 한다. 삶은 사는 데서부터 시작하는 거니까.

회비를 걷는다는 것

술자리나 밥을 먹는 자리에서 사람들이 대여섯 명 이상만 모이면 요즘은 회비를 걷는다. 그 자리의 가장 고참 선배나 좌장이 술값을 내는 경우는 갈수록 줄어든다. 나는 이것이 매우 바람직하다고 생각한다. 자기가 먹고 마신 값을 치르는 건 매우 합리적이고 건강한 문화다. 비약적인 생각인지는 모르지만, 이런 문화가 굳어지면 술자리나 식사를 하는 자리를 통한 청탁 같은 것도 줄어들지도 모른다. 사람들은 베풀면서 그 대가로 무언가를 바라기 십상이고, 또 얻어먹은 사람 역시 그것을 일종의 빚이라고 생각하기 때문이다. 그런데 회비 걷는 일에 사람들은 잘 나서지를 않는다. 그것은 즐거운 일도 아니고 명예로운 일도 아니고 일종의 악역이기 때문이다. 어쨌거나 누군가 회비를 걷어야 하는데 아무도 나서는 사람이 없을 때는 내가 나서는 편이다. 아무도 하지 않으려는 일을 할 때 이상한 쾌감 같은 것을 느낄 때도 있다. 그런데 회비를 걷을 때, 예컨대 뻔히 경제적인 사정을 아는, 가난한 후배나 친구에게 회비를 달라고 할 때는 참으로 민망하다. 회비란 한 사람 한 사람 빠짐없이 일정하게 걷는 것이 원칙인데, 보는 눈들이 많을 때 누굴 따로 봐주기는 어렵기 때문이다. 그런데 풍속이란 아름다운 쪽으로 흐르는 모양이어서 좀 여유가 있는 사람이 그렇지 않은 사람의 회비를 대신 내주는 경우가 속속 있다. 그러면 회비를 걷는 악역을 맡은 사람의 마음도 훈훈해진다.

나의 친척들

　며칠 전에 친척 한 분으로부터 전화를 받았다. 그분은 내가 작가라는 것을 의식하셨는지 어떤 말씀 끝에 "요즘 드라마 작가들이 돈을 많이 번다던데 너도 그런 걸 해보지 그러니?"라고 말씀하셨다. 나는 뭐라고 대답해야 할지 몰라 잠시 어리둥절했지만 곧 실소를 머금으며 "아이고 드라마를 아무나 쓰나요. 저는 그런 재주가 없어요."라고 얼버무렸다. 물론 그분은 나 잘되라고 하신 말씀이다. 어쨌거나 전화통화를 마치고 머릿속에 떠오른 재밌는 생각이 하나 있었는데 이런 것이다. 친척이라는 존재, 그러니까 이모나 고모나 삼촌 같은 분들은 하나같이 이 세상에서 돈을 많이 벌고 풍족하게 사는 것을 최선의 가치로 생각하시는 분들 같다는 것. 내게도 이모나 고모 삼촌들이 계시지만 이분들은 어렸을 때부터 내게 늘 그런 말씀들을 하셨다. 공부 잘해서 판사가 되는 게 어떻겠니. 의대에 가서 의사가 되면 참 좋겠다. 대기업에 들어갔으면 좋겠다. 이런 말씀들. '우리 사회에 어떤 문제가 있고 그것 때문에 억압받는 사람들이 얼마나 많은지 늘 생각하면서 살았으면 좋겠다' 라든지, '기성의 가치나 제도에 기대지 말고 독창적인 예술을 해봐라' 라고 말씀해주시는 이모나 고모나 삼촌은 한 분도 안 계셨다는 말이다. 그런데 사실은 나도 조카가 넷이나 있는 삼촌인데 그들과 통화를 하면, 공부는 잘하고 있는지부터 묻는다. 나도 그들 앞에서는 별수 없는 친척인 거다.

예술가의 권위

어떤 사람과 대화를 하다가 자신의 권위를 부러 앞세우는 걸 보거나, 그것을 알아주지 않으면 노골적으로 서운해하는 것을 확인하게 되면 나도 모르게 입맛이 쓰다. 권위는 내세우는 게 아니고 밖으로부터 오는 것일 테니 말이다. 그런데도 사람들은 자신을 몰라주면 서운해하고 좀 더 특별한 대접을 받고 싶어 한다. 특히 글을 쓰는 이들 중에는 유난히 자신의 권위를 인정받고 싶어 하는 사람들이 많다. 그것이 본능의 영역인지는 모르겠지만 나는 오히려 자신의 권위를 잘 모르거나 그것을 인정하지 않는 예술가를 신뢰하는 편이다. 지난달에 꽤 유명한 소설가인 B선배님한테 어떤 제안을 했을 때, 선배님이 하시는 말씀이 이랬다. "아니 저처럼 팔리지 않고 유명하지도 않은 작가에게 그런 제안을 다 해요?" 그것은 내게 흔한 겸양의 표현이 아니라, 진실하고 오랜 자기 응시에서 나온, 예술의 궁극적인 정신에 닿아 있는 자에게서나 가능한 자유로운 발언처럼 들렸다. 선배님한테 결례인지는 모르겠으나 그것은 거의 백치의 상태를 닮는 것이다. 나는 이런 작가에게, 다시 말해 자신의 권위를 스스로 해제해버린 예술가에게 권위를 회복시켜주는 작업을 하고 싶다. 이미 자의와 타의의 욕망들이 타협하거나 서로 부추겨 만들어진 어떤 권위에, 그 권위를 즐기는 자에게 복무하고 싶지는 않다. 내가 너무 경직되어 있는 건지는 모르지만 그것이 진실한 예술가의 동료가 되고 싶은 자로서의 내 신념이다.

토템과 터부

주말마다 동네 산책을 하곤 한다. 그것은 내 일상의 **빼놓을** 수 없는 즐거움이다. 나는 고궁이나 이름난 공원보다는 동네의 굽이굽이 골목길과 살림집이 밀집한 주택가를 산책하는 걸 훨씬 좋아한다. 사람들의 신산한 살림살이가, 그들의 부단히 살아 있으려는 노고가 눈에 들어오기 때문이다. 그러면 내 마음이 정화되는 걸 느낀다. 내 산책은 그러니까 나른하고 느긋한 몽상보다는 삶에 대한 생생한 연민을 확인하는 시간에 가깝다. 지난 주말에도 길고 긴 산책을 했다. 어떤 집 앞에서는 전자대리점의 배달 차량이 서 있는 것을 보았는데, 짐작하기로는 새 냉장고나 새 세탁기를 들여놓는 게 아닐까 싶었다. 아니면 오래된 TV를 요즘 유행하는 대형 벽걸이 TV로 바꾸는 건지도 몰랐다. 그렇다면 그 집의 아이들은 얼마나 좋을까. 우리 집에 거의 다다라서는 어떤 집 대문 앞에 책이 쌓여 있는 것을 보았다. 버리려고 내놓은 게 틀림없었다. 얼마 전 400여 권의 책을 버릴 만큼 책에 치여 사는 나는 다른 집에서 내놓은 책에 관심을 가질 이유가 없는데 슬쩍 보니 국어사전과 옥편이 그 사이에 끼어 있는 게 아닌가. 그걸 이른바 '득템'을 해서 집으로 가지고 왔다. 집에 사전이 없는 것도 아닌데, 박용수 선생이 엮은 엄청나게 두껍고 최고로 좋은 우리말 활용 사전도 있는데, 왜 사전을 가져가야겠다는 마음이 든 것일까. 한국어로 글을 쓰는 사람의 무의식에 도사린 토템과 터부인가? 정말 그런 건가?

삶과 죽음의 은유

마흔이 넘으면서부터 집에서 술을 자주 마시는 편이다. 밖에서 마시는 것보다 이로운 점이 훨씬 많기 때문이다. 일단 비용이 적게 들고, 다른 사람 의식하지 않고 편하게 마실 수 있고, 술에 취해 귀가할 때 발생할 수 있는 위험을 예방할 수 있다는 점 등이 바로 그것이다. 그런데 집에서 술을 마시기 위해 냉장고나 장식장을 뒤질 때마다 내가 좋아하는 술이 다 떨어졌다는 걸 알곤 당황할 때가 많다. 특히 소주나 맥주는 우리 집에서 무척이나 귀한 술이다. 사오는 족족 마셔 없애기 때문이다. 대신에 위스키나 코냑 같은 비싼 술은 늘 언제나 제자리에 있다. 내가 좋아하는 비교적 값이 싼 술은 귀하고, 위스키 같은 비싼 술은 언제나 구비되어 있는 이율배반적인 현실의 원리는 아주 간단하다. 좋아하는 것은 먹어 치우고 좋아하지 않는 것은 손대지 않기 때문이다. 누구든지 좋아하지 않는 것은 방치한다. 위스키가 아무리 비싸다고 해도 내가 좋아하지 않는 한 그것은 소비되지 않는 것이다. 대신에 내가 좋아하는 것은 언제나 탐닉되어지기 때문에 일찍 없어진다. 시인 황지우가 "내가 사랑했던 자리마다 언제나 폐허다"라고 말한 것이 나는 바로 이런 것을 말한 것이라고 생각한다. 대상이 술이건 아니건 그건 중요하지 않다. 탐닉되어지는 것은 언제나 소비되고 그렇지 않은 것은 재고로 남는다. 이것이 바로 소비하는 생명의 원리이고 우리 삶과 죽음이 가르치는 거대한 은유일 테니.

시인과 기자

　사람을 만날 때, 그 사람의 어떤 수준을 대놓고 따지는 것은 매우 무례한 행동일 것이다. 그런데 본인 스스로 자신의 직업이나 하는 일을 드러내는 것에 개의치 않는 이들일수록 그 직업적 수준이 함께 노출되는 경우를 자주 본다. 그럴 때는 보지 않으려고 해도 그것이 눈에 보인다. 문단과 출판계에서 활동하는 동안 시인과 기자들을 무수히 만났고 그들이 쓰는 많은 글을 읽었는데 그 경험에 비추어 말하자면, 이 세상의 모든 직업 중에서 질적 수준 차이가, 그 진폭이 가장 큰 직업이 바로 시인과 기자인 것 같다. 일단 시인과 기자를 칭하는 사람들의 숫자가 무척 많다는 것이 첫 번째 이유일 것이고, 시인과 기자라는 직업의 자격(자질)과 소용에 대해 합의되지 않은 외연이 매우 넓은 것이 두 번째 이유일 것이다. 그런데 시인은, 자신이 아무리 형편없는 시인일지라도 그것을 알지 못하는 경우가 대부분인 반면, 기자는 그런대로 자신의 실력과 수준을 스스로 인지하는 편이다. 그리고 그것은 자신이 소속된 매체의 영향력과도 상관관계를 갖는다. 어쨌거나 내가 이런 말을 하는 것은, 내가 좋은 시인이라거나 수준 높은 시인이어서가 절대 아니다. 정확히 말하자면 나는 좋은 시인이 아니다. 더 정확히 말하자면 내 목표는 나쁜 시인이 되는 것이다. 나쁜 시인이 무엇이냐고 묻는다면, 그것은 좋은 시인에서 힘껏 달아나는 것이라고 대답하고 싶다. 이것이 바로 수준 낮은 시인의 어설픈 변명이다.

정신을 흔들어 깨우는 것

특수한 경우를 일반적인 것으로 몰아가려는 의도로 하는 말은 결코 아닌데, 가끔 나이 드신 어르신들이 그 나이에 걸맞지 않는 행동을 하는 경우를 목격하고는 한다. 예를 들면 공중질서 어기는 것을 너무나 당연히 여기는 어르신도 있고, 상황에 맞지 않는 일방적인 존대를 요구하는 분들도 계시다. 대화를 할라치면 무조건 가르치려는 분도 계시다. 평균연령이 수직적으로 상승하면서 노인 인구 비율이 늘었고 그러면서 사회에서 존경받는 어른이 되는 것이 얼마나 어려운지를 어르신들 본인들도 체감하고 계실 것이다. 나이를 먹는다고 삶이 저절로 깊어지는 것이 아니라는 걸, 오히려 주름만 느는 육체처럼 정신도 추해질 수 있다는 걸 몇몇 어르신들을 보면서 새삼 깨닫는다. 반면교사라고 해야겠지만, 사실 육체가 젊은 것만도 자랑이라고 할 순 없다. 정신이 늙어버리면 육체의 싱싱함은 오히려 흉한 허물로 도드라질 수 있고, 정신이 샘물 같으면 비록 쇠한 육체라도 그 정신의 마뜩한 처소가 된다고 생각한다. 크리스털 잔에 담긴 썩은 물과 두레박에 담긴 생수를 머릿속에서 떠올려보면 이해가 될까. 꽃샘추위가 조금씩 물러가는 모양이다. 놀이동산에 가서 롤러코스터를 타는 것도 좋고 동물원에 가서 아기염소와 눈을 맞추는 것도 좋겠지만, 두레박 안에 샘물을 담기 위해 좋은 책을 읽고 좋은 생각들을 많이 하는 봄날이었으면 좋겠다. 책은 고여 있는 정신을 흔들어 깨워서 흐르게 한다.

내가 좋아하는 시인

요즘은 주로 시인들과 어울린다. 그들과 술도 먹고 밥도 먹는다. 그들과 어울리다 운이 좋은 경우라면 그들이 쓰는 시의 개성적인 내력이 어디에서 오는 것인지 보일 때도 있다. 다양한 취향과 기질을 가진 시인들이지만, 한 가지 공통점은 자신이 쓰는 시에 대한 자부심만큼은 남에게 지기 싫어한다는 것이다. 아주 온순한 인품을 가진 것으로 알려진 시인이라도 자신의 시가 왜곡된 평가를 받으면 일순간 열혈 투사로 변신하는 경우를 나는 심심찮게 목격했다. 자부심을 표현하는 방법도 여러 가지인데, 어떤 시인은 침을 튀기며 자신이 왜 좋은 시인인지를 말하기도 하고, 어떤 시인은 아주 관조적이고 초월적인 태도를 취하면서 은근한 방식으로 남다른 자부심의 품격을 드러내기도 한다. 내가 만나본 시인 중에 시인으로서의 자부심을 가장 소박하게, 하지만 가장 설득력 있게 드러낸 분은 시인 황인숙 선생님이다. 선생님은 당신이 쓴 어떤 산문에서 이렇게 말씀하셨다. "나는 시로 쓰지 못한 좋은 것을 갖고 있지 않다." 이 말은 당신이 가진 좋은 것은 모두 시로 썼다는 의미이겠다. 시인으로서 이토록 정갈하고 맑고 깊은 자부가 어디에 있을까. 남산 밑 옥탑방에서 물직적 풍요와는 거리가 먼 삶을 살고 계시지만, 선생님은 시인으로서 이미, 아니 자연이 만들어진 처음부터 풍요롭게 존재하고 계신 셈이다. 선생님을 너무 오랫동안 못 뵈었다. 문득 선생님이 많이 뵙고 싶다.

문학적인 삶

또렷하게 기억하는데, 돌아가신 소설가 최인호 선생님은 내 면전에서 몇 번 이런 말씀을 하셨다. "문학은, 받아 적는 것이다." 나는 별로 좋아하지 않는, 하지만 위대한 시인으로 칭송받는 파블로 네루다도 이렇게 말했다. "어느 날 시가 내게로 왔다." 최인호 선생님과 네루다의 말은 어떤 공통점이 있다. 그것은 문학이란, 자기의 의도나 의사와는 무관하게 창졸간에 주어지는 것일 수 있다는 것이다. 그러니까 문학의 어떤 성취란 내가 그걸 갖고 싶다고 해서 가질 수 있는 게 아니라는 것, 오히려 내 몸에서 문학적인 의도나 욕망을 배제할 때, 다시 말해 어깨에서 문학적인 포즈나 힘을 다 뺄 때 다가올 수 있는 것이라는 것. 부를 때는 쳐다보지도 않다가 부르지 않을 때 살금살금 다가오는 고양이처럼 말이다. 나는 좋은 시인이나 작가들이 어떻게 문학적으로 단련되는지를 '황태'에 비유해서 설명해보고 싶다. 밤사이 눈을 맞으며 매운 해풍에 얼었다가 낮이 오면 햇살에 녹기를 수백 번 반복하면서 완성되는 황태처럼 시인이나 작가도 '문학적' 긴장과 '비문학적' 이완 사이에서 수천, 수만 번 의식의 교란을 경험하면서야 어렴풋이, 그리고 겨우 문학의 실마리를 잡아볼 수 있다는 것. 그러다가 어떤 경지에 오르게 되면, 버튼을 누르듯 쉽게 문학적인 모드와 비문학적인 모드를 경계 없이 자유자재로 왔다 갔다 할 수 있을 것이다. 물론 유사품이나 짝퉁은 어디에나 있겠지만.

무소유

평화로운 일요일 오후다. 나는 볕이 잘 드는 계단에 앉아 지난주에 수선을 해온 낡은 가죽 부츠에 왁스를 바르고 헝겊으로 잘 닦았다. 그러곤 그냥 멍하니 그 자리에 앉아 있었는데 문득 적게 소유하고 풍요롭게 존재하라, 라는 말이 떠올랐다. 풍요롭게 존재한다는 것이란 무엇일까. 그것은 집착하지 않는 것, 다시 말해 소유하는 것에 욕심을 내지 않는 것이리라. 마흔이 넘고 보니, 물질이나 재화가 삶을 풍요롭게 해주는 것이 아니라는 것만큼은 분명히 알 것 같다. 그런데 나는 또 이런 생각을 해보았다. 우리가 소유함을 경계해야 할 것 중에 가장 어렵고 중요한 것이 사람의 마음이 아닐까라는 것. 사실, 재화나 물질에 대한 무소유를 실천하는 것은 우리 모두 얼마간은 가능하다. 그러나 사람의 마음을 소유하고 싶은 마음까지 버리는 것은 얼마나 어려운 일인가. 우리 모두는 외로운 존재이고 나약한 동물이다. 그래서 필연적으로 사랑받고 인정받고 존경받기 위해 노력한다. 그런데 그 과정에서 얼마나 많은 고통과 상처와 불화가 발생하는가. 수행하는 내내 무소유를 실천했다는 법정 스님 역시 당신에 대한 대중들의 존경심이나 경애심까지 물리치지는 못하지 않나. 외려 스님은 그것을 즐긴 것은 아닌가. 그건 그리스도도, 석가모니도 마찬가지일 것이다. 진정한 무소유란, 자신에게 따라붙는, 자신을 우러르는 사람들의 마음까지 갖지 않는 것이리라. 아니, 사실은 여전히 잘 모르겠다.

얼우다

남녀 간의 정사, 즉 섹스를 뜻하는 우리말은 현재 사용되지 않는다. 구어적 환경에서나 문학 작품 속에서도 찾을 수가 없다. 성교나 통정 같은, 건조하기 짝이 없는 한자어가 참으로 어색한 맥락에서 쓰일 뿐이다. 오래전에는 '얼우다' 라는 말이 있었는데, 지금은 죽은 말이 됐다. 어찌 된 일인지 사라져도 좋을 '씹하다' 같은 비속어는 남았는데 말이다. 얼우다라는 말은 참 아깝다. 어감도 얼마나 그윽하고 예쁜가. 이런 말이 사라진 것은 우리말의 풍요로움이 사라진 것이다. 황진이의 시조에 "동짓달 기나긴 밤을 한 허리를 버혀 내어 / 춘풍(春風) 이불 아래 서리서리 넣었다가 / 어룬님 오신 날 밤이어든 굽이굽이 펴리라"가 있는데, 종장의 "어룬님"이 바로 얼운님, 즉 통정한 남자라는 뜻이란다. 우리가 지금 쓰고 있는 말 '어른'도 바로 여기에서 유래됐다. '성교한 자'를 뜻하는 '얼운이'가 '어룬이'가 되고 '어른'이 된 것이다. 즉 어른이란 섹스한 사람이라는 속뜻을 가지는 것이다. 그런데 내 생각에 섹스를 했다고 다 어른인 것은 아닌 것 같다. 어른이란, 어른다워야 어른이다. 그것은 자신의 육체적 욕망을 정신적으로 관리하고 통제할 수 있는 능력이 있을 때 가능하다. 또한 '얼운 님'을 욕망의 대상으로만 보지 않고 아끼고 사랑하고 보호해야 하는 대상으로 존중할 수 있어야 할 것이다. 그럴 때 '얼우다' 라는 정말 아름다운 우리말도 다시 살아날 수 있을 것이다.

페이스북

오래전부터 SNS를 즐겨 하는 편이다. 내가 가장 즐겨 하는 것은 페이스북인데, 그곳에 올라오는 글을 보면 대략 그 사람의 성정이나 기질 등을 파악할 수 있다. 그런데 며칠 전에 페이스북의 친구 한 분이 내게 농반진반으로 까칠하다는 말씀을 하셔서 잠깐이나마 진지하게 내 기질을 생각해보았다. 까칠한 이미지가 만들어진 것은 아마도 내가 그동안 페이스북에 상대적으로 예민한 쟁점에 대한 생각이나 소수 의견 같은 것을 자주 올려서 그런 것 같다. SNS는 일종의 공동체 같은 것이니까 이미 만들어져 있는 여론, 다시 말해 대의를 거스르지 않는 의견을 주고받는 것이 훨씬 좋고 안전한 것일 수 있다. 예를 들면 민족주의에 호소하는 발언이나 일반적으로 통용되는 사회정의에 반하지 않은 가치중립적 의견을 말하는 것 말이다. 역사왜곡을 하는 일본에 대해 목소리 높여 비판하거나, 골목상권을 침해하는 대기업에 대한 성토, 올림픽에서의 편파 판정에 대한 분노, 또는 자신이 좋아하는 음악이나 영화에 대한 것만 포스팅하면 사실 페이스북은 매우 지낼 만하고 놀기 좋은 공간이다. 그런데 왜 나는 자꾸 민감하거나 경우에 따라서 견해 차이가 첨예한 문제에 대해 발언하려는 걸까. 튀는 걸 좋아하는가, 주목받고 싶은 건가, 반골 기질이 있나, 소신이 있어 보기 좋다는 말을 들으려고? 아니다 아니다. 그건 아니다. 그런데 그럼 왜. 곰곰 생각을 해봐야겠다. 술 핑계가 또 생겼다.

신의 장난

　남들 다 앓고 지나가는 흔한 감기 한 번 안 걸린다고 주변 사람들에게 자랑 삼아 말하고 다녔는데, 그 얘길 감기의 신이 들으신 모양이다. 아니, 감기의 신은 몸이 하나라서 바쁘니까, 정무비서관격인 참모가 듣고 감기의 신에게 보고한 모양이다. 아마도 이렇게 말했을 것 같다. 전능한 신이시여, 저기, 김도언이라는 자가 감기 한 번 걸리지 않는다고, 자기가 감기보다 독해서 그런가 보다고 떠들고 다니는데, 한 번 손을 봐줘야 하지 않겠습니까. 그러자 감기의 신이 코웃음을 치며 대답했을 것이다. 저 자는 평소 알레르기성 비염이 있으니 코감기를 내려주거라. 실제로 어제부터 독한 코감기가 비염과 겹치면서 와서 너무나 고통스럽다. 코로 숨을 쉴 수 없는 지경이 된 것이다. 코로 숨을 쉴 수 없으니 머리도 맑지 못하고 늘 무겁기만 하다. 결국 그토록 가기 싫어하는 병원에 가서 약을 지어왔다. 코감기가 오면서부터 원하지 않던 낭랑한 목소리마저 갖게 되었는데, 하나도 기쁘지가 않다. 어쨌거나 아프거나 병에 걸리면 사람들은 문득 신의 존재를 느끼는 모양이다. 그 이유는 뭘까. 어떤 절대자가 있어 나를 점지해서 이런 고통을 주는 것이라는 생각을 하는 것이다. 시련이나 고통이 왔을 때, 그것을 이성적으로 파악해서 내게 잘못이나 문제가 있어서 이런 일이 생긴 것이라고 생각하기보다는 단지 '신의 장난'이나 '시험' 정도로 치부하는 게 훨씬 심리적으로 편하기 때문인가?

되돌아간 의자

예전에 비해 집에서 술을 마시는 경우가 늘었다. 내가 먹고 싶은 안주를 손수 만들어서 작은 잔에 조금씩 마시는 술의 맛은 예사롭지 않은 즐거움이다. 여러 사람과 마시는 왁자지껄한 술자리에서는 으레 후유증이라는 것이 뒤따르는데, 집에서 마실 때는 그런 염려를 안 해서 좋다. 며칠 전 밤에도 집에서 혼자 술을 마시고 있는데, 갑자기, 정말 난데없이, 거실에 놓여 있는 의자 두 개를 유심히 바라보게 되었다. 그 의자는 내가 두 달 전쯤, 어둡고 추운 골목길에 버려져 있던 것을 주워다가 말끔하게 수리를 한 것이었다. 그런데 술 취한 눈으로 갑자기 그 의자를 한참 바라보고 있다가, 아, 내가 지금 물건에 너무 집착하는 생활을 하고 있는 게 아닌가라는 생각이, 마치 눈을 헤집는 쐐기처럼 날카롭게 머리를 스치는 것이었다. 사실 수리를 마친 후에도 나는 한 번도 그 의자에 앉아본 적이 없었다. 의자란 소용이 닿아야 빛이 나는 물건일 텐데, 이런 생각이 도무지 멈춰지지 않는 것이었다. 그래서 결국 마시던 술병을 잠시 내려놓고, 바람처럼 의자 두 개를 집어 들고, 애초의, 그러니까 아직 의자가 부서진 채로 놓여 있던 어두운 골목길에, 다시 사뿐 내려주고 왔다. 그런데 며칠이 지나 드는 생각은, 내가 의자를 옮긴 게 아니라 의자가 나를 옮긴 것 아닐까 하는 것이다. 그러니까 의자가 나를 불러서 데리고 있다가 두 달 만에 되돌려 보낸 것이 맞는 것 같다는.

위염과 병원

열흘 전쯤부터 위염 증세가 시작되었다. 아마도 유통기한이 지난 두부를 먹은 것이 원인인 듯했다. 이후부터는 무엇을 먹어도 속이 울렁거리는 것이다. 나는 육체가 감지하는 물리적인 통증은 잘 견디는 편이어서 약국에서 위장약을 사서 먹는 것으로 어떻게든 위통이 지나가기를 기다리는 쪽을 택했다. 병원에는 정말 가기 싫었던 것이다. 아닌 게 아니라 얼마나 병원 가는 것을 싫어했던지, 연말 정산을 하기 위해 의료비 지출 내역을 떼어보니 작년 한 해 동안 내가 병원에서 지출한 돈은 고작 6,800원이 전부다. 잠시 요통이 왔을 때 침을 한 번 맞았을 때뿐이었다. 그런데 이번 위염은 쉽게 나를 놔주질 않고 괴롭히는 것이어서 꽤나 애를 먹었다. 결국 나는 위통 발생 닷새째에 주변 사람들의 권고를 받아들여 병원에 갔다. 의사 선생님은 아주 친절한 여자분이셨는데, 아플 때는 그리고 더군다나 마흔을 넘어선 나이라면 가까운 병원에서 정확한 진단을 받는 것이 좋다고 하셨다. 병원에서 내려준 처방은 아니나 다를까 위염이었고 삼 일치 약을 처방해주었다. 나는 성실하게 처방한 약을 먹었는데 놀랍게도 하루가 지나자 위통이 모두 사라지는 것이었다. 고통과 아픔을 견딘다는 것에 대한 어떤 환상이 '성숙'이라는 개념과 연결되어 있기 때문인지 일부러 병을 견디는 이들이 있는데, 그러다가 병을 키우면 성숙의 기회는 영영 사라질지도 모른다. 아프면 참지 말고 병원에 갈 일이다.

책의 쓸모

봄기운이 조금씩 스멀거리는 것이 느껴졌는지, 거실과 서재의 책장을 정리해야겠다는 생각이 든 게 며칠 전의 일이다. 그래서 작심을 하고 주말에 거실에 있던 책장 두 개를 서재에 있던 책장 세 개와 맞바꾸는 작업을 시작했다. 그동안 쌓인 책들이 정말 중구난방으로 방치되어 있어서 읽은 책과 읽어야 할 책을 분야별로 나누고 이참에 과감히 버릴 책도 골라냈다. 버릴 책을 한데 쌓아놓고 세어보니 대략 400권 정도다. 지금까지 버리려고 골라낸 책 중에서 가장 많은 권수다. 그동안 미련과 욕심 때문에 책을 쌓아두기만 한 까닭이다. 지금 생각으로는 동네에 폐지 모으러 다니는 분께 연락해 가져가시라고 말씀드릴 생각인데, 주변에서는 동네 작은 도서관에 기증을 하라는 분도 있고 아름다운 가게에 기증하라는 분도 계시다. 그런데 사실 버리려고 골라놓은 책들은 출간된 지 10년 이상 지난 단행본이 70퍼센트, 지나간 문예지 과월호가 20퍼센트, 그리고 기타가 10퍼센트 정도여서 어디에 기증할 정도로 가치가 있는 것인지 좀 애매하다. 예전에도 동네 도서관에 책들을 기증하기 위해 연락을 한 적이 있었는데, 들려온 대답은 전량 기증을 받지 않고 선별적으로 필요한 책들만 가져간다는 것이어서 속으로 이 도서관은 그다지 책을 필요로 하지 않는 곳이구나, 라는 생각을 했더랬다. 책의 쓸모가 점점 희박해지는 세상이 된 것인지도 모른다는 생각이 드니 좀 서글프다.

관찰하는 자

좋은 별명을 가진 사람들은 대체로 행복하게 삶을 사는 이들이다. 이름 이외에 애칭이 있다는 건 그가 사랑받고 있다는 증거일 것이기 때문이다. 6, 7년 전 당시 몸담고 있던 회사에서는 동료들끼리 4자 별명을 만들어 붙이는 것이 유행이었다. 4자 별명의 앞 두 자는 그 직원의 특징, 그리고 뒤의 두 자는 이름으로 구성되는 것이었다. 예를 들어 좀 까칠한 사람의 이름이 '길동'이면 "까칠길동"이 그의 별명이 되는 것이다. 혼자인 경우, 나는 그때나 지금이나 길을 걸을 때 앞만 보고 엄청나게 빨리 걷는다. 그럼 시도 쓰고 소설도 쓴다면서 세상은 언제 어떻게 관찰하느냐고 묻는 이가 있을 것이다. 내가 세상을 관찰할 때는 나는 늘 정지해 있는 편이다. 나는 건물 안쪽 창가에서 저격수처럼 멈추어 선 채로, 혹은 오래된 의자에 앉은 채로 내 앞을 지나가는 타인과 세상을 관찰하는 것이다. 아무튼 빨리 걷는 나의 성향을 제대로 파악한 동료들이 내게 붙여준 별명은 "직진도언"이었다. 나는 그 별명이 내심 마음에 들었다. 직진한다는 건 정신적으로 우회성향이 있는 내게 꼭 필요한 덕목이기도 했으니까. 특별한 운동도 하지 않는 내가 체중을 유지하고, 아직 배가 나오지 않은 것은 전적으로 빨리 걷는 습관 때문이라고 생각한다. 종로 2가나 인사동, 합정역, 녹번동이나 새절역 등에서 획획 지나가는 남자를 보면 나라고 생각하면 된다고 말하면 좀 과장이지만 그가 나일 가능성은 여전히 있다.

성숙하고 겸허한 반성

러시아의 휴양도시 소치에서 동계올림픽이 한창이다. 며칠 전에는 러시아로 귀화한 한국 선수가 금메달을 차지해, 우리에게 만감을 선사하기도 했다. 주변의 반응은 대체로 귀화를 선택할 수밖에 없는 상황으로 몰고 간 빙상연맹을 성토하는 분위기다. 평소에는 별생각이 없던 사람이, 어떤 사안이나 이슈가 터졌을 때 대중의 여론을 동물의 감각으로 살핀 후에 대세에 편승해서 격문에 가까운 선전, 선동을 하는 경우가 있다. 그리고 그는 단숨에 갈채를 받고 스타가 된다. 이건 해방 이후부터 우리나라에서 늘 반복되어온 일이다. 담론의 선점이 필요한 정치판이나 문화판이 특히 그랬다. 우리에게 늘 부족했던 것은 비난이 아니라 반성이나 자성이다. 나는 러시아 국적으로 이번 올림픽에 출전한 한국 선수의 금메달 획득이 결과적으로 아무에게도 상처가 안 됐으면 좋겠다. 성숙하고 겸허한 자세로 반성할 이들이 반성하면 되는 일이다. 그 누구도 상처받는 일로 번지지 않았으면 좋겠다. 비난과 지탄의 대상이 되고 있는 빙상연맹 관계자들조차도 상처받지 않았으면 좋겠다. 우리 선수가 국가대표 선발 과정에서 불거진 갈등과 반목으로 한국 국적을 버리고 러시아 귀화를 신청할 때 우리는 무슨 관심이 있었나. 우리 모두 평소의 무관심을 조금씩만 자성하면 되는 거다. 이미 어떤 감정의 기류가 형성된 여론에 편승해 마치 한풀이처럼 어떤 대상을 성토하는 건 성숙하지 못한 인격의 드러냄일 터다.

마리우스의 마지막 식사

며칠 전 신문을 보다가 깜짝 놀랐다. 덴마크 수도 코펜하겐의 한 동물원에서 근친교배에 의한 열성 유전자의 확산을 막기 위해 두 살짜리 기린을 전기총으로 사살하고 그 사체를 절단해 사자에게 먹이로 주었다는 기사가 외신에 떠 있었기 때문이다. 기가 막힌 건 기린의 사살 과정과 사체를 절단하는 과정을 어린아이들이 포함된 관람객들에게 개방했다는 것이다. 신문에 실린 사진에는 눈망울이 초롱초롱한 어린아이들이 겁에 질린 표정으로 기린의 사체를 해체하는 과정을 지켜보고 있었다. 그 같은 어이없는 결정을 한 이가 누군지는 모르지만 그에게 너무나 화가 났다. 새삼 말할 필요도 없는 일이지만 모든 생명은 존귀한 것이어서 우리는, 사람이 먹기 위해 사육하는 소나 돼지 앞에서도 처참하고 미안한 마음을 느끼는데, 그다지 설득력도 없는 이유로 멀쩡한 기린을 사살해 사자에게 먹이로 던져주다니. 그리고 그것을 사람들에게 보란 듯이 전시를 하다니. 어떻게 덴마크라는 문명화된 나라에서 이런 일이 일어날 수 있을까. 보도에 의하면, 동물원측은 사람들에게, 동물에 대한 지식과 삶과 죽음이란 것에 대해 생각해볼 수 있는 기회를 제공하고 싶었다는데, 그 동물원이 진정으로 노렸던 것은 무엇이었는지 궁금하다. 기린의 이름은 마리우스라고 한다. 사살되기 직전에는 제일 좋아하는 호밀빵을 특식으로 먹었다고 했다. 그것이 마리우스의 마지막 식사였던 셈이다. 나는 이제 호밀빵은 안 먹겠다.

기적 같은 동물들

동물들을 무척 좋아하는 나는 특히 기린이나 코뿔소, 쌍봉낙타, 캥거루, 코끼리 같은 좀 특이하게 생긴 동물들에게 각별한 애정이 있다. 이 동물들을 볼 때마다 내 눈앞에서 '살아 움직이는 기적'이라는 생각이 들기 때문이다. 이들 동물의 존재는 인간의 상상력의 수준을 아무렇지 않게 힐난하는 것 같다. 무슨 말이냐면, 만약 기린이나 코뿔소, 쌍봉낙타, 캥거루나 코끼리 같은 동물이 존재하지 않는다고 가정했을 때, 어떤 상상력이 충만한 이가 자신이 상상한 동물을 그려보겠다며 목이 지나치게 긴 동물과 난데없이 코에 뿔이 난 소처럼 생긴 동물, 그리고 등에 산봉우리 같은 혹이 두 개 달린 동물과 배에 새끼를 넣을 수 있는 주머니를 가진 동물, 코가 뱀처럼 길고 주름진 동물을 종이 위에 그렸다고 치자. 그러면 그 그림을 본 사람들은 십중팔구 이렇게 말할 것이다. "하하, 이건 상상력이 지나치군!" "너무 비현실적이야!". 실재하지 않는 상상 속의 동물이라고 하는 용이나 유니콘만 해도 겨우 뱀의 몸통에 다리가 달려 있거나 말의 콧잔등에 뿔이 달렸을 뿐이니까. 그런데 그런 용이나 유니콘보다도 훨씬 기괴한 모양을 가진 동물들이 실제로 살아서 우리 눈앞에서 움직이고 있는 것이 어찌 기적이 아닐 수 있을까. 그런데도 우리는 이 생명들이 보여주는 상상력의 깊이와 높이를, 그 경이로움을 종종 너무 자주 잊고 사는 것 같다. 봄이 오면 제일 먼저 동물원에 가야겠다.

긍휼히 여기는 삶

겨우내 여러 기업의 승급과 승진 인사가 한창인 모양이다. 그에 따른 내 지인들의 한숨 소리와 환희의 목소리도 들려온다. 내가 지금 일하는 곳에 입사할 때 인사담당자는 차장과 과장 직급 중 어떤 걸 부여할지 고민하고 있다고 털어놓았다. 나는 그 말을 듣고는 과장부터 하겠다고 단숨에 말했다. 담당자는 내심 놀라는 눈치였는데, 내가 그렇게 말했던 건 겸양 따위가 아니라, 내가 가진 생각이 지극히 단순했기 때문이었다. 나는 직급 같은 사회적 성취를 위해 회사에 들어온 게 아니고 내가 하고 싶은 일을 즐겁게 하고 싶다는 내적 성취를 위해 들어온 것이었으니까. 일을 즐겁게 하고 그 결과 회사의 성장에도 기여를 할 수 있다면 이 얼마나 행복한 일인가. 계급의 취득 같은 사회적 성취라는 것은 아무래도 다른 사람에게 보이는 것일 수밖에 없다. 그러면 욕망이 개입하게 되고 행복에 대한 내면적 척도가 흐려지게 된다. 그 왜곡이 심해지면 진짜 행복과 가짜 행복을 헷갈리고 만다. 마치 실제로는 불행한데 매스컴 앞에서는 행복한 척 연출해야 하는 스타 부부들처럼 말이다. 다른 사람에게 보이는 것에 행복의 코드를 맞추면 맞출수록 그 내면은 궁핍해지는 경우를 우리는 많이 보아왔다. 그것들은, 우리가 가장 긍휼히 여겨야 하는 대상은 다름 아닌 우리 자신의 삶이라는 것을 일깨운다. 자신의 내면이 행복감으로 충만한 자만이 생색 없이 오랫동안 지치지 않고 타인의 삶을 염려할 수 있으리라.

자아도취

　사람들을 만나다 보면 과도한 자신감을 내비치는 이를 가끔 만날 때가 있다. 겸손이 미덕으로 받아들여지는 사회적 분위기에서 이들은 돈키호테처럼 보이기 쉽다. 그런데 내 경험에 의하면, 적당한 자기도취는 정신건강에 이로울 수 있다. 그것은 삶의 비애를 다스릴 수 있는 여유를 주면서 도전과 모험의 정신을 고양시킨다. 이때 자기도취가 타인에 대한 상대적 비하나 경멸을 전제로 하면 안 될 것이다. 타인에 대한 비교우위를 자기도취의 근거로 삼는 것은, 열등감에 대한 자기방어나 위안 같은 것이지 즉자적인(ansich) 의미에서의 온전한 '도취'라고 하기는 어려울 것이다. 우리가 어렸을 때 축약본으로 한 번씩은 읽어본 적이 있는 플루타르크 영웅전에는 루쿨루스라는 로마의 장군이 나온다. 그는 자기도취, 자뻑에서 당대 최고였는데 그것을 보여주는 일화가 있다. 어느 날 루쿨루스가 혼자 식사를 하는데, 식탁 위에 한 가지 음식만이 올라왔다. 그러자 루쿨루스는 음식을 담당하는 하인을 불러 크게 꾸짖으며 음식이 부실한 것을 탓하였다. 그러자 하인이 이렇게 말했다. "오늘은 아무런 손님이 찾아오지 않아서 성대하게 차릴 필요가 없다고 생각했습니다." 그러자 루쿨루스가 어이가 없다는 표정으로 이렇게 말했다. "그게 무슨 소리냐. 오늘은 루쿨루스님이 루쿨루스님을 모시고 식사를 하는 줄 몰랐단 말이냐." 이 정도 되면 자뻑도 충분히 즐길 만하겠다.

비빔국수의 추억

다른 도시는 어떤지 모르지만 서울은 동네마다 멸치국숫집이 성업 중이다. 멸치로 국물을 우려낸 잔치국수와 비빔국수, 때에 따라서는 만둣국 같은 것을 파는 집이다. 상대적으로 저렴한 비용으로 별다른 기술 없이도 창업할 수 있어서 저마다 국숫집을 내는 모양이다. 우리 동네도 예외는 아니어서 두 곳의 멸치국숫집이 있다. 거리상으로는 400미터 정도 떨어져 있는 것 같다. 두 집 모두 좌석이 열 개에서 열다섯 개 남짓한 소규모 점포다. 나는 두 집을 여러 차례 가봤는데 맛과 서비스의 차이는 특기할 만한 게 없다. 그런데 결정적인 차이가 하나 있으니 그것은 비빔국수에서 발견된다. 한 집의 비빔국수는 4,500원이고 삶은 달걀 반쪽이 들어가 있는 반면 다른 한 집의 비빔국수는 4,000원인데 삶은 달걀이 들어가 있지 않은 것이다. 나는 어제 퇴근길에 비빔국수가 몹시 당겨서 어떤 집을 갈까 고민하다가 삶은 달걀이 들어 있지 않은 4,000원짜리 비빔국수를 사 먹었다. 그런데 국수를 다 먹고 나니, 전에 없이 삶은 달걀을 먹지 못한 것이 못내 아쉽고 억울하게까지 느껴지는 것이었다. 그러면서 삶은 달걀이 들어 있는 국수를 선택하지 못한 것을 자책했다. 나는 집에 가자마자 보상이라도 받으려는 듯 냄비에 물을 끓여서 달걀 하나를 삶아 먹었다. 그러면서 쾌감일지도 모르는 약간의 마조히스트적인 자괴감을 느꼈다. 도대체 이런 경우, 이런 바보스러움을 뭐라고 해야 하나.

어떤 택시기사

어젯밤 늦게 갑자기 갈 데가 생겨 급히 택시를 잡아탔다. 심야의 텅 빈 거리를 달리는 동안에는 어쩔 수 없이 택시 안에 정적이 흐른다. 이럴 때 좋은 이야깃거리가 있어 기사님과 대화를 나눌 수 있다면 그 지루한 시간은 금방 지나가기 마련이다. 다행히 어젯밤에 만난 택시 기사님은 감동적이면서도 재미있는 이야기를 자분자분 들려주었다. 기사님의 나이는 서른아홉이라고 했다. 그러니까 거의 내 또래인 셈이다. 그는 아내와 아이 둘과 함께 은평구에 산다고 했는데, 사업을 하다가 일이 잘 안 되어 택시를 몰게 되었다고 했다. 기사로 일한 지 4년째라고. 그런데 사납금을 채우고 받는 월급으로는 아무래도 생활이 어려워서 많은 고민이 있었다고 한다. 그러던 중 일을 마치고 회사에 돌아와서 남는 시간에 우연히 택시 회사 정비기술자의 일을 조금씩 거들어주게 되었단다. 그러면서 어깨너머로 정비 일을 배우게 되었고 결국 정비기술자격증 시험에 붙었다고 한다. 그것을 가상히 여긴 택시회사는 정비공으로 그를 채용하기로 했다는 것이다. 그는 다음 달부터는 자신이 몰던 택시 회사의 정비기술자로 보직이 바뀐다고 했다. 정비공 시험에 붙었다는 소식을 알렸을 때 아내가 울음을 터뜨렸다고. 그렇게 말하는 기사님의 자랑스럽고 뿌듯한 얼굴이 백미러를 통해 내 눈에 들어왔다. 내가 얼마나 한가하게 사는지, 그의 아름답기까지 한 이야기를 듣고 새삼 깨달았다.

소설가의 습관

소설가들에게는 각기 자기만의 소설 쓰는 습관 같은 게 있다. 카페 구석 자리나 다락방 같은 특정한 장소를 고집하는 작가도 있고, 특정한 음악을 틀어놓는 작가도 있다. 커피나 담배 없이는 한 줄도 못 쓰는 작가도 있고 어떤 작가는 북실북실한 강아지를 끌어안아야만 소설이 써진다고 한다. 내게도 좀 독특한 습관이 있다. 그것은 다름이 아니라 동시에 여러 편의 소설을 쓰는 것이다. 한창 많이 쓸 때 나는 단편 네 편과 장편 두 편을 동시에 쓴 적도 있다. 진득하게 한 편에만 집중하면 작품의 완성도도 높아지고 작업 공정도 효율적일 텐데, 나는 도통 그러질 못한다. 한 작품만 쓰는 것은 어쩐지 지루하고 재미가 없기 때문이다. 소설을 쓰다 보면, 예의 또 다른 이야깃거리가 떠오른다. 나는 그것을 좀처럼 외면하지 못한다. 그것이 휘발되어서 날아갈까 봐 두렵다. 결국 나는 쓰고 있던 소설을 잠시 닫고 새 소설을 쓰기 시작한다. 그렇게 한동안 새 소설을 쓰다 보면 어느 사이 닫아두었던 소설이 다시 나를 잡아끈다. "내게 돌아올 때가 되지 않았어?"라고 소리치는 것만 같다. 그러면 닫아두었던 창을 열고 먼저 쓰고 있던 소설을 쓴다. 그러다가 또 다른 소재가 떠오르면 새 창을 열어서 제3의 소설을 쓴다. 이런 식이다. 사정이 이렇다 보니, 내게는 언제나 소설을 쓰는 연중무휴의 스타일이 생겼다. 어쨌거나 중요한 것은 골고루 마음을 쓰면서 어떤 소설도 소외시키지 않은 것이다.

소설가의 태도

나만 그러는 것은 아니리라 생각하지만, 마음이 울적해서 무언가 자위가 필요하다고 여길 때면 나는 내가 그동안 펴낸 책들을 꺼내어보곤 한다. 이 조악한 자의식이 좀 궁상스러울지는 몰라도 위안의 효과가 있는 것만큼은 분명하다. 소설가가 된 이후 소설집 세 권, 장편소설 두 권, 경장편소설 한 권, 산문집 두 권을 펴냈다. 거기에 청소년용으로 말콤X(요즘은 맬컴X로 표기하더라)의 평전도 500매 쓴 적이 있다. 그러니까 아홉 권의 책을 내 이름으로 펴낸 셈이다. 훨씬 부지런하고 성실한 작가들도 있겠지만, 직장생활과 병행하면서 이 정도 쓴 것에 대해 나는 나 자신에게 고마운 마음이 있다. 막연하게 열 번째 책은 시집이었으면 좋겠다는 생각이 있는데 아직 내 시의 함량이 매우 가볍다. 다섯 번째 책이자 두 번째 장편소설이 나왔을 때 주변 사람에게 농담으로 이런 말을 한 적이 있다. 다섯 권 냈으니 최소한 전집 분량은 낸 거니까 이제는 죽어도 여한이 없다고. 그런데 나는 여전히 쓰고 싶고 쓰고 있다. 매일매일 쓰지 않으면 하루를 허비한 것 같은, 삶이 풍선처럼 날아간 것 같은 느낌이 든다. 블로그나 페이스북 등에서 묵묵하게 자신의 삶과 생각을, 관찰한 풍경을 기록하는 분들, 나는 그들의 정신이 문학의 본질에 가장 가까이 닿아 있는 것이라고 생각한다. 그것이 어떤 미학적 형식과 만나 화학적으로 폭발할 때 문학이 되는 거 아니겠는가.

작가의 오만과 독선

출판사에서 일을 하다 보면, 작가로부터 받는 스트레스 때문에 고통스러워하는 후배 편집자들을 가끔 본다. 심한 경우 눈물을 떨구기도 한다. 말도 안 되는 비약이겠지만 나는 우리나라 소설가들이 일부러라도 출판사에서 아르바이트를 한 달 정도 해봤으면 좋겠다. 그래야 텍스트의 환경으로서의 책이 어떻게 만들어지고, 작가의 작품을 독자들에게 전달하기 위해, 그리고 그 작품의 가치를 널리 알리기 위해 많은 사람이 각자의 위치에서 어떤 고생을 하는지 알게 될 것이다. 불행하게도 소설가들의 오만은 여러 경우에서 확인되는데, 내가 생각하는 가장 큰 오만은, 세속적인 인기까지를 포함해 자신에게 주어지는 모든 영예와 찬사가 온전히 자신만의 재능이나 노력 때문이라고 생각하는 데 있다. 운이 좋게도 나는 작가와 편집자 생활을 함께 해오면서 소설가로서의 내 능력과 소명을 객관적으로 바라볼 수 있는 눈을 갖게 되었다. 책을 만드는 사람들 앞에서 겸손할 수 있게 되었다. 책을 만들고 알리기 위해 헌신을 한 이들의 고마움을 모르는 소설가는, 작가적 명성이 크거나 작거나 상관없이 가장 기본적인 의미에서 소인(小人)일 수밖에 없다. 우리나라의 문학 편집자들이 외국과는 달리 다소간 위축되어 있고 역할 또한 한정되어 있는 것은 대부분이 작가의 오만과 독선으로부터 편집자들이 받았던 상처의 전통과 깊은 관련이 있다. 내가 대인배라서 이런 글을 쓰는 건 아니다.

새로운 서정

　주변에 있는 분들로부터 심심찮게 글쓰기에 대한 조언을 부탁받곤 한다. 그분들의 질문 중에는 이런 것이 있다. 문학적인 감성은 타고나는 것인가요? 이분도 그렇지만 대부분의 사람은 문학적인 글쓰기는 감수성이나 감성에 많이 의존한다고 생각하는 것 같다. 틀린 생각은 아니다. 감수성 없이 문학적인 글을 쓰는 것은, 수식을 모르고 수학을 푸는 것과 같다. 그런데 아울러서 많은 사람이 오해하는 것 중 하나가 감수성이나 감성을 아무렇지 않게 '서정'과 등치시키는 것이다. 다시 말해 '감수성 = 서정'이라는 등식을 만드는 것이다. 그분들은 문학작품이 보여주는 서정이 온전히 감수성에 빚지고 있다고 생각하는 것 같다. 감수성이 충만할 때 두드러지는 감정 상태들, 이를테면 눈물겨움, 갸륵함, 궁휼히 여김, 애틋함, 연민, 외로움 같은 것들이 곧 서정을 구성하는 모든 것이라고 믿는 것이다. 그런데 내 생각에 이것은 서정의 전모를 잘못 이해한 것에 지나지 않는다. 문학작품이 서정만을 보여주기 위해 존재하는 것도 아니지만 마찬가지로 서정 역시 감수성에만 빚지지 않는다. 문학이 우리에게 주는 것은 서정의 기능이라고 알려진 것들, 그러니까 순화나 위안, 정화 같은 것만은 아니다. 문학은 오히려 우리 삶의 안온한 보수성을 타격하기도 하고 질서를 조롱하기도 하며 낯선 자극을 주기도 한다. 이때 작용하는 것은 서정이 아니다. 아니 서정이긴 하지만 새로운 서정이다.

시인들의 겨울

며칠 전 점심을 먹고 남은 시간에 새로 나온 책이라도 둘러보려고 영풍문고에 갔다. 문학잡지 코너에서 잡지들을 좀 넘겨보고 있는데, 정말 우연히 S시인을 만났다. 그는 1년여 전만 해도 우리 집 아래층에 살았다. 그래서 그 조우가 유독 반갑고 즐겁지 아니할 수 없었다. 그는 그곳에서 K시인과 만나기로 약속이 되어 있다고 했다. 잠시 후 과연 K시인이 나타났다. 그래서 나는 그와도 유쾌한 인사를 나누었다. S시인은 한 달여 만에 K시인은 1년여 만에 보는 것이었다. 우리 셋은 두서없이 근황을 주고받으며 격조했던 시간들의 소회를 나누었다. 얼굴엔 뭐가 그리 좋은지 연신 싱글벙글 미소가 가득 퍼져 있었다. 신경림 선생님이 어떤 시에서 말씀하신 것처럼 못난 놈들은 얼굴만 봐도 즐거워서였을까. 서점을 나와 인사동 쪽으로 발걸음을 옮겨놓으면서 나는 두 시인에게 물었다. 두 시인의 주 수입원은 대학에서 강의 등을 하면서 받는 돈인데, 겨울엔 강의마저 없는 형편을 염두에 둔 질문이었다. "겨울이 시인들에게는 농한기 같은 거 아닌가요?" 그러자 대수롭지 않게, 참으로 초연한 표정으로 K시인이 먼저 대답을 했다. "그 말이 맞긴 한데요. 사실 농번기라고 할 것도 따로 없어요." 그러자 S시인이 바로 말을 받았다. "맞아요. 시인들은 일 년 열두 달이 내내 보릿고개예요." 두 시인의 천연덕스러운 대답을 들은 나는 할 말이 없어졌다. 두 시인과 헤어지면서 나는 따뜻한 시인의 겨울을 떠올려보았다.

인사성

　인사성이 유독 밝은 사람들이 있다. 사실 인사성 밝은 사람을 보면 심사가 좀 복잡해진다. 몇 해 전에 우연히 술자리에서 어울리게 된 어떤 후배 작가가 내게 "저는 선배님 소설을 제일 좋아합니다. 뵙고 싶었습니다"라고 마치 은밀한 고백이라도 하듯 밀한 직이 있었다. 나는 사실 그런 말을 의례적인 말로 받아들이는 편이어서 멋쩍게 웃으며 반신반의하고 말았다. 그런데 몇 개월 후쯤에 그 후배 작가가 다른 작가들한테도 그런 말을 아무렇지 않게 하고 다닌다는 얘길 듣고 실소를 금치 못한 적이 있었다. 그 부지런한 인사성 덕분인지 아니면 타고난 작가적 재능 때문인지 그 후배는 등단하고 빠른 시간 안에 안정적으로 문단 안에서 자기 입지를 다질 수 있었다. 그 후배뿐만 아니라 살다 보면 누구에게나 상냥하고 인사 잘하는 사람들을 심심찮게 보게 된다. 나로선 그 에너지와 꼼꼼함이 놀라울 따름인데, 사실을 말하면 나는 그런 이들을 그다지 신뢰하지 않는다. 내가 삐딱한지는 모르지만 나에겐 그것이 감정의 작용이 아니라 기술로 보이기 때문이다. 나는 오히려 좀 데면데면하고 쌀쌀맞은 이들, 인간관계가 좀 서툴고 어설픈 사람들을 신뢰하는 편이다. 그러니까 정리하면 내 생각은 이런 것이다. 모두에게 친절한 이는 아무에게도 친절한 것이 아니다. 그는 자신에게만 친절했을 뿐이다. 모두에게 인사를 잘하는 이는 아무에게도 인사한 것이 아니다. 그는 자신에게만 관대했을 뿐이다.

고독이라는 것

식당에서 가끔 혼자 밥을 먹는 사람들을 본다. 그들은 어딘지 모르게 불안하고 불편해 보인다. 자신의 고독이 자기 눈에 너무 잘 보이는 걸까. 사람들은 고독의 상태를 자신의 의지와는 무관하게 어쩌다가 처하게 된 상황의 한 종류라고 보는 것 같다. 그들은 고독의 부정적 성격과 고통에 보다 주목해 고독을 가급적이면 벗어나야 할, 극복해야 할 상태라고 간주하는 것 같다. 물론 사람은 나이가 들고 영육의 조건이 약해지고, 경제력 같은 사회적 위상을 표현하는 지표가 줄어들면 외로워지기 마련이다. 이것은 두말할 나위 없이 불가피한 고독이다. 그러나 나는 한창 왕성하게 사회적 관계를 맺는, 다시 말해 경제적 생산 활동이 가능한 20대부터 50대까지의 사람들 중 대부분이 안타깝게도 고독의 기회를 잃고 있다고 생각한다. 사람들이 자신이 고독해야 할 필요성을 조금도 헤아리지 못하고 있는 것처럼 보이는 것이다. 그들은 혼자 밥을 먹거나 혼자 산책하는 것, 혼자 잠을 자고, 혼자 술을 마시는 것 등을 다소간 비정상적인 것으로 생각하는 듯하다. 하지만 내 생각은 좀 다른데, 나는 불가피한 고독이 아직 주어지지 않는 연령대의 사람들일수록 사실은 고독이 매우 실천적인 행위가 되어야 한다고 생각한다. 의지적으로 고독을 실천하거나 수용한 사람들은 실제로, 불가피한 고독이 찾아왔을 때에도 그 고독을 고통으로서가 아니라 삶의 자연스러운 형태로 받아들일 수 있기 때문이다.

가능한 몽상

    직장생활을 꾸준히 하는 사람들의 로망은, 24시간이라는 온전한 하루를 온전히 자기 자신을 위해 써보는 것이다. 우리는 그런 경험이 있다. 중고등학교 시절 몸이 너무 아파 조퇴를 하고 평일 낮에 학교를 빠져나올 때의 그 신선한 낯설음을. 그 희열과 두려움이 함께 뒤섞여 있던 묘한 기분을. 그 전율이 크면 클수록 그만큼 그가 짜 맞춰진 시간의 시스템 속에 길들여져 있었다는 뜻일 것이다. 나는 지금도 몽상을 한다. 평일 한낮 초등학교 운동장에서 농구를 하고, 동네 슈퍼에서 막걸리 한 병을 사서 뒷산 공원에 놀러 가는 것을. 그것은 물론 휴가를 받거나 공휴일에 얼마든지 할 수 있는 것이다. 하지만 평일에 그것을 하는 것과 쉬는 날 하는 것은 엄연하면서도 엄청난 차이가 있다. 그것은 정확히 할 수 있는 것을 하는 것과 할 수 없는 것을 하는 것의 차이다. 그러니까 평상과 기적이 만들어내는 차이인 것이다. 언젠가 지금의 직업에서 은퇴를 하게 되면, 나는 하루에 먹고 자고 씻는 시간 빼고 열두 시간 정도를 온전히 생산적인 일에 쓰고 싶다. 그러니까 이런 거다. 다섯 시간은 책을 읽고, 다섯 시간은 글을 쓰고, 두 시간은 산책을 하는 것. 글을 쓰거나 창조적인 일을 하시는 분들은 동의하겠지만, 산책도 매우 적극적인 생산 활동의 일부라고 생각하는데, 그 시간에 수많은 영감과 구상이 이루어지기 때문이다. 내가 좋아하는 술은 잠자는 시간을 줄여서 먹어야지. 이 몽상은 과연 가능할 것인가.

고마운 영화들

　개인적으로 영화를 좋아하지 않는 편이다. 두 시간여 동안 꼼짝 못하고 스크린에 시각과 청각을 붙들린 채 이해와 감동과 설복을 강요받는 듯한 기분이 썩 유쾌하지 않게 다가오기 때문이다. 경험자들에 의하면 4D 영화관에 가면 가히 꼼짝없이 오감을 붙들린다고 한다. 작가로서의 공연한 고집인지 혹은 속 좁은 악취미인지 모르지만 나의 경우, 다른 이의 창작물에 몰입 당하는 상황을 의식적으로 혹은 무의식적으로 피하게 된다. 내가 영화뿐 아니라 공연이나 콘서트, 연극 같은 걸 쉽게 즐기지 못하는 이유도 여기에 있을 것이다. 그러다가 최근에 지인의 권유로 극장에서 영화 두 편을 보게 되었다. 그런데 이럴 수가. 나는 영화를 보면서 전에는 느끼지 못한, 소박한 감동과 재미를 느끼고는 그동안의 내 옹졸한 아집이 얼마나 어리석었던 것인지를 깨닫게 되었다. 내가 본 영화는 열아홉 살 여자아이가 성적인 모험과 일탈을 통해 성장통을 겪고는 어른이 되는 이야기와 한 아버지가 자신이 사랑으로 키워온 아이가 병원에서 예기치 않은 사고로 뒤바뀌었다는 사실을 받아들이는 이야기였는데, 관객에게 어떤 몰입을 윽박지르지도 않으면서 차분하게, 생각할 여지도 주면서 이야기를 풀어나가는 것이었다. 그러면서 이 영화들은 나처럼 다른 창작물에 영향받는 걸 극도로 꺼리는 어설픈 소설가를 염두에 둔 것인지, 고맙게도 나직하게 문학적 질문과 아이디어까지 던져주는 것이었다.

쌍둥이 형으로부터의 연락

뜻밖에도 바로 위의 형으로부터 반가운 연락이 왔다. 그는 대학 졸업한 이후부터 국가 산하의 공단에 근무하고 있는데 성실하게 근무한 끝에 새해 1월 1일부로 승진을 했고 그와 함께 서울 본부에 근무하라는 인사명령이 떨어졌다는 것이다. 그는 그동안에는 상부의 인사 명령에 의거 춘천과 대진, 울산, 청주 등 지역본부를 전전했다. 그런데 이제 처음으로 서울 본사로 발령이 난 것이다. 사실 그와 나는 한날한시에 태어난 쌍둥이인데, 고등학교를 졸업한 이후에는 말 그대로 생이별을 하고 말았다. 각자 다른 대학으로 진학한 이후, 군대로, 취업으로 그리고 결혼 등으로 이어지면서 다시는 한 집에서 살 수가 없었던 것이다. 그런데 그가 전화를 해서 하는 말이 서울에 발령이 났는데, 당장 숙식할 곳이 없으니 자기 몸을 우리 집에 좀 의탁하면 안 되겠냐는 것이었다. 나는 생각이고 뭐고 할 것 없이 바로 그러라고 했다. 그는 이제 열흘 후부터는 우리 집에 머물게 된다. 마침 우리 집 1층이 비어 있어 우리 쪽 사정도 곤란할 게 전혀 없다. 이게 얼마 만에 같은 집에서 살게 되는 것인가. 같은 가지에 나고서도 떨어질 때는 모두가 시간차를 두는 나뭇잎처럼 같은 피를 나눈 형제라도 부모 품을 벗어나 헤어지고 나면 다시 한집에서 사는 게 쉽지 않은 현실에서 이런 우연이 일어났으니 나는 이를 단연코 갑오년 새해가 내게 내려준 첫 번째 선물이라고 생각하고 싶다.

북 콘서트와 문학 정신

연말이라 이런저런 모임이 잦다. 오늘 저녁에도 친한 시인의 산문집 출간 기념 북 콘서트에 가야 한다. 오늘 북 콘서트를 하는 시인은 기타와 피아노 등 못 다루는 악기가 없을 정도로 재주가 많다. 북 콘서트라는 게 사실 10년 전만 해도 참으로 생경한 단어였는데, 지금은 아주 익숙하고 친근한 단어가 되어버렸다. 북 콘서트에서 시인이나 소설가들은 노래도 부르고, 악기도 연주하고, 재미있는 입담도 선보인다. 그들의 재주를 보고 있노라면 입이 다물어지지 않을 정도다. 어떤 시인은 첼로도 연주하고 어떤 시인은 인도의 전통 현악기인 시타르를 멋지게 연주하기도 한다. 또 어떤 시인은 팝페라 가수 뺨치는 노래 실력을 뽐내기도 한다. 또 어떤 시인들은 배우 못지않은 퍼포먼스와 연기력을 선보이기도 한다. 기타를 치는 것 정도는 명함을 못 내민다. 내가 알기로, 지금처럼 시인이나 소설가들이 직접 독자들과 대면했던 적은 없었던 것 같다. 문학이 우리 사회에서 차지하고 있는 위상은 점점 약해지고 있는데, 문인들이 엔터테인먼트화되어가고 있는 현실이 내 딴에는 무척 기괴하게 느껴진다. 예전에는 시인이나 소설가들이 문화의 아이콘으로 종종 대접받았다. 예컨대 이어령 선생님이나 김승옥이나 최인호 같은 소설가들은 그 어떤 청춘스타 못지않은 인기를 누렸다. 노래 한마디, 악기 연주 한마디 하지 않고도 말이다. 승한 재주를 가진 많은 동료의 문학 정신이 고고히 지켜지길 바랄 뿐.

문학과 포즈

간밤에 눈이 내린 모양이다. 출근길 지하철은 초만원이었다. 자가용 출근을 포기한 사람들이 지하철로 몰렸기 때문일 것이다. 나는 이어폰으로 귀를 틀어 막고 눈을 감고 지하철에서의 시간이 빨리 지나가길 기다린다. 지하철에서 내려 출구를 빠져나올 때 그러니까 지상으로 몸을 이끌 때 비로소 인간다움의 품위를 느낀다. 그럴 때 내 눈앞에 떠오르는 건 흰 눈처럼 분재 되어 흩날리는 언어들이다. 그것은 어떤 때는 전혀 의도하지 않은 몇 줄의 산문이 되기도 하고, 두세 음절의 아주 짧은 단어가 되기도 하고, 더 이상 손댈 필요 없는 시가 되기도 한다. 공중에 흩날리는 말의 미세한 결들, 심연에 툭툭 떨어지는 말의 육감들, 고단하고 긴장감 넘치는 삶의 주인은 그것들을 스펀지처럼 빨아들인다. 거의 반사적이다. 나는 그럴 때 내가 문학적으로 살아 있는 생명체라는 걸 실감한다. 나는 물리적 생존으로서의 삶의 구체적인 행위의 막간에 들어 있는 반성적 사유들이 곧 글쓰기의 '줄기세포'가 되어야 한다고 생각한다. 투어 성격의 여행을 다니고, 전화로 수다를 떨고, 개봉영화나 드라마를 꼬박꼬박 찾아보면서 문학을 하는 사람들을 나는 긍정하지 않는 편이다. 그들의 문학을 신뢰하기가 어렵다. 그러나 내게는 여전히 어떤 포즈가 남아 있다. 타인의 눈에 보이길 바라는 어떤 이미지 같은 것. 이를 지우기 위해 노력해야 한다. 포즈로부터 자유로워진 나이란 얼마나 아름다운가.

다음 눈

　올겨울은 눈이 제법 실하게 내리는 것 같다. 서울의 경우 11월 하순에 첫눈이 오더니, 벌써 네댓 번 하얀 눈발이 거리를 덮었다. 오늘도 출근하기 위해 문밖을 나서니 계단과 골목에 떡가루 같은 눈이 뿌려져 있다. 집에서 지하철역까지는 걸어서 10분 정도 걸린다. 여러 주택가 골목을 지나게 되어 있다. 말끔하게 눈을 쓸어놓은 골목도 있지만 어떤 골목은 계속 내린 눈이 덕지덕지 얼어붙어 있다. 그런 골목을 지날 때는 나도 모르게 무릎과 발목에 잔뜩 힘이 들어간다. 아직 젊은 나도 조심스러운데, 노약자들은 오죽할까. 내 집 앞의 눈을 쓰는 것이 조례 같은 걸로 지정됐다는 얘길 들은 적 있는데, 그런 게 아니더라도 많은 사람이 밀집해 사는 도시에서 내 집 앞 골목 정도는 알아서 쓸어주는 게 도리일 것이다. 어렸을 때 생각을 잠시 해본다. 눈이 내리면 어른이나 아이 할 것 없이 빗자루와 눈삽 등을 들고나와 눈을 쓸었다. 그 시절 아이들은 그렇게 어른들과 함께 눈을 쓸면서 공동체의 구성원으로 마땅히 지켜야 할 도리 같은 것을 배웠다. 그것은 의심할 여지없는 미풍양속이었다. 부끄러운 고백을 하자면 나 역시 내 집 앞의 눈을 제대로 쓸지 못한다. 마음이 없어서는 아니다. 눈을 쓸려고 마음먹고 채비를 갖춰 나가보면 나보다 훨씬 부지런한 앞집 할아버지가 이미 쓸고 난 뒤가 대부분이다. 다음엔 할아버지보다 내가 먼저 쓸고 말거다. 다음 눈은 언제쯤 내려줄 것인가.

카메라 렌즈가 포착한 것들

　나에게는 취미라고 할 수 있는 게 그닥 없는데, 그나마 내세울 수 있는 게 사진을 찍는 거다. 엊그제는 그동안 찍어서 남몰래 보관해온 사진 파일들을 열어 하나하나 살펴보았다. 그런데 신기한 것이 내가 찍어서 보관하고 있는 사진은 사람을 찍은 것과 동물을 찍은 것, 그리고 날씨를 찍은 것들이 대부분이었다. 사람과 동물과 날씨라니, 좀 막연하긴 하지만 사실상 삶을 구성하는 가장 역동적인 것들이 아닌가 싶다. 나 참, 이렇게 단순하다니. 나는 사진들을 들여다보면서 내 안에 살고 있는 생명은 동물성을 바탕으로 하고 있다는 생각을 지울 수 없었다. 움직이지 않는 것들, 예컨대 나무나 식물이나 건물 같은 것을 관찰하는 일은 아직은 내게 별다른 감흥을 일으키지 않는다. 그런데 이것이 나만의 편견은 아니라고 생각하는데, 사람들은 보통 움직이지 않는 것들의 가치를 발견하고 그것을 알게 되는 것이 좀 더 성숙한 태도라는 막연한 생각을 가지고 있는 것 같다. 아이들은 코끼리나 기린이나 타조처럼 이상하게 생긴 동물에 열광하지만 노인들은 더 이상 코끼리 따위에 열광하지 않는 것이 그 증거다. 삶을 치러낸 노인들은 선인장이나 난초 같은 것을 쓰다듬는다. 이런 일은 왜 생기는 것일까. 언젠가 나 역시 고양이보다 선인장이 편하고, 강아지보다 벤자민이 편해질 날이 있을까. 카메라 렌즈가 나무의 속살을 향하게 될 날이. 식물과 대화하게 될 그런 날이.

신춘문예

지난주에 동아일보의 신춘문예 단편소설 부문 예심을 봤다. 수많은 응모작을 읽으면서 문학을 향한 순정한 열망을 확인할 수 있어서 매우 흐뭇했다. 한마디로 신춘문예는 전 국민의 문학축전으로 자리를 잡은 것 같다. 그런데 소설을 읽을 때 흔하게 볼 수 있는 접속사가 "그리고는" 또는 그것의 줄임말인 "그리곤"이다.

예를 들면 "그는 옛날식 다방에 들어가 일부러 가장자리에 앉았다. 그리고는(그리곤) 손짓으로 여급을 불렀다." 뭐 이런 식으로 쓰이는데, 사실 접속사 "그리고는"과 "그리곤"은 모두 맞춤법이 틀린 것이다. "그리고는"은 "그리고는"으로 써야 맞다. 당연히 "그리곤"은 "그러곤" 또는 "그러하곤"이 맞는 표현이다. 신춘문예나 신인공모 심사를 보면서 느끼는 것 중 하나가 문청들 대부분이 이 사실을 모르고 "그리고는"을 남발한다는 것이다. 심사를 보는 입장에서 명백하게 틀린 표현을 반복하는 원고의 창작자에게는 사실 신뢰가 가지 않는다. 기성작가들의 소설책만 꾸준히 읽었어도 그것이 맞춤법 오기라는 걸 알텐데. 그러니까 맞춤법 오기는 사실상 훈련이 덜 되어 있다는 것을 스스로 노출시키는 것과 다름없다. 좋은 점수를 받을 리가 없다. 이제 신춘문예 본심도 끝나고 당선자의 윤곽이 가려지는 시기일 것이다. 모쪼록 성실하게 그리고 진지하게 훈련하고 습작한 사람에게 그에 합당한 영예가 주어지길 바란다. 새로운 작가는 이 세상을 다 가질 자격이 있다.

일요일 아침

일요일 아침에 잠자리에서 눈을 뜨면 묘한 감정에 휩싸인다. 굳이 표현하자면 조금 이상하고 향기로운 고독 같은 것이다. 학교나 직장에 가지 않아도 되는 조금은 비현실적인 현실이 감성이나 상상력을 묘하게 자극하는 것이다. 내가 어릴 때만 해도 일요일 아침이면 우리 식구들은 교회에 가기 위해 분주했다. 깨끗하고 단정한 옷을 차려입고 성경책과 찬송가를 옆에 끼고 15분 정도를 걸어서 교회에 가는 것이다. 그것은 삶을 지배하는 매우 간단하고 효율적인 양식 같은 것이었다. 성경책과 찬송가를 옆구리에 끼고 있으면, 알 수 없게도 구질구질한 세속의 때가 벗겨지는 듯한, 그 순간만큼은 어떤 성스러운 이상과 교접하고 있는 듯한 기분이 들었다. 그것은 내가 신의 존재를 믿거나 믿지 않거나 하는 것과는 하등 관계가 없는 것이었다. 교회를 마치고 집에 오면 어머니는 칼국수나 만둣국 같은 것을 만들어주곤 했다. 그런데 지금은 그런 일요일 아침을 더 이상 경험할 수가 없다. 불행하게도 나는 속절없이 흘러간 시간 속에서 그때 함께 했던 가족들과 뿔뿔이 흩어진 채 살고 있다. 일요일 아침을 구성했던 것들을 나는 다시는 가질 수 없는 것이다. 함께 교회에 가서 예배를 드리던 그 시간은 그때부터 이미 충분히 짐작되었던 것처럼 지금은 와해되었다. 누구는 죽었고 누구는 배교했으며 누구는 냉담 중이다. 어쩌면 행복한 인생이란, 가족과 함께 분주한 일요일 아침을 공유하는 것 아닐까.

경외의 형식

어제, 동료 소설가 몇몇과 조촐하게 송년회를 했다. 친분이 있는 시인도 몇 사람 합류했다. 소설가와 시인은 참 묘한 존재다. 가끔 재미삼아 그런 생각을 해본다. 소설가는 시인을 어떻게 생각하는지, 그리고 시인은 또 소설가를 어떻게 생각하는지. 자기 분야에 대한 자부심은 소설가나 시인이나 매한가지다. 막역한 관계에 있는 사이라면 소설가나 시인은 상대 분야를 밉지 않게, 아니 사실은 얄밉게 깎아내리기도 한다. 이를테면 시인은 소설가에 대해서 이런 식으로 이죽거린다. "한가하게 이야기나 늘어놓는 것이 무슨 문학이냐, 자고로 문학이란 우주와 삶의 신비를 직관적으로 꿰뚫어봐야 하는 것 아니냐." 이런 말을 들으면 사실 소설가는 바짝 약이 오르거나 기가 죽는다. 그런데 그런 말을 들은 소설가가 가만 듣고만 있느냐 하면 그렇지가 않다. 소설가는 시인에게 이렇게 농을 걸며 약을 올린다. "짧게 쓰는 것들이 유장한 문장의 세계를 어찌 알까." 이게 친분이 있고 상대 분야에 대한 애정이 있어야 가능한 농담들이다. 만약 서먹서먹한 사이에서 이런 말이 오간다면, 그건 정말이지 싸움이 아니 날 수 없는 험악한 분위기가 연출될 것이다. 그런데 나는 안다. 사실은 시인이나 소설가 모두 상대를 동경하고 흠모한다는 것을. 시인은 은근히 소설을 쓰고 싶어 하고 소설가들도 가끔 시 같은 걸 끼적거린다는 것을. 그것이 바로 경외라는 이름의 한통속인 것을.

문학의 조건

어떤 시 전문 계간지로부터 내년 봄부터 일기를 연재하자는 청탁을 받았다. '시인일기'라는 형식이란다. 거기에 문단 안팎 이야기와 문학과 예술에 대한 여러 가지 생각들을 담아달라는 거다. 나는 무엇이든 매일매일 쓰는 사람이므로 어려울 게 없겠다 싶어 그렇게 하겠다고 대답했다. 사실 나는 고등학교 이래로 줄곧 일기를 쓰고 있는 사람이다. 매일매일 꾸준하게 단 몇 줄이라도 글을 쓴다. 그런 글을 모아서 산문집도 두 권이나 펴냈다.

내가 좋아하는 미국의 소설가 레이먼드 카버는 "절망도 희망도 없이 매일매일 조금씩 글을 쓴다"고 말했다. 나는 그가 그런 말을 할 때 어떤 표정을 지었는지 전혀 짐작할 수 없지만, 적어도 폼을 잡고 그런 말을 하지는 않았으리라는 것만큼은 분명하게 알 수 있다. 그에게 글쓰기는 일상을 채우는 방식이었다. 나의 글쓰기 역시 그의 그것과 다르지 않다. 레이먼드 카버의 소설 속에 자주 나오는 허름한 바와 그 안에서 쓸데없는 말을 주고받는 여자들과 미국 맥주와 담배와 비스킷의 이름들은 왜 그렇게 음울한 뉘앙스를 자아내는지. 나는 사실, 삶이 아무것도 아니라는 것을 아는 자들이 아주 조금씩 조금씩 그 사실을 아껴가면서 노출시키는 것이 오늘날 문학의 조건이 되어야 한다고 믿는다. 그것은 그러니까 매일매일 나를 드러내며 어떤 욕망을 소진시키는 것이다.

불행과 행복

한겨울에 접어들어 날씨가 추워지니 가난한 이들이 불행에 더욱 예민해지는 것 같다. 불우한 사람들이 더 불우해지는 계절이 아마도 겨울이라고 생각되는 것은 이 계절이 온기를 필요로 하는 계절이기 때문일 것이다. 온기를 절실히 필요로 하는 사람이 온기를 찾을 수 없을 때, 그는 얼마나 불행할 것인가. 가만 생각해보면 불행에는 크게 두 가지가 있는 것 같다. 아무 잘못도 없는데 찾아 온 불행과 잘못 때문에 찾아온 불행. 그런데 아무 잘못도 없는데 찾아온 불행은 극히 드문 것 같다. 아주 작고 미세한 태도나 습관 속에 숨어 있는, 하지만 바람직하지 못한 것이 분명한 기미들이 우리가 모르는 사이에 쌓이고 쌓였다가 결국 불행을 일으키는 빌미가 되는 것 아닌가. 그러니 불행은 잘못 때문에 찾아오는 것이 대부분이다, 라고 생각하는 것이, 그게 사실이 아니라고 해도 불행에 좀 더 유연해질 수 있는 방법인지도 모른다. 그런데 불행도 상대적인 것이어서 행복을 바라보고 서 있을 수밖에 없다. 정말 행복한 사람들이란 자신의 행복을 나눠주는 사람인 것 같다. 행복을 자신의 것이라고만 생각하지 말고, 그러니까 행복을 소유하지 말고 다른 사람들과 공유하는 것이라고 생각하는 사람, 그가 제일 행복한 사람 아닐까. 나 역시 행복한 사람이 되고 싶다. 인터넷 포털사이트에서 연탄배달 봉사자를 모집하는 곳을 검색해보는 이유가 여기에 있다.

운동의 유희

    대부분 사람들은 자신의 건강에 대해 높은 관심을 갖고 있다. 그들은 신체를 단련시키고 건강을 유지하는 방법으로 다양한 운동을 선택한다. 그것을 돕는 전문 트레이너들도 전문직종으로 각광을 받는다. 운동의 효과는 뭐 의심의 여지가 없는 것 같다. 운동을 거의 안 하는 나만 해도, 아주 가끔 땀 흘리는 운동을 하고 나면, 소화도 잘 되고 잠도 잘 오기 때문이다. 무엇보다 정신이 맑아지는 것 같다. 그런데 운동에 다소 냉소적인 사람도 많다. 특히 시 쓰고 소설 쓰는 사람들 중에 운동을 싫어하는 사람들이 적지 않다. 그런데 운동에 냉소적인 사람들이 하는 말 중에 이런 논리가 있다. 평소 운동을 열심히 한 사람이 80년을 살다 죽었고 운동을 거의 하지 않은 사람이 70년을 살다 죽었다고 하자. 이때 운동을 열심히 한 사람의 80년 생애 중 10년은 운동을 하는 데 쓴 시간이라는 거다. 차라리 육체적인 고통을 수반하기 마련인 운동을 하지 않고 70년을 사는 게 훨씬 낫다는 논리다. 운동을 거의 하지 않는 사람이지만 나는 이 냉소적인 논리가 좀 허술하게 느껴진다. 왜냐하면 운동을 하는 동안의 시간을 온전하게 소모적인 시간이라고 보긴 어렵기 때문이다. 무엇보다 운동의 유희적 요소를 간과하면 운동을 바로 보지 못하는 것 아닐까. 운동의 형태가 아주 다양해진 형편을 생각하면 더욱 그렇다. 요가 같은 경우, 마음의 평정을 주는 즐거움이 있고, 탁구나 배드민턴은 상대와 소통하는 즐거움이 있기 때문이다.

동기감응

'코호트 효과'(cohort effect)라는 말이 있다. 연령을 기준으로 해서 또래들이 느끼는 연대감으로 구성된 집단에 의해 어떤 트렌드가 형성되는 현상을 이르는 말이다. 요즘 모 케이블 방송의 드라마가 인기인 모양이다. 나도 몇 번 본적이 있는데 1994년에 대학생활을 막 시작한 세대들이 주인공으로 등장하는 드라마다. 그 당시 유행했던 가요나 영화, 그리고 드라마, 생활용품 등이 사실적으로 재현되어 절로 아련한 추억에 빠져들게 하는 게 이 드라마의 인기 요인인 것 같다. 동년배나 또래들은 왜 연대감이 강할까. 생물학적으로도 그것을 설명할 수 있겠지만 그보다는 문화적 요인에서 이유를 찾는 게 훨씬 설득력 있는 대답이 될 것 같다. 그것은 일종의 동기감응 같은 게 아닐까. "우리 때는 이랬다"라고 내가 말했을 때 그 말에 공감할 수 있는 또래에게 친밀감을 느끼는 것은, 고독을 기피하고 나와 닮은 사람에게서 위안을 얻고자 하는 지극히 원천적인 욕망인 듯하다. 그래서 세대론이라는 것도 늘 등장하는 것 아닐까. 내가 나이를 먹는다고 느끼는 것도, 다름 아닌 내 또래들이 야구팀이나 축구팀에서 더 이상 선수가 아닌 코치나 감독이 되어 있다는 것을 인식할 때다. 나는 내 또래들을 응원한다. 한 해에 90만 명 가깝게 태어나 참으로 치열하게 살아온 우리 또래 화이팅!

밤 산책 중에 만난 의자

밤 산책을 가끔 하는 편이다. 우리 동네는 서울 외곽 변두리 지역에 속해서 아직도 골목길이 많이 남아 있다. 나는 잘 정비된 산책로보다는 이처럼 사람이 살고 있는 징후가 뚜렷한 골목을 산책하는 게 훨씬 즐겁다.

산책을 하다 보면 버려진 가구들을 자주 만난다. 책장도 있고 화장대도 있고, 서랍장도 있고 심지어는 침대와 장롱 같은 것도 있다. 내가 가장 좋아하는 것은 의자다. 버려진 의자를 보면 그냥 지나치기가 어렵다. 의자의 쓰임새는 사람들이 앉아서 쉬게 하는 것이다. 사람의 몸무게를 지탱하면서, 그 사람의 휴식을 안간힘으로 보장하는 게 의자의 역할이다. 사람이 살아가는 세월의 무게를 감당하다 보면 의자 역시 무릎이나 관절이 상하기 마련이다. 그러면 삐거덕대다가 결국 더 이상 무게를 지탱할 수 없는 지경이 되어 문밖에 버려지는 것이다. 의자의 이런 생애를 생각하면, 버려진 의자 앞에서 걸음이 멈춰지는 게 이상한 일은 아닐 것 같다.

엊그제도 밤 산책을 하다가 버려진 의자를 보았는데, 한참 들여다보다가 자태가 하도 애잔해 결국 주워오고 말았다. 다음 날 철물점에서 기역자형 조임쇠와 수나사 등을 사 와서 수리를 했더니 충분히 사람의 무게를 감당할 수 있는 의자로 되살아났다. 의자를 살리는 일, 내가 할 수 있는 일 중에서 가장 훌륭한 일 같다.

붓과 활

우리에게 아주 친근한 대나무는 쓰임새가 여러 가지다. 어떤 것은 피리가 되기도 하고, 어떤 것은 붓이 되기도 하며, 또 어떤 것은 활이 되기도 한다. 그러니까 어떤 대나무는 음악을 만들어내거나 이야기를 만들어내는 데 쓰이지만 어떤 대나무는 상대를 쏘는 데 쓰이는 것이다. 같은 대나무인데 쓰임에 따라 운명이 이렇게 달라지는 것이 내 눈에는 예사로운 암시로 보이지 않는다. 말이나 글을 대나무에 비유해서 말하자면 나는 내가 쓰는 글이 피리나 붓 같은 것이었으면 좋겠다. 말하자면 음악이거나 이야기처럼 사람들에게 술술 흘러들어가는 것이면 좋겠다는 뜻이다. 내 바람대로라면 하나는 시의 형태를 띨 것이고 하나는 소설의 형태를 띠게 될 것이다. 그런데 활은 상대를 쏘는 것이다. 공격을 하거나 방어하는 데 쓰이는 것이다. 아, 옛날에는 사냥을 하는 데에도 쓰였다. 물론 어떤 말들은 활처럼 쓰여야 하는 운명이 있을 테고, 그렇게 쓰여야 하는 상황에서는 그렇게 쓰이는 것이 이상한 일이 아니라는 걸 안다. 하지만 나는 쏘는 말에는 재능이 없다. 그렇게 하고 싶어도 할 수 없는 것이다. 간혹 살면서 너는 어느 편이냐고 묻는 말을 듣게 되는데, 나는 그때마다 우물쭈물 대다가 음악이나 이야기로 겨우 대답할 수 있을 뿐이었다. 하지만 나는 내게 말이 피리나 붓 같은 것인 게 다행스럽다.

소설가의 조언

신춘문예 시즌이 다가오면서, 소설을 봐달라는 사람들이 심심찮게 원고를 보내온다. 소설을 쓰고자 하는 이들에게 나는 그다지 좋은 조언자라고 할 수는 없을 것 같다. 소설에 무슨 해박한 이론 같은 걸 가지고 있질 않아서 별로 해줄 말이 없기 때문이다. 가르치는 것도 적성에 맞지 않는다. 그런데 어떤 이들에게는 이런 말을 꼭 해줘야 한다는 생각이 들 때가 있다. "소설을 쓰는 것보다 더 재미있는 일을 알고 있다면, 당신은 좋은 소설가가 될 가능성이 별로 없으니, 신중하게 생각하세요." 우스갯소리지만 나는 중학교는 '시 쓰는 중'을 나왔고 고등학교는 '소설 쓰고'를 다녔다. 그런데 대학은 왜 그랬대를 졸업했다. 중학교 때는 시에 열중했고 고등학교 다닐 때는 소설에 심취했는데, 정작 대학에서는 문학적 관심을 잃었었기 때문이다. 정말 요즘 세상 돌아가는 꼴을 보면 내가 시를 쓰고 소설을 쓰는 게 참 무력하게 느껴진다. 왜 그랬는지 모르겠다. 그런데 나도 어쩔 수가 없는 것이다. 세상의 여러 일 중에서 그래도 가장 즐겁고 재미있는 게 글을 쓰는 것이니까. 그러니까 맛있는 것을 먹는 것보다, 영화나 멋진 콘서트를 보는 것보다, 연애를 하는 것보다, 여행을 다니는 것보다, 사람들과 어울려 술 먹는 것보다, 쇼핑을 하는 것보다 나는 혼자 글을 쓰는 게 제일 재밌다. 그래서 1급까지는 아니어도 어찌 됐거나 소설가라는 이름으로 글을 쓰고 있는 것일 게다. 다른 재미있는 걸 알았다면 어찌 됐을까 상상하는 것도 색다른 재미이긴 하다.

시시콜콜

아침에 체중계에 올라가 몸무게를 재보니 69킬로그램이었다. 어쩐지 섹시한(?) 몸무게 같긴 하지만, 70킬로그램을 목전에 두었다는 뜻이기도 해서 체중 관리를 권고하는 수치이기도 하다. 그래서 점심은 우유 한 잔과 쿠키 몇 개를 먹었다. 나는 몸무게가 67킬로그램이나 68킬로그램일 때 가장 몸이 편히다. 어쩌면 그때 정신도 가장 맑을지도 모른다. 맑은 정신일 때 쓰는 시와 글역시 맑다. 맑은 정신으로 쓰는 시는 자신이 겨냥하는 것이 무엇인지 가장 잘알면서 쐐기처럼 허구렁마저 단단히 채울 줄 안다. 나는 뚱뚱한 정치가를 신뢰하지 않는 것처럼 뚱뚱한 시인에게도 신뢰가 가지 않는다. 말이 나와서 하는 말이지만, 모든 시인은 예외 없이 하나하나가 빈한한 망명정부여야 한다고 생각한다. 기성의 권위와 불화하며 자신을 신민으로 삼아 절대권력을 휘둘러야한다는 점에서 그렇다. 망명정부의 통치자는, 무릎에 얼음이 들어도 도피와은신을 삶의 전략으로 삼아야 한다. 안정과 편리의 유혹 같은 건 단칼에 할거해야 한다. 그런데 망명정부를 고독하게 끌고 가는 시인이 지금 우리 곁에 있나. 불행하게도 떠오르는 시인이 많지 않다. 시인들이 시인이 아닌 이들보다더 결사적으로 삶의 외양적인 조건에 집착하는 걸 보면 기분이 이루 말할 수없이 씁쓸하다. 몸무게 얘기하다가 시시콜콜(詩詩 call call)한 얘길 다했다.

페인트칠

11월의 세 번째 일요일이었던 며칠 전에는 누가 보더라도 꽤 보람 있는 하루를 보냈다. 오전 열 시 반부터 집 내벽에 페인트칠을 하기 위한 준비에 들어가 오후 네 시 반까지 작업을 한 것. 우리 집은 단독주택인데, 통풍이 잘 되지 않는 탓인지, 깨끗한 벽지로 도배를 해도 1년만 지나면 군데군데 곰팡이가 스는 것이어서 그것에서 받는 스트레스가 여간 아니었다. 도배를 한 번 할 때마다 드는 비용도 만만치 않은데 그걸 어떻게 연례행사처럼 감당하겠나 싶어, 그래 벽지를 뜯고 아예 페인트칠을 해버리자고 마음을 먹은 것이다. 나는 그날 1층에 있는 방 두 개와 주방, 그리고 2층에 있는 방 1개의 내벽에 페인트칠을 했다. 페인트칠은 군대에 있을 때 작업하면서 해본 이후에는 처음인데, 다른 노동과는 다른 뭔가 감성적인 걸 자극하는 게 있다. 그림을 그리고 있는 듯한 느낌도 들었고, 벽지의 더러운 얼룩이 깨끗한 베이지색 페인트로 가려질 때는 마음이 정화되는 것 같은 쾌감마저 느꼈으니까. 내 마음도 이렇게 따뜻하고 깨끗한 색으로 칠할 수만 있으면 좋겠다고 하면 '초딩'이 쓴 일기 같은 결말이지만, 그래도 내 마음은 내심 그랬다. 삶의 얼룩을 지우는 것은, 삶을 사는 모든 이들에게 외면할 수 없는 과제가 아닐까. 참고로 페인트는 항균효과가 있는데다가 벽지에 비해 저렴하다는 이점이 있다.

상상하는 이의 숙명

　연예인들의 군대체험을 다룬 프로그램을 즐겨보는 편이다. 남자들은 그 프로그램을 보면서, 자신의 군대 시절을 한 번씩은 떠올려 볼 것이다. 사람마다 다르겠지만, 나의 경우 군대에서 가장 힘들었던 것이 바로 고독이었다. 제목은 기억나지 않는, 볼프강 보르헤르트의 어떤 소설을 보면, 사선에서 경계를 서던 초병이 고독과 공포를 이기기 위해 허공에 대고 총을 쏘는 장면이 나온다. 때는 한겨울이어서 그 총소리에 나뭇가지에 쌓여 있던 눈더미가 무너져 내린다. 눈이 무너져 내리는 희미한 소리에서 초병은 사랑의 따뜻한 기적을 느꼈을까. 그 초병은 아무래도 섬약한 영혼을 가지고 태어나 그 영혼의 지배를 받는 사람이었던 것 같다. 나는 그처럼 나약한 자의 남루한 사생활을 상상하는 걸 좋아한다. 예컨대 자부심을 느끼지 못할 직업을 가진, 변변치 못한 부모 밑에서 자라면서 부모의 옹색함을 배웠을, 잔뜩 주눅이 든 채로 소년 시절을 보냈을 초병. 자신의 의견이나 의지를 표현하는 데 한없이 투박하고 서툴렀을, 좋아하는 것을 똑바로 바라보지도 못했을 초병의 나약한 심상. 그런 자가 어떻게 자신 앞에 펼쳐진 무한대의 어둠을, 그 거대한 죽음의 은유를 지켜낼 수 있겠는가. 그가 아무리 총을 든 군인이라도 말이다. 이런 가혹함 속에 숨어 있는 아름다움을 본다는 것 또한 상상하며 사는 이의 의무이며 숙명이다.

버스를 탄 노인

며칠 전 낮에 종로 방향으로 가는 시내버스를 탔다가 행동이 어딘지 좀 부자연스러운 어떤 노인을 보게 되었다. 노인은 정류장에 내리려는 듯 버스 출구 쪽으로 다가가다가 다시 자리에 앉는 것이었다. 그러곤 몇 정류장을 더 간 노인은 다시 자리에서 일어나 출구 쪽으로 가는 듯하더니 도로 자리에 앉았다. 길을 잃었나 아니면 내리는 곳을 잘 모르나 이런 생각도 들었지만, 그의 표정이 너무나도 태평한 것으로 보아 그런 의심을 하는 건 그다지 타당하지 않아 보였다. 그는 짐 같은 것도 없었고 복장도 마실을 나온 듯한 평상복이었다. 아마도 노인은 목적지를 특정하지 않은 듯 보였다. 그러니까 그는 한낮의 시간을 때우기 위해 목적지를 정하지 않고 버스를 탄 것으로 보였다. 그런 생각이 확신처럼 들자, 어디서나 내려도 무방한 그의 좁은 등에서 눈을 뗄 수 없었다. 노인은 다음 정류장에 내려도 되고 그다음 정류장에 내려도 되는 것이다. 허비해야 하는 그의 여생이 갸륵한데, 그도 젊었을 때는 번다한 욕망 때문에 얼마나 괴로웠을까. 결국 나도 언젠가는 저 노인처럼 내릴 곳을 정하지 않고 버스를 타는 시간을 맞게 되겠지. 우리는 무엇입니까 속으로 그에게 물을 때, 마음에 들지 않는 정류장에 내리더라도 후회는 하지 말아야 한다고 엉뚱한 대답을 하는, 노인의 무표정한 등을 나는 오래도록 바라보았다.

코끼리 조련사의 노래

아주 오래전의 어느 날, 한밤중에 TV를 보다가, 그것이 흑백TV였는지 아니면 막 출시된 컬러TV였는지는 기억나지 않지만, 나는 스리랑카 코끼리 조련사가 부르는 노랫소리를 들은 적이 있다. 시간이 많이 흘렀지만 이상하게도 그 노랫말이 잊히지 않는다. "코끼리야 코끼리야 너 참 아름답구나, 그런데 사람은 왜 죽였니." 이상한 노랫말을 가진, 구슬프기 짝이 없는 노래를 부르며 조련사는 자신의 코끼리를 채찍 같은 걸로 끝없이 단속한다.

아름다운 노래를 부르면서 코끼리를 길들이는 그 장면을 나는 이토록 오랫동안 잊지 못하는 것은, 그 노랫말이 가진 역설적인 아름다움과 채찍을 맞는 코끼리의 슬픈 몸짓 때문이었을 것이다. 그리고 나는 그 소름 끼치는 노랫소리를 들으면서 이런 생각까지 했던 것 같다. 이 생각은 지금까지 끈질기게 내 의식에 따라붙고 있는 것이다.

아름다움은 공포 혹은 증오 같은 감정과 연대할 수도 있는 것이구나. 그리고 어쩌면 아름다움은 친절을 넘어서는 것인지도 모른다는 것. 오히려 친절을 넘어서는 곳에 오래 지속되는 아름다움이 자리 잡을 수 있다는 것. 우리의 일상생활을 지배하는 예의는 어떤 면에서 매우 지루하고 친절은 가볍고 가벼운 것 아닌가. 예의와 친절을 통해 가닿을 수 있는 곳에는 좀 뻔한 아름다움밖에는 없지 않은가. 그래서 진정한 아름다움은 외롭고 서러운 것에 가까운 것인지도 모른다. 채찍을 맞으며 길들여지는 저 수많은 코끼리처럼.

소통

편리함이란 것은 확실히 전파되고 감염되는 것 같다. 일을 하다 보면, 마땅히 얼굴을 보고 말해야 하는 경우도 메신저나 문자 메시지로 대신하는 경우가 많다. 그것이 효율성이라는 이름을 가지고 권장이 되는 것과는 무관하게, 맞대면하고 말할 기회가 박탈되면 박탈될수록 사람과 사람 사이에는 어딘지 부자연스러운 이물감이 끼어든다. 나는 그것이 쇠에 스는 녹 같은 것이 아닐까 생각한다.

멀리 있는 지인에게 좋은 일이 생겼을 때, 예컨대 그가 생일을 맞았거나 승진을 했다거나 취직을 했을 때 문자로 축하 메시지를 남기는 게 나쁠 건 없다. 하지만 안 좋은 일을 겪은 이에게 위로를 전해야 하는 경우나 실수나 잘못에 대해 사과를 해야 하는 경우에는 전화나 직접 만나서 얘기하는 것이 좋다. 그런데 많은 이들, 특히 젊은 층에서는 이런 경우마저 문자 메시지나 메신저의 이용을 선호하는 것을 보게 된다. 편리하기 때문이다.

이들에게 소통이란 과연 무엇일까. 얼굴을 보지 않고 자신의 의도나 의견만 전달하면 되는 것이 소통이라고 생각하지나 않을까 염려스럽기까지 하다. 소통은 사실, 자신의 의견에 반대하는 상대방의 태도를 견디고 받아들이는 것에서부터 출발해야 하지 않을까. 그런데 이것이 편리함만 널리 권장되는 상황에서는 자리를 잡기 어려울 것 같다.

버스의 풍속

나처럼 버스를 자주 타는 사람들은 버스마다 나름의 질서와 풍속을 가지고 있음을 발견하게 된다. 그것은, 같은 노선의 버스들끼리는 길에서 서로 엇갈려 지날 때 기사님들끼리 서로 손을 들어 인사를 하는 풍습에서부터, 번잡한 정류장에서는 원래 내리는 문으로 쓰이는 가운데 출입문으로 승객이 타는 것을 허용하는 풍습까지 여러 가지다. 버스를 자주 타다 보면 또 버스를 보다 편하게 타는 지혜 같은 것도 생기게 된다. 같은 노선에서 버스들이 운행 간격을 유지하는 것은 매우 힘든데, 운이 나쁜 승객은 평소보다 훨씬 오래 버스를 기다리는 고역을 맛봐야 한다. 웬일인지 그 버스에 평상시와는 다르게 승객들이 가득 타고 있으면 이 버스는 운행주기가 매우 늦은 버스라고 생각하면 된다. 그러니까, 앞에 가고 있는 버스와 너무 멀리 떨어져서 늦게 오는 바람에 정류장마다 기다리고 있는 사람들을 다 태울 수밖에 없었고, 그 때문에 만원버스가 돼버린 것이다. 이럴 때는 조금 여유를 가지고 다음에 오는 버스를 기다리는 편이 낫다. 틀림없이 다음에 오는 버스는 훨씬 빨리, 그리고 훨씬 적은 승객들을 태우고 오기 때문이다. 예컨대 운행주기가 15분인 버스를 5분만 기다리고도 탈 수 있다는 이야기다. 운이 좋으면 빈 좌석도 만날 수 있다. 이런 작은 기쁨이 삶을 구원할 수 있다고 말하면 오버겠지?

모기가 가르치는 일각

　가을 모기가 극성이다. 바깥 날씨가 추우니 틈이란 틈은 비집고 안으로 들어오는 거다. 그런데 정말 신기한 것이 이놈들은 잠이 들 만하면 에에엥 하는 해금 소리 비슷한 것을 내며 얼굴 주변을 유영한다는 거다. 이 녀석들의 비행 소리가 뺨 쪽에서 들려 손을 들어 내려지면 모기는 이미 도망가 비리고 자기 뺨만 철썩하고 갈기기 일쑤다. 어떤 시인은 이런 웃을 수도 없는 장면을 가리켜 '모기가 가르치는 일각' 이라고 표현하기도 했다. 인생의 성숙과 황혼을 은유하는 가을이 깊어가는 건 단풍에서만 발견할 수 있는 건 아니다. 이처럼 가을 모기가 삶을 가르치기도 하는 것이다. 서늘하고 청신한 기운이 물씬 풍기는 가을 아침에는, 알 수 없는 설움이 한가득 가슴을 적시기도 한다. 그것은 봄날의 아침이나 여름날의 아침, 혹은 겨울의 아침에서는 결코 느낄 수 없는 어떤 선연한 그리움 같은 것이다. 이 그리움은 이미 내 곁을 떠나고 없는 귀한 것들을 돌아보게 한다. 모르고 보낸 사람이나 마음들 말이다. 우리는 어떤 것이 곁에 있을 때 그것이 소중한 것을 모르고 있다가 그것을 잃고 난 다음에 깨닫는다. 그런 이라면 모기에 속아 자기 뺨을 때려서라도 정신을 깨울 필요가 있다. 자기 곁의 귀한 것을 돌아보고, 이미 잃어버린 귀한 것들을 그리워하는 계절 가을, 어느 계절보다도 살아 있음을 느끼게 한다.

불우한 통찰

멀지도 가깝지도 않은 사람들로부터 가끔 이념적 성향을 질문 받는다. 어떤 이는 진지하게 묻고 어떤 이는 농담처럼 묻는다. 그때마다 나는 약 10초 정도 망설이다가 "자유주의자에 가까운 회색분자입니다"라고 대답한다. 대답하지 않는 게 어색해서 그렇게 대답하는 거다. 그런데 나만이 느끼는 것은 아닐 거라고 생각하지만, 자유주의자라고 밝히는 순간 나의 자의식은 소수자의 그것이 되는 것을 느낀다. 나뿐만 아니라 지금 이 땅에서 자유주의자라고 말하는 것은 결코 자랑스러운 대답이 아니다. 외려 어딘지 좀 궁색하고 처량한 대답처럼 느껴진다. 어쩌다가 가장 보편적인 인간의 포지션이어야 할 자유주의가 소수의 위치가 되었을까. 그것은 우리 사회가 조장하는 어떤 극단성 때문이라고 짐작은 하지만, 이걸 정치적으로 분석하는 것 역시 궁색한 일로 치부되기 십상이기에 다만 이 정도로만 말하려고 한다. 우리 사회를 지배하는 무의식은 아직 '초딩'의 의식에 머물러 있는 것 같다고. 생각해보자. 초딩들은 친구들을 막아서고는 너는 어느 편이냐고 묻는다. 그리고 어느 편이라는 대답을 듣고서야 그의 위치를 정해준다. '나는 어느 편도 아니야'라는 의식은 초딩들의 의식 수준에서는 불가능한 것이다. 그런데 지금 우리 사회 역시 그런 것 아닌가 하는 이 불우한 통찰 때문에 나는 자주 우울하다.

사랑에 대한 단상

　마지막으로 울었던 게 언제인지 생각나지 않는다. 상처받는 걸 본능적으로 꺼리는 내 마음이 지레 물기가 없는 쪽으로만 움직였던 모양이다. 안쓰럽긴 하지만 나는, 내가 쳐놓은 보호색이 썩 마음에 들고 거의 완벽에 가까운 것이었다고 생각한다. 그런데 그래서 내 삶은 맑고 풍요로웠나. 아마도 그렇다고는 말할 수 없을 것이다. 최근에 나는 사랑이란, 상대방을 자기 자신과 동일시하려는 자기 자신을 끊임없이 연민하는 행위라는 생각을 하게 되었다. 그것 말고는 사랑을 설명할 다른 논리를 알지 못한다. 연민 없는 자들의 사랑은, 비유가 올바른지는 모르겠지만 심지 없이 공중에 떠다니는 불티 같은 것이 아닐까. 불티끼리 마주쳐 나누는 사랑은 밝고 깔끔할지는 모르지만, 사랑의 원형에 대해 그 어떤 은유나 상상력도 보여주지 못한다. 지금에서야 말하지만 함부로 술을 마시며 수없이 주고받은 농담들, 그러니까 그 독한 광가난무와 음담패설들은 사랑에 빠지지 않기 위한, 혹은 다가오는 사랑을 떨쳐내기 위한 안간힘 같은 것이었다. 햇볕이 조금 눅눅한 느낌이 든다. 연인들이 나란히 앉아 속삭이는 공원에 비둘기가 날고 있다. 비둘기가 가볍게 날아오르는 오후 다섯 시가 되면 내겐 어김없이 편두통이 찾아온다. 기차처럼 맹렬하게 내가 다시 울 때에야, 이 미심쩍은 두통은 내 몸을 놓아줄까. 알 수 없는 미지가 가득해 이 생은 여전히 아름답다.

버스에서 만난 사내

꽤 오래전에 퇴근길의 버스 안에서 혼자 중얼거리는 사람을 본 적이 있다. 내 또래로 보였던 그가 이상하게 시간이 많이 흘렀는데도 잊히지 않는다. 그는 정신이 온전하지 않은 사람임에 틀림없었다. 잠시도 쉬지 않고 계속 떠들었으니까. 말을 하면서 흐물흐물 웃기까지 했다. 그가 하는 말 중에는 알아들을 수 있는 말도 있었고 알아듣지 못하는 말도 있었다. 몇 명의 승객이 그의 옆 빈자리에 앉았다가 그의 장광설을 참지 못하고 자리를 옮겨갔다. 그들은 온전하지 않은 사내가 내심 불안하고 두려웠을 것이다. 하지만 사내는 전혀 위협적이지 않았다. 오히려 그는 자신을 책임지고 보호하고 싶은 의사가 조금도 없는 것처럼 보였다. 이상한 말 같겠지만 그를 보는 내 심정은 매우 복잡했다. 한편으론 그를 연민하고 동정하면서도 또 한편으로 그가 몹시도 부러웠던 것이다. 나를 싫어하고 피하는 사람들을 신경 쓰지 않겠다는 것. 내게 가진 사람들의 적의가 아무렇지 않다는 것. 그는 내게 없는 그런 것들을 가지고 있었다. 사람들의 말, 칭찬과 힐난을 듣고 금세 기분이 좋아지거나 나빠지는 경우를 경험하면 자괴감이 들 때가 있는데, 그때마다 그날 버스 안에서 그가 보여준 삶의 태도가 생각난다. 당신들이 증오하든 경멸하든 상관하지 않겠어! 나도 그와 같아서 다만 단 한 번만이라도 그렇게 느끼고 그렇게 말하고 싶다.

소설 속의 공간

　다른 사람은 어떤지 모르겠지만 나의 경우 소설을 읽다가 매혹적으로 묘사된 공간을 만나면 꼭 그 속으로 들어가서 그곳의 향취와 풍미를 직접 맛보고 싶은 생각이 든다. 순전히 내 개인적인 취향의 산물이겠지만 나는 특히 일본소설의 공간을 서구소설의 그것보다 훨씬 강하게 동경하는 경향이 있다. 이를테면 이런 동경은 내가 좋아하는 일본 작가들, 나쓰메 소세키, 이시하라 신타로, 아베 고보, 다자이 오사무, 요시모토 바나나, 히라노 게이치로 등이 묘사한 공간에서 다름없이 여일하게 나타난다. 재일교포 작가 유미리의 어떤 소설에서는 아무 계획 없이 갑자기 지방 소도시 목욕탕에 다녀오는 주인공이 나오는데 나는 그 목욕탕을 머릿속에 그려보면서 얼마나 가보고 싶었던지 모른다. 일본소설에서 만나는 공간이 환기시키는 심상은 서구소설의 그것과는 달리 마냥 엑조틱 하지만은 않고 내가 존재하는 이 지점에서 조금만 더 나아간 곳의 어떤 지리적 환멸 속에 존재하고 있다는 착각을 안기는데, 내게는 이 착각이 제법 황홀한 것이다. 다시 아침이 왔다. 이틀 동안 책을 끼고 술병을 앓느라 머리를 못 감았는데, 머리부터 감아야겠다. 면도도 해야겠다. 그러곤 우체국에 가서 작은 소포 따위를 부칠 수 있으면 좋겠다. 그것은 미래에 부치는 것, 마음은 미래를 사는 것이라고 말했던 시인이 있어 얼마나 위로가 되는지.

지하실의 귀뚜라미

보일러실의 물을 보충하기 위해 보름에 한 번 정도 보일러실에 들어간다. 음습한 지하의 보일러실에는 귀뚜라미가 사는데, 가끔씩 예기치 않은 생명체와 조우할 때도 있다. 대략 2년 전쯤 나는 보일러실에 들어갔다가, 그곳에서 새끼를 낳고 있는 무척 크고 살이 찐 도둑고양이를 발견하고는 까무러칠 정도로 놀란 적이 있었다. 다음날 다시 가보았을 때는 흐릿한 핏자국만 있을 뿐, 어미 고양이도 새끼 고양이도 보이지 않았다. 어미 고양이는 아기고양이를 낳기 위해 사람의 눈에 띄지 않는 공간이 필요했을 것이다. 나는 나와 마주쳤을 때, 새끼를 낳던 어미 고양이가 느꼈을 모독의 정도를 그제야 가늠해보았다. 그 고양이는 얼마나 비루하고 슬펐을까. 나는 그 이후부터는 보일러실의 문단속을 좀더 꼼꼼하게 하고 있는데, 그것은 조금도 의도하지 않은 어느 찰나에, 그러니까 내가 내 마음을 조금도 닦아내지 못한 어느 순간에 마주칠 수 있는 슬픔 따위를 미연에 방지하자는 심사에서 비롯된 것이었다. 자비심은 슬픔을 부른다고 나는 믿고 있다. 보일러실은 이맘때는 귀뚜라미들 차지다. 그것들은 지상에 사는 새우들처럼 허리를 구부리고 통통 튀어 오르곤 한다. 며칠 전 보일러실에 들어갔을 때 귀뚜라미 떼는 벽에 달라붙어 숨을 죽이며 자신의 다리에 지방과 단백질을 축적하며 튀어 오를 준비를 하고 있는 듯 보였다.

존경과 경외

어떤 책에서 니체와 관련된 부분을 읽다가 니체가 누이동생과 어머니에게
다음과 같은 말을 남겼다는 것을 알게 되었다. "나는 살아 있는 사람 중에서
궁금한 사람이 아무도 없습니다. 나는 다만 이미 죽은 사람들 중에 몇 사람을
좋아할 뿐입니다." 니체는 그렇게 말하면서 자신이 좋아하는 사람으로 몽테
뉴, 스탕달, 괴테 등을 예로 든다. 처음에 영어로 번역될 때 '슈퍼맨'으로 번역
되기도 한 니체의 '초인'은 말하자면, 자신의 생애가 당대를 초월해 다음 세대
사람들에게 하나의 영감으로 받아들여질 수 있는 사람을 말한 듯하다. 니체의
누이동생 엘리자벳 니체는 훗날 나치의 신봉자로, 히틀러를 무척이나 높게 평
가했고 그를 만나 악수를 나누기도 한다. 아마도 니체는 평소에 살아 있는 사
람을 노골적인 우상화하는 누이동생의 기질을 불편하게 여겼던 것 같다. 나
역시 살아 있는 사람에 대한 존경이나 경도는 매우 조심스러울수록 좋다고 생
각하는 편인데, 그것은 그 존경과 경외가 종종 계급관계나 위계에 따른 지배
와 복종, 그리고 그것에서 파생되는 수혜와 밀접한 연관을 가질 수 있다고 생
각하기 때문이다. 존경은 이해관계와 무관할 때 아름다울 수 있을 것이다. 어
쨌거나 사람들의 존경을 받으면서 겸손하거나 타락하지 않는 것은 참 어려운
일인 것 같다. 존경 같은 걸 받아보지 않아서 잘은 모르겠지만.

삶과 품위

자신이 가진 좋은 것을 다른 이가 알까 봐 두려워하는 사람들이 있다. 나는 그들을 편의상 두 부류로 나눌 수 있겠다는 생각이 들었다. 하나는 이기적이고 탐욕스러운 부류다. 이 부류에 속한 이들은 자신의 좋은 것을 다른 사람이 알면 그것을 시기하거나 탐내고 빼앗아 갈 것이라고 간주한다. 그래서 자신의 좋은 것, 예를 들면 명예나 인기, 재능, 사랑스러운 애인, 예금통장 등을 감춘다. 그것은 자기 것을 잃지 않고 지키려는 태도이다. 또 한 부류에 속하는 이들은 따뜻하고 외로운 사람들이다. 그는 자신의 좋은 것을 다른 사람이 알 때 그가 슬퍼할 것이라는 것을 안다. 자신이 가진 것과 비교하면서, 좋은 것을 가지지 못한 자기 처지를 비관할 것이라는 것을. 그는 그것이 아프다. 그래서 그는 자신이 가진 좋은 것을 자꾸만 감추고 싶어 한다. 자신이 가진 좋은 것이 다른 이에게 상처를 준다면 그것은 좋은 것이 아닐 수도 있다는 것을 알기에. 그는 인간의 외로움을 이해하는 사람인 것이다. 사람들은 대부분 좋은 것 몇 가지씩은 가지고 있다. 처음에는 그것을 자랑하고 싶지만 어느 순간부터는 감추고 싶은 생각이 든다. 그렇다면 그것은 어떤 이유 때문일까. 빼앗길까 두려워서인가, 다른 이에게 상처를 줄 것 같기 때문인가. 드러냄과 감춤, 감춤에 개입하는 욕망의 층위, 이것은 삶에 주어지는 품위의 문제다.

떡 파는 사내에 대한 몽상

어떤 선배와 며칠 전 술을 마시고 있는데, 행색이 누추하고 초라한 한 사내가 우리 자리에 와서는 떡을 포장한 작은 상자를 내밀면서 하나만 사달라고 했다. 사실은 그 사내를 1차 술자리에서 보고 외면한 적이 있었는데, 차수를 옮긴 술집에서마저 마주치니 피할 도리가 없었다. 그래서 나는 사내가 내미는 떡을 샀다. 그 사내가 물러간 이후 그의 뒷모습을 눈으로 좇으며 나는 이런 아스라한 상상에 잠겼다. "거리의 걸인이나 노숙자, 그리고 술집 주인에게 눈총을 받으면서 술집을 전전하며 물건을 파는 이들은 사실은 하찮은 존재들이 아니다. 그들은 천재적인 재능이나 고귀한 신분을 가진 특별한 존재들인데, 자신의 재능이나 신분에 맞는 부귀나 영화를 누리며 사는 게 어딘지 권태롭고 허무하게 느껴져서, 자신의 재능을 감추기 위해 저렇게 사는 것이다. 우리는 그에게 속고 있는 것이다. 뛰어난 재능이나 남다른 권세가 자신의 의지와는 무관하게 다른 사람의 등을 찌르는 칼이 될 수도 있는 시대에 자신이 태어난 것이 그는 못내 거북스럽다. 그는 다른 사람보다 훨씬 잘 산다는 것이 그것만으로도 부끄러운 일일 수 있음을 아는 사람이다. 그가 껌이나 떡을 팔기 위해 굽실거릴 때, 사람들의 모욕을 받아 낼 때, 그는 자신의 삶을 치른 덕분에 진실에 조금 더 가까이 다가간 것을 진정한 기쁨으로 아는 자이다."

과도한 욕심

어제오늘 이야기는 아니지만 점점 더 지하철이나 버스 안에서 책을 읽는 사람을 발견하기가 어렵다. 대부분의 사람이 스마트폰이나 태블릿 PC를 들여다볼 뿐이다. 그들은 그것으로 게임을 하거나 뉴스검색을 하거나 SNS 접속을 한다. 한쪽에서는 한류니 뭐니 해서 문화가 부흥하고 있다고 하지만 내 생각에 우리나라의 문화 수준이나 경쟁력은 말하기도 부끄러운 수준이다. 우리 국민은 책을 너무 읽지 않는다. 우리나라 성인은 1년에 채 열 권의 책도 읽지 않고 30퍼센트에 해당하는 어른은 단 한 권도 읽지 않는다. 영화를 본 누적 관객이 2년 연속 1억 명을 넘었다는 최근의 뉴스와 비교할 때 뼈저린 수준이다. 좋은 책도 2,000부 팔리기가 어려운 현실에 많은 지식문화 종사자들이 절망하고 있다. 좋은 책에 기꺼이 지갑을 여는 지식문화인구 2,000명은 5,000만 명이 넘는 인구에서 불과 0.004퍼센트 수준이다. 우리는 아이돌 스타나 연예인의 인적사항은 줄줄이 꿰면서 예술사조나 존 로크의 민주주의 이념 하나 제대로 이해하지 못한다. 영화배우의 필모그래피를 줄줄 외우고 영화감독의 추모전 티켓을 예매하는 게 시크한 지식인의 표상이 된 지 오래다. 한 사람의 출판인으로서, 출판사가 소신을 가지고 좋은 책을 만들면 만 부 정도씩은 곧바로 소화되는, 그런 문화국민을 갖는 게, 그런 문화국민에게 보여줄 책을 만든다는 자부심과 기쁨을 갖고 싶은 게, 가져서는 안 되는 너무나도 과도한 욕심인가.

파주출판도시

    지난 일요일에는 '파주북소리' 축제가 열리고 있는 출판도시를 10개월여 만에 방문했다. 그곳에서 용무가 있었던 지인과 함께였다. 한눈에 보기에도 파주출판도시는 몇 년 전과 비교할 수 없을 정도로 활기가 넘쳤다. 식당과 커피숍, 상점 같은 편의시설 등이 잘 갖춰져 있고 복합쇼핑몰도 들어서 있었다. 많은 이들이 행락객 차림으로 출판사들의 부스를 둘러보며 휴일의 오후를 즐기고 있었다. 그런데 이상하게 내 눈에는 출판도시 특유의 어떤 문기(文氣) 같은 것이 보이지 않았다. 건축의 종합 전시장 같은, 국내외의 일급 건축가들이 설계한 멋들어진 출판사 사옥들이 서로 견주듯 서 있었지만 그것에서 어떤 의고한 기품 같은 것은 찾아지지 않았다. 왜 그랬던 것일까. 15년 차 편집자인 나는 사실, 세계에서 유례를 찾아보기 힘든 출판업의 종합 클러스터인 파주출판도시에서 단 한 번도 근무를 해본 적이 없다. 출판사를 택할 때 반드시 서울에서 근무하는 조건을 전제했기 때문이다. 애초에 출판도시가 만들어진 것이 주 사용자인 직원들의 뜻이 아니라 몇몇 유력한 출판사 오너들의 판단에 의한 것이었고 그 과정에서 직원들의 권리는 사실상 완전히 무시되었다. 초창기에 그곳에서 근무했던 선후배 동료들의 말을 들어보면, 애로사항이 한두 가지가 아니었다고 하지만, 그것이 개선되는 데에는 꽤 오랜 시간이 걸렸다.

신비와 미지

　며칠 전 서울 도심을 산책했다. 시청과 덕수궁, 서소문 일대에서는 노동자들이 시위를 벌이고 있었고 녹색연합의 자원봉사자는 돌담길에서 시민들을 상대로 서명을 받고 있었다. 외국인 관광객들은 청계천에 앉아 다음 투어를 기다리고 있었고 노숙자 몇은 벤치에 누워 다소 흐린 하늘을 바라보고 있었다. 내가 서울 도심에서 목격한 풍경은 이제 다시는 복원되지 않는다. 그 세계는 미지로 흘러간 것이다.

　과거 역시 미지와 신비를 갖는다. 그러니까 미지란 미래의 것만은 아니라는 얘기다. 이미 내가 흘려보낸 시간은 나와 무관해진, 내가 가질 수 없는 세계다. 예를 들어, 내가 오른쪽으로 시선을 돌리고 있었을 때 내 왼쪽에서 빠르게 지나간 어떤 남자의 고통이나 사랑에 대해서 나는 영원히 무지한 상태를 유지할 수밖에 없는 것이다. 하지만 미래, 아직 오지 않은 시간은 여전히, 이론적으로는 내 통제 범위 안에 있다. 나는 오늘 저녁에 내가 먹고 싶은 음식으로 저녁을 먹을 것이고, 잠을 자기 위해 마지막 등을 끄는 시간을 정할 수 있다.

　그런데 과거 속의 나는 이제 더 이상, 내가 먹은 저녁 메뉴를 다른 것으로 교체할 수도 없고, 커튼을 내리고 소등한 시간도 바꿀 수 없다. 그러니 미래만이 미지를 키우고 과거는 미지의 대상이 아니라는 말은 수정될 필요가 있다. 신비와 미지를 풀지 못하는 인간의 허망.

식욕과 성욕

'인간의 욕망'은 등단한 이후부터 지금까지 내가 작가로서 꾸준하게 천착하고 있는 주제다. 그런데 사람들은 재미삼아 욕망의 순위를 매기는 것을 좋아하는 것 같다. 예컨대 식욕이 먼저냐 성욕이 먼저냐에 대해 논쟁을 하는 식이다. 나는 성욕이 식욕보다 좀 더 근원적인 욕망이라고 생각하는 편이다. 왜냐하면 식욕은 성욕에 비해 그 개체의 생존에 직접적으로 개입하는 (매우 생리적인 성격이 강한) 욕망이기 때문이다. 그와 반면 성욕은 다분히 쾌락 지향적이다. 식욕이 성욕보다 훨씬 본능적인 욕망이라고 말하는 사람들은 그것이 실제로는 주어지기 어려운, 매우 극단적인 상황이나 조건을 전제하고 있다는 매우 평범한 사실을 종종 간과하는 것 같다. 예를 들어, 열흘 정도를 굶은 어떤 사람에게 밥과 섹스 중 하나를 선택하라고 하면 당연히 그 사람은 밥을 택할 것이다. 이를 두고 식욕이 성욕에 선행하는 욕망이다라는 결론을 내는 것은 공정하지도 않고 논리적이지도 않다. 그 욕망이 순수한 것이라면, 그것은 결핍이나 보상과는 무관한 것이다. 그리고 그것은 매우 보편적인 유희와 연결되어야 마땅하다. 평상적인 상황이나 컨디션이 주어졌을 때, 어떤 이의 욕망이 작동하는 보편적인 패턴을 오랫동안 살펴본 뒤라야, 우리는 욕망의 지향이나 지평에 대해 단 한 줄이라도 설득력 있는 말을 할 수 있을 것이다.

현대의 편집자

　과거에 비해 수익 면에서 많이 열악해지긴 했지만 출판은 여전히 이슈를 선도하는 업종이다. 그래서 일을 하다 보면 온갖 첨단의 유행어들을 접하게 된다. 지금은, 프로슈머(prosumer)라는 말이 유행인 것 같다. 프로듀스와 컨슈머의 합성어로 생산과 동시에 소비를 하는 사람을 일컫는 의미다. 나는 내 직업인 에디터의 역할에 대한 고민을 종종 하는 편이다. 시대가 바뀌고 독자들이 선호하는 콘텐츠가 바뀌는 현실을 감안하면 당연히 에디터의 역할도 달라져야 하기 때문이다. 좋은 편집자가 되기 위해서 해야 하는 훈련은 많다. 하지만 개인적으로 나는 '필자'를 경험해보는 일만큼 강력하고 효과적인 것은 없다고 생각하는 편이다. 자기 이름으로 책을 내볼 수 있다면 가장 좋겠지만, 그게 불가능하다면 자족적인 필자가 되어 (웹진이든 출판 매체든, 아니면 블로그나 페이스북이든) 자신이 글을 쓰고 그 글에 대한 타인들의 반응을 겪어보라는 것이다. 그러면 글을 내보인다는 것, 그리고 책을 만든다는 일의 본질적 속성을 깨달을 수 있는 기회를 가질 가능성이 커지기 때문이다. 이것도 일종의 프로슈머의 경험에 해당하겠다. 지금의 편집자는 능동적인 프로듀서로서 때에 따라 리포터(reporter)나 라이터(writer)의 역할까지 해야만 그나마 경쟁력을 가질 수 있는 것 같다. 이제 막 출판편집을 시작하는 분에게 내 조언이 조금이라도 도움이 되었으면 좋겠다.

마흔 살의 착각

마흔 줄에 접어들고 나이가 들어가면서 물리적인 기능들이 쇠퇴하는 걸 느낀다. 노인들의 퇴행을 단적으로 보여주는, 계단을 오를 때 숨이 차거나 오래 서 있는 게 힘들거나 이런 증후는 아직 없지만 나만이 확인할 수 있는 어떤 씁쓸한 변화가 있는 것만큼은 분명하다. 엄살을 부리려는 게 아니다. 특히 갈수록 기억력이 형편없어진다. 이는 잦은 음주의 결과임이 분명한 것일 텐데, 딱히 회복을 기대할 만한 방도를 알 수 없어 더 답답한 노릇이다. 술을 끊으라고 누가 말하고 싶다면 그 사람은 술을 대신할 수 있는 스트레스 퇴치 처방까지 함께 내려주어야 한다. 지난주에 어떤 사람과 만나서 이야기를 나누는 중에 무언가에 대해서 열심히 아는 척을 하다가 코맥 매카시를 얘기해야 하는 상황에 순전히 착각으로 이언 매큐언을 말하고 말았다. 코맥 매카시는 칠순이 넘은 미국 작가이고 이언 매큐언은 그보다 젊은 영국 작가이다. 아무튼 내가 결정적인 고유명사를 잘못 말했다는 것을 깨달은 지금 얼굴이 매우 화끈거린다. 예전에도 단어나 명사가 생각이 안 나거나 헷갈려서 낭패를 본 적이 많았는데, 이를테면, 재즈음악을 하는 팻 매스니를 말한다는 것을 키스 자렛이라고 헛말을 한 적도 있고, 심지어는 도스토옙스키와 차이콥스키를 헷갈린 적도 있다. 아, 벌써 이 나이에 치매인가. 차라리 냉장고와 세탁기를 헷갈리지.

버려진 의자

길을 가다 보면 종종 버려진 의자들을 보게 된다. 의자는 사람을 편안하게 해주면서 일생을 산다. 그런데 어떤 의자는 사람이 앉는 데 쓰이기보다는 다만 의자라고 불리기 위해서 존재하는 것 같다. 운이 좋은 경우라도 마음에 드는 의자를 만나는 건 전 생애 동안 고작 두세 번에 지나지 않을 것이다. 특별한 사랑을 받는 의자는 사람이 비를 맞는 동안에는 비를 맞고 사람이 서럽게 울 때는 똑같이 고개를 숙이고 눈을 감는다. 낡아서 비틀어져 도저히 사람의 무게를 지탱할 수 없게 된 의자는 대개 노인들에 의해서 구원받는다. 신기하게도 노인들은 튼튼한 의자를 좋아하지 않는다. 노인들은 앙상한 육신의 의탁을 허락하는, 자신의 생애를 지탱하는 모든 것을 의자라고 믿고 있다. 그것은 어쩌면 노인들의 유일한 겸양인지도 모른다. 내가 길에서 만난 어떤 노인은 부서진 의자를 골목 앞에 내어놓고 슬프지도 기쁘지도 않은 표정을 지었다. 무언가 초월을 한 듯도 보였는데 노인은 설령 자신이 말을 못하고 눈이 멀어도 자신이 사랑했던 의자가 어떤 의자인지에 대해서는 사람들에게 충분히 설명할 수 있다는 표정을 지었다. 노인은 낡아가는 의자를 위해 식사량을 조금씩 줄여왔다. 내 짐작이 맞는다면 노인이 죽으면 의자는 노인과 함께 불태워질 것이다. 그쯤 되면 의자는 사람이라고 불러도 전혀 이상한 일은 아닐 것이다.

낯선 자각

엄살이나 투정을 부리려는 게 아니고 냉정하게 나 자신을 돌아보며 말하는 것인데, 나에겐 최고였던 대상이 없었던 것 같다. 여기서 내가 말하는 '최고'란 몰입과 경외를 기꺼이 투여했던 절대적 타자를 가리킨다. 사람은 누구나 태어나고 성장하는 동안 자신의 감정이나 의지를 몰입하는 절대적 대상을 정해두기 마련이다. 본능적으로 자신을 낳아준 모태를 물거나 빠는 영아를 제외한다고 해도, 유소년기의 아이에겐 가족이 그런 대상일 것이고 사춘기를 지나는 이들은 친구나 선배를 최고의 대상으로 간주하기도 한다. 또는 가수나 배우 같은 연예인을 몰입의 대상으로 두기도 한다. 누구든 자신이 정한 그 최고의 대상에 몰입하고 미치는 것이다. 철이 들고 성년이 된 이후에는 보통 자신이 투신하고 싶은 분야의 전문가나 스승, 또는 연인 등이 최고의 자리를 차지할 수 있다. 하지만 내게는, 마흔을 막 넘은 지금까지도 최고의 대상이랄 수 있는 존재가 없었다. 민망한 고백임이 분명하지만 그렇기 때문에 당연히 나 역시 그 누구에게도 최고의 대상이 되지 못했던 것 같다. 그 누구에게도 미치지 못했다는 자각, 그리고 그 누구에게도 미침을 당한 적 없다는 자각, 이 깨어 있는 자각이 가져다주는 민망함이 매우 낯설고 난처하다. 더 늦기 전에 이제부터라도 눈을 씻고 최고의 사람을 찾아야겠다. 여러분들의 사정은 좀 어떤가.

병영에서의 추억

　나는 군대 얘기를 거의 안 하는 남자에 속한다. (그럼에도 여자들에게 인기가 없다는 아이러니는 어찌해야 하나.) 그런데 어젯밤, 연예인들의 입영체험을 다룬 TV 프로그램을 보다가 십수 년 전의 기억이 떠올랐다. 사단 ATT(Army Training Test) 훈련을 나갔던 날의 기억이다. 나는 제대를 두세 달 남겨둔 내무반장 겸 선임분대장으로 40여 명의 부대원을 통솔하고 있었는데, 정해진 시간 안에 진지용 막사를 구축하는 임무가 주어졌다. 우리는 한 시간 안에 지휘소를 비롯해 텐트 여섯 동을 쳐야 했다. 나는 이미 여러 차례 ATT에 참여하면서 전역한 선임병들이 해온 모습을 봐온 터라 그 방법을 잘 알고 있었다. 그래서 50분 만에 진지용 막사를 완성할 수 있었다. 그리고 남은 건 배수로를 파는 일뿐이었다. 폭우에 대비, 텐트 주위에 물길을 내는 일 말이다. 그 일까지 마무리하면 우리에게 주어진 시간을 정확히 채울 수 있는 상황이었다. 내가 서둘러 배수로 조성을 부대원들과 하려고 하자, 중대장이 제동을 걸었다. 시간도 얼마 안 남았으니 배수로는 파지 말자는 것이었다. 나는 그것이 옳지 않은 판단임을 알고 있었지만 명령을 거역할 수 없었다. 얼마 뒤 대대장의 순시가 있었다. 우리가 구축한 막사를 둘러본 대대장의 입에서는 득달같이 다음과 같은 말이 흘러나왔다. "막사를 아무리 빨리 구축하면 뭐하나. 배수로도 없는데. 이게 무슨 막사야." 배수로 조성을 막았던 중대장의 얼굴이 붉어졌음은 물론이다.

이어령 선생님

계절이 바뀔 때마다 불면증이 오곤 한다. 올해도 예외는 아니어서 나는 이즈음 불면에 시달린다. 어쨌거나 잠을 제대로 못 자고 출근해 유난히 힘들었던 하루가 지나가고 있다. 아침에 출근하자마자 처리해야 할 일들을 해치우고 서둘러 이어령 선생님을 뵈러 갔다. 아는 사람은 거의 없겠지만 선생님은 2주 전 뇌출혈(뇌경막 외출혈)로 쓰러지셨고 응급을 요하는 수술을 받으셨다. 수술 경과는 매우 좋아서 빠르게 회복하고 계시는데 병원에서는 계속 예의주시를 해야 한다고 했단다. 덕분에 선생님은 평소에 30분마다 내방객을 맞으실 정도로 바쁜 생애를 보내시다가 일생일대 처음으로 사치스러운 휴가를 누리고 계시다. 선생님은 수술을 받으시면서 머리칼을 짧게 잘랐는데, 대여섯 살 유년의 까까머리로 돌아왔다는 말씀을 하셨다. 순수했던 시간으로 돌아오기 위해 길고 긴 세월을 돌고 돌았다고. 올해 팔순이신 선생님은 농경사회부터 산업화, 민주화, 디지털 혁명과 금융자본주의가 판을 치는 시대를 모두 겪은 자로서의 특별한 회한을 말씀하셨다. 그 표정엔 후학들에게 지혜를 안겨주고 싶은 마음이 가득 배어 있었다. 나는 사람들의 오해와 달리, 그가 얼마나 고독한 사람인지 알 것 같다. 그리고 그걸 설명하는 것이 쉽진 않지만 결코 피하고 싶지 않은, 즐기고 싶은 과제처럼 느껴진다. 그렇다면 불면증이 좀 더 가겠지.

지혜로운 자

　사람들은 가급적이면 말을 많이 하려고 하고 상대방이 자기 말에 귀를 기울여주기를 바란다. 그것은 거의 본능과도 같은 욕망이다. 언젠가 술자리에서 내가 말을 많이 하고 있다는 자각이 들어서, 가만 말을 멈추고 내가 무슨 말을 얼마나 했던가를 곰곰 돌아보았다. 그랬더니 말을 하는 동안에는 깊이 관찰하고 사고하는 일이 거의 불가능하다는 깨달음이 밀려오는 것이었다. 사람이 말을 하는 동안에는, 생각의 눈은 그 자신의 욕망만을 향하기 마련이다. 말을 하는 동안에는 아무런 사유나 사고를 할 수 없는 것이다. 사정이 이러하므로, 좋은 생각이란 말을 할 때는 떠오르지 않는 법이다. 무언가를 오랫동안 바라볼 때, 다시 말해 말을 멈추는 시간이 길어질 때 생각하지도 못했던 좋은 생각이 들어온다. 우리는 그것을 지혜라고 부를 수 있을 것이다. 우리가 말을 멈추는 순간, 말들이 일사불란하게 증명해 보이던 어리석음이나 만용도 자취를 감춘다. 우리는 그때 아주 잠시, 가까스로 현명해질 수 있다. 하지만 어떤 사람은 현명한 상태를 민망하게 여기거나 견디지 못한다. 그는 불행하게도 입을 다시 열고 어리석음이 가득한 세계로 돌아가고 만다. 그렇다면 현명해진 상태를 오래 견디거나 즐기는 이를 우리는 '지혜로운 자'라고 부를 수도 있지 않을까. 알고 보면 단순하다. 혀보다 눈을 피로하게 하라는 것.

피로사회

　주차 문제로 중년의 두 남자가 다투는 모습을 보았다. 그들은 사람들이 많이 지나다니는 백주대낮에 언성을 높이며 삿대질을 하고 있었다. 그걸 지켜보는 나조차 민망할 정도였다. 살다 보면 이처럼 아무것도 아닌 일로 다른 이와 '결사항전'을 벌이는 일을 자주 볼 수 있다. 주차 문제뿐만 아니라, 층간소음 문제로, 또는 아이 문제로, 그리고 쓰레기 투기 문제로 우리는 이웃들과 언짢은 표정과 고성을 주고받는다. 이때 목소리가 작은 사람은 필연적으로 지게 되어 있다. 그런데 그런 고성을 지르며 시비를 벌일 때 설령 그 싸움에서 상대방을 굴복시켰다고 해도 우리가 그를 승자라고 볼 수 있을까. 그는 혹시 알고 있을까. 상대방을 물리쳤을지는 모르지만 이미 자신은 본인의 인격을 스스로 살해하고, 인상을 쓰며 고성을 지르면서 본인에게 완패했다는 사실을 말이다. 지나가는 이들로부터 받았을지도 모르는 조롱까지를 포함하면, 그는 결코 이겼다고 할 수 없을 것이다. 왜 우리나라 사람들은 유독 다툴 때 소리를 높이는 것을 좋아할까. 그렇게 자신의 그악스러운 성격을 드러내는 것이 뭐가 그리 좋은 걸까. 스트레스와 피로가 유독 많은 사회여서 그렇게라도 하면서 쌓였던 화를 풀어내려고 하는 걸까. 분하고 화가 나는 일이 왜 없겠는가. 하지만, 나는 사람들이 자신에게 더욱 많은 승리를 거뒀으면 좋겠다.

신비에 대한 이야기

　양떼에게 마른 풀을 줘본 적이 있는 이들이라면 알 만한 이 이야기는 평범한 신비에 대한 것이다. 언젠가 대관령 양떼 목장을 방문해서 양들이 가장 좋아하는 건초를 돈을 주고 구매한 뒤에 적당한 양을 손에 쥐고 울타리 사이로 들이민 적이 있다. 곧 양 몇 마리가 다가왔다. 그리고 그중 한 녀석이 건초를 입에 물고 자기 쪽으로 잡아당겼다. 그 힘은 고스란히 건초를 쥐고 있는 내 손에 전해졌다. 양이 이빨로 건초를 끌어당기는 힘 말이다. 그때 풀을 쥐고 있는 손에서 힘을 빼면, 건초는 쉽게 양의 입속으로 들어간다. 그런데 손에 조금만 힘을 주면 아주 잠깐 양과 나 사이에 팽팽한 힘의 균형이 생긴다. 이 힘의 균형은 양도 느끼고 나도 느끼는 것이지만, 나에게 좀 더 근본적인 생각을 안겨준다. 내가 양보다 생각이 많을 것이라는 나의 믿음은 옳은 것일까.

　그 순간 이런 생각을 해본다. 내 손에 전달되는, 마른 풀을 끌어당기는 양의 이빨, 그 의지와 힘, 그 팽팽함이 살아 있는 힘이라는 것. 그 팽팽함만이 순정한 힘이라는 것. 내가 손에서 힘을 뺄 때, 건초가 미끄러져 양에게로 갈 때 느끼는 평화와 안정감. 놓아버리고 순응하면서 편안해지는 보람, 이것은 목책 안의 양이 바깥의 내게 준 것이다. 양이 그것을 아는지 모르는지는 알 수 없다. 아무튼 이것은 평범한 신비에 대한 이야기다.

소설가의 자유로운 삶

   태국에서 3개월 정도를 머물다가 한국에 돌아온, 소설 쓰는 선배와 점심을 먹었다. 선배의 얼굴에는 서울을 떠나기 전보다 훨씬 맑고 건강한 기운이 역력했다. 내가 "선배님 얼굴 정말 좋아지셨어요"라고 말을 건네자, 선배는 아무것도 생각하지 않고 그날 그날 하고 싶은 것만 생각했기 때문인 것 같다고 대답했다. 그러니까 아침에 일어나면 이번엔 어디를 산책할지, 그리고 점심때는 무엇을 먹을지, 그런 지극히 단순한 생각만 했다는 것이다. 그 복잡하지 않은 생활의 실천이 선배의 마음에 평온을 주었고, 그것이 육신의 컨디션에까지 영향을 미쳤으리라는 짐작은 그리 어려운 것이 아니었다. 나는 그 선배의 라이프스타일을 잘 알고 있다. 적령기를 훨씬 넘겼지만 결혼도 하지 않고 일정한 직업도 없이 가끔 출판사로부터 일거리를 받아서 아르바이트를 할 뿐이다. 그러면서 꼭 필요한 만큼만 수입을 얻는다. 그리고 원고 청탁의 유무와는 무관하게 쓰고 싶은 소설이 있으면 소설을 쓴다. 자기 소설을 어떤 출판사에서 출간할지 미리 염두에 두지도 않는다. 누군가가 소문을 듣고 소설 좀 보여달라고 할 때 보여준다. 그러면서 자기 소설이 어떻게 읽힐까, 어떻게 평가받을까 애면글면하는 법이 없다. 그러다가 조금씩 절약했던 돈이 모이면 훌쩍 나라 밖으로 떠나는 것이다. 선배를 만나는 동안 단 한 번도 내가 선배로부터 가난하다는 느낌을 받지 못한 것은 아마도 그렇게 허허롭게 즐길 줄 아는 자유로움 때문이 아닌가 싶다.

언어와 생활

우리 집 식탁 위에 P사에서 만든 어떤 라면 한 봉지가 놓여 있어서 유심히 포장지를 보니, 거기에 "기름으로 튀기지 않아 몸에도 맛있습니다."라는 카피가 적혀 있었다. 이 문장의 의미는 입으로 느끼는 맛은 기본이고 몸(건강)에도 좋다는 것일 텐데, 좀 가소롭게 느껴졌다. 나는 문장이 이렇게 수정된다면 그 라면을 좋아할 수도 있을 것 같다는 생각이 들었다. "기름으로 튀기지 않아 몸에는 맛있습니다." 이래야 좀 더 솔직한 표현 아닌가.

내가 유난을 떠는 것인지는 모르지만, 조사에 불과한 '도'와 '는'의 차이는 나처럼 쓸데없이 민감한 이의 윤리적 무의식을 자극하거나 억압할 수도 있다. 한국어는 조사 하나에 따라 의미 한정이 매우 달라진다. 김훈 선생도 물경 백만 부 판매를 기록한 〈칼의 노래〉 첫 문장을 쓸 때, 조사 때문에 몇 날 며칠 고민했다고 하지 않은가.

"버려진 섬마다 꽃이 피었다." "버려진 섬마다 꽃은 피었다." '이'와 '은'이 낳는 이 광대무변한 차이. 그걸 이해하고 고민하는 것이 하루 종일 쇳물을 붓고, 하루 종일 시멘트를 나르고, 하루 종일 아이들을 가르치고, 하루 종일 옷을 만드는 일보다 숭고하다고 할 수 있을까. 나는 그럴 수도 있다고 대답해야 하는 쪽에 서서 먹고 살고 있다. 그러나 그것이 썩 자랑스럽지는 않다. 어쨌거나 잘 모르겠다. 언어와 생활의 신비.

면접관 되어보기

출판 편집자로서 경력이 쌓이고 직급이 올라가면 관리자의 역할을 하게 되는데, 그때 피할 수 없는 일 중의 하나가 면접관이 되어 예비 신입사원을 만나는 일이다. 이 고약한 역할을 수행하기 위해 나는 그동안 편집자가 되기를 원하는 수십 명의 사람을 만나 이야기를 나누었다. 내가 만나는 사람들은 일단 회사에서 요구한 양식에 맞춰 입사지원서를 보내온 사람들 중에서 일차로 걸러진 이들이다. 말하자면 서류전형을 통과한 이들이다. 그들이 꼼꼼하게 작성해서 보내온 입사지원서를 보면, 그들의 인성과 취향 같은 게 보인다. 그리고 거기에 적혀 있는 그들의 희망은 노골적이고 명백한 것이어서 지극히 순정한 것이다. 그런 형편을 잘 알면서 그들에게 이런저런 질문을 던질 때의 기분은 사실 전혀 유쾌한 것이 아니다. 심지어는 자괴감 같은 것도 느낄 때가 있는데, 심하게 표현하면, 잘 다룰 줄도 모르는 총을 손에 쥐고 의기양양해 하는 다섯 살짜리 아이가 된 기분과도 흡사하달 수 있다. 그래서 나는 면접을 볼 때, 반대 입장에서 절실한 희망을 품고 면접을 보는 내 모습을 계속 머릿속에서 시뮬레이션하기도 한다. 그래서 내 딴에는 잔뜩 긴장해 있는 예비 신입사원들을 편하게 해주는 요령을 개발하기도 했다. 내가 마음의 경직을 풀어주기 위해 그들에게 던지는 첫 마디는 이거다. "면접이라고 생각하지 마시고, 그냥 출판계 선배와 이야기를 나눈다고 생각하세요."

관성의 속도

내가 타인에게서 발견하는 속성 중에서 잘 견디지 못하는 것 중에 치기, 유치함 같은 것들이 있다. 그래서 사실 나는 아이들과 잘 어울리지 못한다. 후배들보다도 선배가 훨씬 편한 것도 이런 사정과 관련이 있다. 하지만 나 역시 얼마나 치기 어린 시절이 있었던가. 스무 살 때는 이런 생각에 골몰했었다. 나는 매력적인 새엄마도 갖지 못했고 폭력적인 새아빠도 갖지 못했다는 불운의 나약한 뼈대에 대해서. 나는 애인의 강력한 정부와 버스터미널 뒤편 기름기 먹은 축축하고 으슥한 광장에서 각목을 들고 싸워본 적도 없다는 불운의 무료함에 대해서. 그로부터 많은 시간이 흘렀고, 나는 권태가 일상을 가장 강력하게 지배하는 요소라는 좀 막연한 믿음을 갖게 되었다. 어떻게 사는 것이 옳은 삶인가라는 생각은 가급적 하지 않으려고 한다. 나는 당신들이 방바닥에 누워, 배를 타고 오르는 강아지의 귀를 쓰다듬는 순간조차도 맹렬하게 죽음과 맞서고 있다는 걸 안다. 중환자실의 산소호흡기에 의지한 노인뿐만 아니라, 인큐베이터 속의 갓난아기뿐만 아니라, 모든 삶은 예외 없이 저 오연한 죽음과 맞서고 있는 것이다. 과격한 비유겠지만, 새엄마가 아빠 몰래 젊은 정부의 손을 잡고 깨끗한 모텔을 찾고, 새아빠는 엄마 몰래 딸의 몸을 더듬는 순간조차도 그들은 그들 몫의 죽음과 결연하게 맞서고 있다. 모든 삶은 관성의 속도로 그렇게 진행된다.

인간의 장애

청각과 시각 장애를 가진 헬렌 켈러가 막 숲 속에 산책을 다녀온 친구에게 이렇게 물었다. "산책길에서 무엇을 보았니?" 그러자 친구는 대답한다. "뭐 특별한 건 못 봤어." 그 말을 듣고 헬렌 켈러는 생각한다. 어떻게 그것이 가능하지? 어떻게 숲 속에 특별한 것이 없을 수 있지? 그러면서 헬렌 켈러는 실제로 앞을 못 보는 사람도 조금만 관심을 기울이면 풀과 나뭇잎, 혹은 벌레의 움직임 같은 생명의 작은 작용들을 볼 수 있다고 말한다. 이것은 장애를 가진 이가 세상에 대해 드물게 갖는 경이로운 호기심과 비장애인이 대체적으로 갖는 무신경하고 몰개성적인 태도를 말해주는 특별한 에피소드임에는 틀림없다. 그런데 말이다. 내가 뻬딱한 건지는 모르지만 꼭 그렇게만 볼 필요도 없지 않은가. 그 친구의 입장은 왜 의도적으로 무시되는지. 산책을 하는 동안 그 친구는 뭔가 자신에게 중요한 문제에 골몰해서 주변 경관이 눈에 들어오지 않았을 수도 있고, 혹은 그 산책길이 이미 여러 번 다녀본 길이어서 특별하다고 느낄 만한 것이 없었을 수도 있으니까 말이다. 아니면 그냥 짜증이 나서 구체적으로 얘기하고 싶지 않았을 수도 있다. 인간의 진짜 장애는 감각의 장애가 아니라 오히려 자신을 중심에 놓는 것, 중심에 놓지 않고서는 그 어떤 생각도 할 수 없는 것, 그것이 진짜 위험하고 심각한 장애일지도 모른다.

기품, 삶의 조건

길을 가다가 눈에 띄게 단정해 보이는 사람을 보면 자연스럽게 '기품'이라는 말을 생각하게 된다. 가능하기만 하다면 나 역시 그것을 가지고 싶기 때문이다. 기품이라는 말은 다자이 오사무의 소설 〈사양〉을 떠올리게 한다. 〈사양〉에는 몰락한 가문의 딸 가즈코와 문학을 공부하는 그녀의 동생 나오지가 등장한다. 나오지는 향락적이고 파괴적인 삶을 살다가 자살로 삶을 마감한다. 그가 남긴 유서의 마지막 구절은 "저는 귀족입니다"이다. 귀족으로서의 정신적 고결함이 삶을 버리는 순간까지 그의 의식을 강박했던 모양이다. 가즈코는 남동생이 죽자 동생의 스승이었던 우에하라의 정부가 된다. 하지만 우에하라는 그녀를 돌보지 않고 향락적이고 무책임한 생활을 계속한다. 귀족 출신의 가즈코는 우에하라의 난폭한 사랑을 받으면서 굴욕적인 눈물을 흘린다. 가즈코는 결국 유부남인 우에하라의 아이를 낳음으로써 그녀를 괴롭힌 귀족의 의무로부터, 도덕으로부터 자유로워진다. 가즈코는 우에하라에게 보내는 편지에서 절규처럼 이렇게 말하고 있다. "낡은 도덕과 끝까지 싸우면서, 태양처럼 살아갈 작정입니다." 나는 그 문장에서 어떤 기품을 발견했다고 생각했다. 기품이란 핑계 대거나 변명하지 않는 태도인 것 같다. 자신이 왜 그랬는지 설명할 필요도 없는 거다. 기품은 여의치 않은 삶의 조건이나 비극적 경험을 거느릴 때 오히려 빛이 나는 것 같기도 하다.

해학의 비밀

최근에 충청도 지방 어르신들의 생활 사투리를 있는 그대로 채록해 재미있는 산문집을 펴낸 저자를 만난 적이 있다. 그 산문집 속에 들어 있는, 살아있는 언어로부터 받은 감동의 폭은 소설가 이문구 선생과 시인 이정록의 책에서 받은 그것과 견주어도 전혀 손색이 없는 것이었다. 그날 저자에게 들은 재미있는 이야기 한 토막을 소개한다. 시골 노인들의 이야기에 위트와 해학, 유머가 들어 있을 수밖에 없는 이유에 대한 그분의 경험칙에 의한 해석이다. 그분은 그걸 이렇게 설명했다. "도시 사람들은 잘 모르겠지만 시골의 하루는 일찍 시작해서 일찍 끝나요. 매우 단조롭죠. 아홉 시만 되면 불이 다 꺼져요. 그리고 집집마다 텔레비전 불빛만 알전구처럼 빛나는 거예요. 그런데 다음 날 아침이 되면 아무도 텔레비전 봤다는 얘기를 안 해요. 도시 사람들은 드라마 얘기도 하고 그러는데, 여기서는 밤에 텔레비전을 본 건 확실한데 그런 얘기는 숫제 안 하고, 눈뜨고 만나 하는 첫 마디가 고추 얘기, 가지 얘기 이런 거예요. 만날 그런 소리만 하는 거예요. 그것이 농사짓는 사람으로서의 도리나 의무 같은 거라고 여기는 거지요. 매일매일 똑같은 얘길 또 하고 또 하는 거예요. 그러니까 본인들도 얼마나 지겹겠어요. 그래서 거기에 자연스레 유머가 들어가는 거예요. 똑같은 얘길 좀 재미있게 해보려고." 시골 어르신들의 말씀에 들어 있는 해학의 비밀이 밝혀지는 순간이었다.

성공의 척도

요즘 인기몰이 중인 '설국열차'에 출연한 영국 배우 틸다 스윈턴의 인터뷰를 며칠 전에 우연히 보게 되었다. 틸다 스윈턴에게 인터뷰어가 이렇게 물었다. "여배우로서 성공적인 삶을 살고 있는데, 성공이라는 게 뭐라고 생각하세요?" 그러자 틸다 스윈턴은 매우 오랫동안 생각해온 주제인 듯, 편한 표정으로 이렇게 대답하는 것이었다. "성공요? 그것은 내가 나 자신과 다른 사람을 더 이상 속일 필요가 없는 상태가 되었다는 것을 의미해요." 그 말을 듣고 나는, '자신과 다른 사람을 속일 필요가 없는 상태를 성공이라고 말하다니 이거 좀 멋진걸'이라는 생각과 함께 그 말의 의미가 빛의 속도로 이해되는 것이었다. 아마도 틸다 스윈턴은 이렇게 믿고 있는 것 같다. 성공하지 못한 사람들은 성공해야 하는 욕망 때문에 끊임없이 자기를 속이려 드는 사람들이라고. 자기가 누구인지 사람들이 모를까 봐, 혹은 자신의 능력을 의심할까 봐 자신을 연출하고 심지어는 기만하기도 한다고 말이다. 하지만 틸다 스윈턴처럼 이미 성공한 사람이라면 더 이상 자신을 속일 필요가 없을 것이다. 이미 그는 그 자신이 원했던 그 무엇이 되어 있기 때문이다. 그것이 세속적인 기준과는 무관한 것일지라도 말이다. 틸다 스윈턴의 인터뷰는 성공의 척도는 결국 자기만족, 자기 행복에 있다는 것을 다시 한 번 넌지시 일깨워주는 것이다.

행운의 전조

사람은 누구나 행운의 기미와 전조를 발견하기를 바란다. 아니, 그것이 가능하다면 그것을 부적처럼 몸에 지닐 수 있기를 바란다. 상서로움을 바라는 것은 인간의 본능에 해당하므로 그것이 다른 사람에게 피해를 줄 정도로 극성스러운 게 아니면 누구도 시비 걸 수는 없으리라. 나의 경우 아침 출근길에 3호선 안국역에서 내리면 나는 모 오피스텔 지하상가의 통로를 통해 지상으로 나오는 길을 택한다. 이 루트는 몇 번의 시행착오 끝에 우연히 발견하게 된 것인데, 안국역에서 우리 회사까지 오는 길 중에서 가장 가깝고 편리한 길이다. 그런데 어쨌거나 출근 시에 이용하는 길이어서 무미건조한 길에 불과하다. 특별할 게 없다는 것이다.

그런데 오늘 〈현대시학〉 사무실이 바로 내가 출근길로 이용하는 오피스텔 지하상가에 입주해 있는 것을 보았다. 〈현대시학〉은 '몸시'로 유명한 시인 정진규 선생님이 발행인을 맡고 있는 우리나라 최고 권위의 월간 시 전문지다. 1966년에 창간됐으니, 근 50년 가까운 역사를 자랑하고 있는 거다. 그런데 그 중요한 시 전문지를 내는 사무실을 나는 매일매일 출근길에 지나고 있었던 것이다. 그리고 그 사실을 오늘에서야 깨달은 것이다. 내가 하고 싶은 말은, 출근길에 〈현대시학〉 사무실을 스치듯 지나쳐 온 것이 오늘 하루의 운을 결정하는 어떤 전조처럼 생각됐다는 거다.

치사한 섭생

우리 식탁에 유기농 바람이 분 지 오래다. 이제 세상 사람들은 유기농으로 재배한 농산물이 그렇지 않은 농산물보다 몸에 좋다는 것을 다 안다. 다소 극단적인 주장으로 받아들여지겠지만, 유기농은 자급자족에 그쳤으면 좋겠다. 자기 건강을 위해, 화학비료 같은 거 쓰지 않고 키운 채소를 자기가 서두어 먹는 선에서 그쳤으면 한다는 거다. 유기농 채소나 과일이 상품이 되어 유통되고 소비되면서 고약한 문제가 발생했다고 보기 때문이다. 대량 생산이 불가능하기 때문에 유기농 농산물엔 고가의 판매가가 매겨진다. 소득이 많은 이들이 주 소비계층이 될 수밖에 없다. 그리고 유기농만을 고집해서 사 먹는 계층이 발생하는 것과 동시에 유기농이 좋다는 걸 알면서도 소비하지 못하는 계층도 어김없이 탄생한다. 유기농 상품이 (드러나 있지 않던) 섭생이라는 치사한 영역에서 계급을 발생시킨 거다. 인삼과 녹용을 먹인 한우, 방생해서 키운 닭과 돼지도 마찬가지다. 아예 모르면 모를까, 유기농이 좋은 걸 알면서 못 사 먹는 이들의 자괴감과 아이에게 농약과 화학비료를 먹고 자란 사과 한 알을 박박 씻겨서 먹이는 부모의 서러움은 누가 책임져줄 건가. 나는 언젠가 이런 글을 쓴 적이 있다. "가난한 집의 아이는 설탕과 짠 음식을 좋아한다. 위로가 필요하기 때문이다. 그리고 어른이 되었을 때 그는 자신의 아이에게 설탕과 짠 음식을 좋아하는 식성을 물려준다. 가난을 대물림할 자신의 아이를 위로해야 하기 때문이다."

슬픔의 기원

　언젠가 무슨 이야기를 나누다가 평소 불화하고 있는 어머니에게 이렇게 물은 적이 있었다. "어머니, 저에게 원하는 게 무언지 말씀해보세요." 어머니는 잠시 망설이다가 말씀하셨다. "나를 위해 기도해줬으면 좋겠다. 그것밖에 원하는 게 없다."

　어머니가 당신을 위해 기도해달라고 말씀하시는 건 처음이었다. 내가 아는 어머니는 다른 사람을 위해 기도하는 사람이었다. 어머니에게 기도는 삶의 문법 같은 것이다. 그런데 그런 당신이 불화하는 아들에게 당신을 위해 기도해달라고 하신 것이다. 그건 앞으로는 반복되지 않을, 다시 말해 처음이자 마지막으로 하는 말이기도 할 것이다.

　나는 어머니에게 더 이상 아무것도 묻지 않았다. 불행한 일이지만 어머니와 나는 서로의 눈을 잘 바라보지 못한다. 아주 오래전부터 그렇게 되었다. 나는 그래서 예전에 이렇게 쓴 적이 있다. "어머니의 눈과 나의 겨드랑이는 내게 한 번도 자세히 관찰된 적이 없다는 측면에서 공통점을 가지고 있다."

　그날, 어머니의 집을 나와 서울로 돌아오는 길은 무척 혼란스러웠다. 나는 자주 차선을 바꾸었고, 휴게소에 들르지 않은 채 신경질적으로 속력을 높였다. 내 슬픔에도 기원 같은 게 있다면 이런 것이다. 가장 사랑하는 사람에게조차 사랑하는 마음을 표현하는 방법을 알고자 하지 않는다는 것. 그리고 뒤늦게 그것이 아프다는 것.

폭력의 기억

격렬한 찬반 논란 끝에 전교조가 설립된 것은 내가 중학교 다닐 무렵이다. 내가 다니던 중학교에도 선구적으로 교육 운동을 벌이는 선생님이 있었다. 기술 과목을 가르치는 분이었는데, 아이들에게는 불행하게도 악명이 높았다. 지금도 그분의 인상이 떠오르면 나도 모르게 인상이 찌푸려질 정도다. 그분의 악명은 단연코 그의 가혹한 체벌에서 기인한 것이었다. 그는 주로 가난하고 성적이 낮고 용모가 불량한 아이들에게 혹독했는데, 한 번은 준비물과 숙제를 해오지 않은 아이들을 불러내 하이킥, 로킥, 이단 차기 등을 선보이는 것이었다. 폭력의 대상에서 운 좋게 벗어난 아이들에게 그는 눈을 감고 있을 것을 명령했지만 나는 실눈을 뜨고 그의 범죄를 다 지켜보았다. 발차기를 할 때마다 아이들은 깡통처럼 나가떨어졌고 그의 얼굴에는 웃음기마저 일었다. 나는 그날 살아 날뛰는 악마를 보았다. 그런 그가 참교육을 기치로 내건 전교조 운동을 한다는 사실이 믿을 수가 없었다. 전교조를 객관적인 눈으로 볼 수 있을 때까지 상당한 시간이 필요했던 것은, 사춘기 시절 그 선생님에게서 받은 끔찍한 인상 때문임은 물론이다. 좋은 일에는 언제나 나쁜 일이 끼기 마련이다. 그래서, 그렇기 때문에 더더욱이 선이나 정의라는 이름을 내걸고 하는 일에는 철저하고 엄격한 내부 단속이 이뤄졌으면 좋겠다. 적어도 심리적인 면에서만큼은 예측 가능하지 않은 폭력과 죄악에서 더 큰 상처를 받는 법이다.

생활의 발견

며칠 전 아침 출근길에, 직립 보행을 시작한 지 40년 만에 처음으로 어떤 자명한 사실 하나를 깨달았다. 사람은 걸을 때 자연스레 팔을 다리와 교차하면서 앞뒤로 흔들기 마련이다. 왼다리가 앞으로 나갈 때는 오른팔이, 오른다리가 나갈 때는 왼팔이 앞으로 나가는 식이다. 사람 몸이 생래적으로 가진 일종의 추진 원리가 아닌가 싶다. 그런데 오늘 아침 지하철에서 계단을 오르내리는 사람들을 유심히 살펴보니 계단을 올라갈 때는 팔이 앞뒤로 수평을 걸을 때와 마찬가지로 흔들리는데, 계단을 내려갈 때는 팔이 흔들리지 않더라는 사실. 그것은 나의 경우도 마찬가지였다. 아, 이런 사실을 이제야 처음 알다니! 좀 억지스러운 연상 작용인지는 모르지만 계단을 오르내릴 때의 팔의 흔들림이 각각 다른 것은 우리 인생의 상승과 하강에 대한 어떤 암시로 읽힌다. 수평의 길을 전진하거나 위로 상승할 때 우리는 씩씩하게 팔을 흔들지만, 하강할 때는 몸의 신명 없이, 용기도 없이 수동적이 된다는 것의 상징 같다는 얘기다. 천국에 올라갈 때는 역동적으로 진군나팔을 불지만 지옥으로 떨어질 때는 포승줄에 두 팔을 꼭꼭 묶이는 그런 형국이랄까. 두 팔이 묶였으니 어떻게 팔을 앞뒤로 흔들겠나. 아, 이건 지나친 상상력의 비약인가. 어쨌거나 이 글을 읽으셨다면 당신도 계단 올라가거나 내려갈 때, 두 팔의 움직임을 확인해보시면 좋겠다.

포교자의 자세

　누구에게나 자신의 삶을 주관하는 의지가 있고, 그 의지는 원칙이나 소신의 형태로 나타나기 마련이다. 특히 타인과 어떤 관계를 맺느냐 하는 것은 개인의 삶을 결정짓는 매우 중요한 요소다. 내게도 타인을 대하는 나만의 원칙 같은 게 있다. 가급적 폐를 끼치지 않고, 그가 내게 폐를 끼치지 않는 한 그를 상식적으로 존중하는 것이다. 산뜻한 예의 같은 것이라고 할까. 그런데 거기에는 사랑이 틈입하는 게 구조적으로 불가능하다는 걸 알았다. 왜냐하면 사랑은 정신적인 영역에서든 육체적인 영역에서든 상호 적극적인 교섭의 양상을 띨 수밖에 없기 때문이다. 최근 가톨릭 교리 절차에 의해 성경을 필사하고 교리서를 읽으면서 타인의 존재를 환대하고 그의 고통을 공유하며 요구에 응답하는 것이 그리스도 교인이 타인을 대하는 기본적인 자세라는 걸 알게 되었다. 그리고 그것은 사랑을 받들고 나누는 것이 구체적으로 전제된 것이라고 이해했다. 이상한 결론인지 모르지만 이것이 맞는다면, 애초부터 사랑에 두려움을 갖는 자는 그리스도 교인이 되기 힘든 것이 아닌가. 사랑이 두렵다는 게 무엇인지 정확히 말하기는 힘들지만, 분명 그런 이가 어둠 속에, 우리의 눈 바깥에 존재하지 않는가. 누군가를 사랑하기에 앞서, 그에게 씌워 있는 그 두려움부터 한풀씩 벗겨주는 게 사랑의 포교자들에게 더 필요한 일인지도 모른다.

양성평등

양성평등주의자인 나는 '남자니까' 혹은 '여자라서' 라는 전제가 개입하는 사리 판단은 가급적 안 하려고 노력해왔다. 그렇게 된 데는 L선생님으로부터 들은 이야기가 큰 영감을 주었다. 머리가 비상한 데다 겸손함과 성실함이라는 재능까지 겸비했던 L선생님은 우리나라에서 가장 명문이라는 대학교에 충분히 갈 수 있었던 실력임에도 이화여대를 선택한 이유에 대해서 내게 담담히 말씀하신 적이 있다.

"초등학교에 다닐 때, 설날이 되어 반 아이들 몇 명과 담임 선생님 댁에 새해 인사를 드리러 갔어요. 제가 제일 먼저 도착해서 선생님 댁 대문을 두드렸죠. 그런데 선생님이 들어오라고는 안 하고 계속 밖에서 기다리라고만 하시더군요. 결국 다른 아이들이 왔을 때 문을 열어주셨어요. 나중에 알고 보니, 정초 첫날, 여자를 제일 먼저 집에 들이면 일 년 내내 재수가 없다는 속설을 믿고 계셨기 때문이었어요. 저는 제법 총애를 받고 있는 학생이었는데도 말이에요. 그래서 여자의 삶에 대해 보다 깊고 바르게 생각하기 위해 이대를 갔죠."

이 얘기를 듣고, 나는 그 남자 담임 선생님의 가부장으로서의 모순적인 삶을 고통스럽게 인식하는 한편 어린 나이의 L선생님이 받았을 상처를 깊이 연민하게 되었다. 그 추운 날 밖에서 떨며 견뎠던 추위는 곧 남자 중심 사회에서 여성들이 느끼는 공포와 불안의 메타포가 됐으리라.

시의 소비

요즘은 이런 생각을 하고 있다. 이 세상에는 좋은 문학과 나쁜 문학이 있는 게 아니고, 이상한 문학과 그렇지 않은 문학이 있을 뿐이다. 이 생각이 맞는지 안 맞는지는 잘 모르겠다. 아무튼 문학은 이상할수록 매력적인 것이 사실이다. 특히 시는 이상하지 않으면 아무런 매력이 없다는 생각마저 든다. 아무려나 요즘 시는 국민 교양이 되어가고 있는 것 같다. 곳곳에서 시 창작 교실이 성행하고, 시 전문지가 창간되고, 아마추어들의 창작 동아리가 활발해지고 있다. 고등학교에서도 대학 입학을 위한 백일장과 문예 특기자 전형의 중심에 시가 놓인다. 족집게 과외처럼 시 선생들이 암약하고 있다. 바야흐로 시가 수요되고 소비되는 것이다. 나 역시 작은 출판브랜드를 끌고 가는 사람으로서 시의 대중성에 관심이 많은데, 이와 같은 흐름을 어떤 콘텐츠로 수용할 것인가를 놓고 목하 고민 중이다. 며칠 전 후배 시인과 대화를 하다가 그가 〈올해의 이상한 시〉 같은 걸 내보면 어떻겠느냐고 하길래, 속으로 아 그거 정말 그럴듯한 발상인데, 라는 생각이 들었다. 상반기와 하반기로 나눠 1년에 두 번 정도 내도 좋겠다 싶다. 그런데 선정위원 위촉부터 해당 시의 재수록 청탁과 저작권 및 출판권 양해 등 복잡한 절차를 감당하는 게 쉽지 않다. 그것이 국민 교양으로서 소비되는 것이라면 시의 경우 카피레프트 운동을 출판사와 시인들이 적극적으로 벌여주면 정말 좋겠다. 시는 바람처럼 공유되고 전파되어야 하지 않을까.

수평적 소통

오늘 점심은 미팅을 겸해 작가와 먹었고 오후에는 주례적으로 하는 기획회의가 있었다. 그런데 오늘은 늘 해왔던 것임에도 불구하고 두 가지 일과가 평소와 달리 좀 힘겹게 느껴졌고 적잖은 스트레스를 받았다. 내가 생각하고 있던 것에 대해서 상대방이 좀 다른 생각을 가지고 있다는 것을 확인하게 되었는데, 당연히 있을 수 있는 일임에도 불구하고 그들의 이견이 당혹스러움으로 내게 다가왔던 것이다. 처음엔 아, 내가 무언가 착각하고 있었구나라는 생각이 들었는데, 곧 작은 깨달음에 이르게 되었다. 리더의 역할이란, 어떤 지향점을 제시하는 데에 있다기보다는 왜 그 지향점을 가리켰는지 친절하게 설명하는 데 있을지도 모른다는 것. 그게 바로 우리가 흔히 얘기하는 수평적 리더십일 것이다. 리더는 군림하고 명령하는 것이 아니라 오히려 조정자나 카운슬러의 역할을 하면서 구성원들의 잠재력을 최대한 이끌어내고 업무에 대한 확실한 동기부여를 해줘야 하는 것. 그리고 그것은 수평적인 소통을 통해서 가능하다는 것. 그러니까 나는 그것을 잠시 망각하고 있었던 것이다. 이런 날은 이런 성찰의 기회를 준 직원들이 기껍게 느껴지기도 하고, 또 공연히 무안해져서 직원들에게 간식과 음료수를 돌리게 된다. 먼저 다가가는 것은 자신을 낮추는 겸손의 표현인 동시에, 그 겸손을 가능하게 하는 자존감의 발로라는 생각까지 이르니, 아 이 나이에도 정신의 키가 몇 센티는 자란 것 같다.

롤모델

　며칠 전 출근길 복잡한 지하철 안에서 완벽한 아웃도어룩을 한 채로 솔제니친의 소설 〈이반 데니소비치의 하루〉를 읽고 있는 50대 중반쯤의 남자분을 보았다. 나는 그 순간 단 1초의 망설임도 없이 "당분간 이 양반이 내 롤모델이야"라고 속으로 중얼거렸다. 지하철을 거의 매일 이용하는 나는 소위 말하는 '진상'들을 심심찮게 본다. 두 명이 앉을 좌석을 혼자 차지하고 앉은 쩍벌남은 물론이고, 시종일관 큰소리로 통화를 하는 사람, 볼륨을 한껏 높여서 헤드셋 바깥에까지 음악이 새어 나오게 하는 젊은 친구 등등. 하지만 늘 이런 사람들만 보는 것은 아니어서, 〈이반 데니소비치의 하루〉를 읽는 그 멋쟁이 남자분을 만나는 아침도 있고, 시각장애인이 탑승하자마자 자리에서 벌떡 일어나 손을 내밀어 자기 자리로 끌어와서 앉히는 초로에 접어든 어른도 본다. 언젠가는, 고압적이거나 권위적인 것이 아닌, 매우 합리적이고 부드러운 말투로 지하철 안에서 큰 소리로 떠들던 젊은이를 나무라는 어르신을 본 적도 있다. 젊은 친구가 어르신의 질정을 받아들였음은 물론이다. 나도 이들처럼 당당하고 부드럽게 나이 들고 싶다. 고전을 손에서 놓지 않는 삶, 그리고 내 불편을 조금 감수하고라도 다른 이의 더 큰 불편을 위로하는 삶 말이다. 이렇게 가까운 눈앞에서 아름다움과 삶의 품위를 실천으로 보여주는 분들을 롤모델이나 멘토가 아니라면 뭐라 부를 수 있을까.

소소한 일상

아침 출근 직전 손톱과 발톱을 깎았다. 손톱과 발톱을 깎으면 기분이 정말 좋아진다. 손톱과 발톱을 깎는 일은 비용이 들지 않는, 가장 단순하면서도 손쉽게 경험해볼 수 있는 평화가 아닐까 하는 생각이 들 정도로. 그런데 손톱과 발톱이 쑥쑥 자라지 않고 조금씩만 자라니 자주 깎을 수 없는 것이 문제겠지. 그나저나 간밤 좋은 꿈을 꾸었으니 복권이라도 사야 하는 것 아닌지 모르겠다. 하지만, 이건 그냥 해본 말이다. 내 삶의 원칙 중 하나가, 일확천금을 기대하지 말라는 것인데, 실제로 나는 그 흔한 로또복권 한번 사본 적이 없다. 내게도 이런 우직함이 있는지 사람들은 몰랐을 거다. 정직한 노동에 대한 정직한 보상은 사람을 병들지 않게 한다고 믿는다. 그런데 우리 사회가 이런 기본조차도 보장을 못해주니 참으로 안타까운 일이다. 손톱과 발톱을 깎는 시간처럼 일상에 심심한 평화가 자주 주어졌으면. 여름을 부르는 바람이 선선하다. 세상은 망해가는데, 어떤 사람들은 사랑을 한다. 또 어떤 사람은, 멀리 보낸 이를 추억한다. 어떤 이는 모국과 모어를 떠나 해외를 떠돌고, 또 어떤 사람은 누군가를 살해할 음모를 꾸미기도 할 것이다. 또 어떤 사람은 형제에게 편지를 쓰고, 또 어떤 이는 밤 열차표를 끊는다. 이 모든 게, 불가능하기도 하고 가능하기도 하다는 것. 우리의 일상은 소소한 다큐멘터리처럼 곤궁하고 풍요로운데. 우리는 오늘도 내일도 손톱과 발톱을 깎자.

요통

1, 2년에 한 번씩 요통이 오곤 하는데, 드디어 그것이 찾아왔다. 반갑지 않은 손님이다. 심할 경우엔 눕지도 앉지도 못할 정도의 통증이 온다. 정형외과에 가서 진단을 받아본 결과, 다행히도 디스크는 아니고 자세불량, 운동부족, 그리고 스트레스 등이 원인이 된 근육통 같은 거라고 했다. 어쨌거나 요추를 둘러싼 근력이 상당히 약하다는 것이다. 침을 맞아보는 것이 좋겠다고 하길래 며칠 전에 한의원에 가서 침을 맞았다. 원장 선생님이 물었다. "커피 마셔요?" "아니요." "그럼 녹차와 홍차는요?" "그건 엄청 좋아합니다." "앞으로는 절대로 녹차와 홍차 마시지 마세요. 허리와는 상극이에요." 그건 청천벽력 같은 선고였다. 카페인에 대한 부작용 때문에 커피를 전혀 마시지 못하는 내게 녹차와 홍차는 거의 유일한 기호품이었으니 말이다. 나는 너무나도 큰 상실감에 한의원을 빠져 나와서 만나는 사람마다 다시금 확인했다. "허리 아픈 데 녹차와 홍차가 안 좋다는 게 사실이에요?" 대부분의 사람은 그럴 리가 없다는 것이었다. 한의원의 경우엔 금기시하는 게 워낙 자의적이어서 무시를 해도 좋다고 말하는 이도 있었다. 그러면서 근력을 강화하기 위해서는 스트레칭과 운동을 주기적으로 해주라는 조언을 해줬다. 그런데도 나는 한의원 원장님의 선고 이후 아직 홍차와 녹차를 입에 대지 않고 있다. 이 불행한 낙인의 공포를 잊기까지는 얼만큼의 시간이 걸릴 것인가.

고등학교 선생님

고등학교 다닐 때 축구를 자주 했다. 나는 발재간이 좋아서 골을 많이 터뜨렸는데, 내 생애 가장 멋진 골은, 담임선생님이 코너킥으로 띄운 공을 내가 헤딩으로 받아 넣었던 어느 가을날 기록한 골이었다. 경기를 구경하고 있던 아이들이 탄성을 터뜨릴 만큼 그 골은 정말이지 그림 같은 골이었다. 나는 진짜 축구선수라도 된 것처럼 뛰어올라 팔을 높이 치켜들었다. 선생님과 하이파이브를 하면서 환희를 만끽했다. 선생님은 나를 포옹하며 말했다. "정말 멋진 골이야." 30대 초반이었던 그 선생님은 자주 축구경기를 주선했고 사비를 털어 아이들에게 짜장면 같은 것도 사줬다. 그런데 그는 나를 아주 많이 좋아했던 것 같다. 제자에 대한 감정치고는 무언가 좀 특별한 게 스며 있는 감정이었다. 어느 날 내가 개인적인 사정 때문에 축구를 할 수 없게 되었을 때, 선생님은 예정되어 있던 경기를 일방적으로 취소하기도 했다. 선생님과 나는 수업 시간에 눈이 자주 마주쳤다. 나는 그의 마음에 들게끔 축구를 했다. 그가 어디로 패스를 할지 미리 감을 잡고 뛰었고 그는 어김없이 내 발아래로 공을 굴려주었다. 신기한 것은 그와 나는 언제나 같은 팀이었다는 것이다. 나는 그것이 그의 뜻이었을 거라고 막연히 짐작하고 있다. 학년 말이 되어 그와 헤어지게 되었을 때, 그는 늘 화가 나 있었다. 자주 짜증을 냈고 아이들한테도 엄했다. 왜 그랬던 것인지 가끔 생각해보게 된다.

술에 대한 변명

오늘도 퇴근 후에 술 약속이 있다. 가끔 술자리에서 친구나 선배들을 만나 얘기를 나누다 보면 술 자체가 화제가 되는 경우가 있다. 보통 술을 언제부터 마셨는지, 제일 많이 마셔본 건 어느 정돈지, 그리고 술을 왜 마시는지 같은 질문을 서로 던지는 것이다. 나 역시 술을 자주 마시는 편이다. 그동안 술을 마시는 이유에 대해서 적지 않게 생각해보았다. 그리고 나름대로 내린 대답을 다른 사람들에게, 혹은 나 자신에 열심히 설명하려고 노력했다. 그 설명의 문장 안에는 영감, 해소, 치유, 불면, 스트레스, 몰취미, 해방 같은 단어들이 들어 있었던 것 같다. 그런데 그게 사실일까. 지금 돌이켜보면 그것들은 내가 술을 먹는 이유를 전적으로 설명하지는 못하는 것들이다. 나는 사실, 술을 마시는 이유를 너무나 분명하게 알고 있으면서도 그동안 고의로 정확하게 설명하지 않았던 것 같다. 그 이유는 무엇이었을까. 어쨌거나 이제는 내가 술을 마시는 이유를 사실대로 말하고 싶다. 내가 술을 마시는 본질적인 이유는, 두렵고 어색하기 때문이다. 무엇이 두렵고 무엇이 어색하다는 말인가. 그래, 두려운 것은 이 세상이고 어색한 것은 내 삶이다. 이게 진실이다. 이렇게 말하면 알코올 의존증이 있는 것은 아닌지 염려하는 사람들도 있으리라 생각한다. 하지만, 그 정도는 아니다. 스스로 견딜 만큼 견디다가 힘에 겨울 때 술을 마시니까. 술은 그냥 두려움과 어색함에 대한 응급처방 같은 것이다.

채식주의

　건강에 대한 관심 때문인지 채식주의를 실천하는 사람들이 늘고 있다. 식사나 회식을 할 때면 확연하게 예전에 비해 육식을 피하는 나 자신을 발견하게 된다. 찌개나 국밥에 들어 있는 걸 제외하곤 고기는 거의 줄였지만, 아직까지 해물과 생선에 대한 식탐은 남아 있다. 나는 사실 해물을 꽤나 좋아하는 편이다. 하지만 머지않은 시기의 언젠가는 완전하지는 않지만 채식주의자가 될 것 같다는 예감을 갖고 있다. 나는 채식주의자 몇 명을 알고 있다. 친한 이들 중에도 채식주의자가 꽤 있다. 나는 그들이 자신의 건강을 위해, 그리고 생명 존중이라는 어떤 신념을 위해 채식을 실천하는 것에 대해 존경심까지는 아니더라도 분명한 호감을 갖고 있다. 그런데 어떤 경우에 한해서 나는 채식주의자를 비판하지 않을 수 없다. 그 어떤 경우란 바로 이럴 때다. 채식주의자가 아무런 근거 없이 자신이 잡식주의자나 육식주의자에 비해 문화적으로 우월하거나 정치적으로 각성된 존재라고 간주할 때. 다시 말하면 그들이 함부로 잡식주의자나 육식주의자를 자신보다 정치적 의식이 낮은 미개한 부류로 치부할 때 말이다. 어쨌건 먹고 사는 일 아닌가. 이데올로기적 포즈를 취할 것 없이 그냥 자신이 먹고 싶은 것만 먹으면 안 되는 것인가? 채식주의자들의 건강과 삶의 질이 호전되고 그들의 행복 체감도가 높아지면 자연스레 잡식주의자와 육식주의자들이 채식주의로 옮겨올 것인데 말이다.

좋은 원고의 조건

출판사에서 책을 만들 때, 피하고 싶지만 피할 수 없는 일이 하나 있다. 바로 들어온 원고를 반려하는 일이다. 원고를 보내준 필자 입장에서 그 원고들은 예외 없이 치열한 열정의 산물이고 책으로 묶여 나와야 할 필연적인 이유를 가지고 있는 것들이다. 자신의 글에 대한 필자들의 자부와 자긍은 어떤 이유에서든 존중받아야 한다. 하지만 현실에서는 종종 그렇지 못한 경우가 있다. 시중에 판매할 책을 만드는 일이란, 자본과 노동력을 투입하고, 공급과 소비가 이루어지고, 투여된 자본이 회수되는 선순환이 일어날 때 의미가 발생한다. 책의 운명적 소여랄 수 있는 문화적 부가가치 창출이라는 명분은 경제적 손실이라는 성적표 앞에서는 무력해진다. 어떤 분야의 원고든 압도적인 완성도와 그에 따른 소구력이 검증된 것이라면 출간으로 이어지게 된다. 하지만 모든 원고가 검증 과정을 거쳐 투고되는 건 불가능한 일이다. 그렇다면 어떻게 자기 검증을 할 것인가라는 고민이 생길 수 있다. 나는 예비 저자들에게, 매체적 환경에서 자신의 글을 검증하는 과정을 가져볼 것을 권하고 싶다. SNS나 블로그를 통해, 일관된 기획에 의한 글을 올려보고 독자들과 소통해보라는 것이다. 그 과정에서 얻어지는 피드백이나 모니터링은 그의 글쓰기를 훨씬 성숙시킬 것이다. SNS에서 검증된 작가의 원고는 검토 과정에서 실제로 상당한 가산점을 받는다.

후배의 질문

며칠 전, 퇴근하고 술자리에서 만난 후배가 낮은 목소리로 물었다. 우리는 맥주 몇 잔을 걸친 뒤였다. "선배는 작가로서 글을 쓰는 것만으로도 생활을 영위하게 된다면 직장을 그만두겠죠?" 나는 그 물음에 그렇지 않고, 일을 계속할 것이라고 대답했다.

그 대답의 배경에는 최소한의 경제적인 기반이 있어야 내가 쓰고 싶은 글을 쓸 수 있다는 소박한 신념이 깔려 있다. 매문(賣文)의 유혹을 이기려면 작가도 문학적 생산행위 이외의 것에서 고정적인 수입원이 있어야 한다고 믿는 편이다. 그렇지 않다면, '글을 쓰는 행위'는 고단하고 비루한 노동행위로 전락할지도 모른다.

소설가는 미학적 자긍심이나 자존심을 갖고 있다는 면에서 다른 분야의 저술가와는 좀 다르다. 쓰고 싶은 글만을 쓰기 위해 고정수입이 있어야 한다는 이 유혹적인 역설. 후배는 내 대답을 듣고 알 듯 말 듯한 미소를 지었는데, 그는 그 순간 무엇을 생각했을까. 그런데 말이야, 나라고 왜 이런 몽상이 없겠는가.

"이제 그만 둘 겁니다. 모두모두. 오전 열 시의 빈 버스를 타고 시내를 몇 바퀴 돌고 싶거든요. 오전 열한 시의 한강도 보고 싶고요. 오전 수업이 한창인 초등학교 운동장에서 공을 차는 아이들을 구경하고 싶어요. 잠에서 깼을 때, 옷을 갈아입고 싶지도 않아요. 홀로 조조 영화를 보고 싶기도 해요. 그리고 작가들을, 대우하고 대접해야 하는 선생이 아니라 동료와 선배로서 만나고 싶어요."

신앙생활

　나는 요즘 일주일에 한 번씩 명동성당으로 가톨릭 예비자 교리를 다니면서 많은 이들을 만나고 있다. 연령도 직업도 성별도 출신지도 다른 사람들이 모여서 하나의 신을 섬기기 위한 훈련을 하고 있는 것이다. 나는 이것을 자발적인 요구에 의해 즐겁고 기쁘게 하고 있다. 신에게 다가가는 훈련을 하고 있다는 것, 이것은 내게는 아주 특별하고 재미있는 경험이다. 사실, 종교에 대해서 나는 매우 피로한 경험을 가지고 있다. 유년과 소년의 시기에 신의 존재를 조금도 확신할 수 없으면서도 교회에 나가 신앙 고백할 것을 강요받았기 때문이다. 부모님은 권고라는 형식으로 자식들에게 신앙생활을 열심히 하는 것이 곧 좋은 아들이 되는 것이라는 메시지를 전달하셨다. 그 말대로라면 교회에 다니지 않으면 나쁜 자식, 나쁜 아들이 되는 것일 텐데, 그것을 어떻게 거역한다는 말인가. 몸만 교회를 다녀서 그런지, 나는 영적인 각성을 하지 못한 채 고통 속에서 교회를 다니다가 사춘기를 통과하면서 스스로 냉담을 선언했다. 그러면서 부모님과 가족들과의 관계마저도 틀어졌다. 지난주에는 교리 교육을 받는 사람들끼리 모여, 왜 신앙생활을 하려 하는지에 대한 이야기들을 나눴다. 대부분이 가족이 권해서라는 대답을 했다. 신앙이 권유될 수 있다는 것에 대해 나는 여전히 부정적인 생각을 가지고 있지만, 어느 순간 그 신앙이 나의 것이 될 수만 있다면, 내 삶은 훨씬 두터워지리라 생각하고 있다. 아무려나 모든 것은 신의 뜻일 것이다. 신이 나를 원한다면 응답해주시겠지.

성숙한 문화소비

책을 만드는 걸 직업으로 삼고 있는 내게 얼마 전 터진 사재기 파문은 너무나 가슴 아픈 일이다. 후폭풍이 적지 않아 해당 출판사 대표는 책임을 지고 사퇴를 했고, 작가는 절판과 법적 대응을 선언했다. 이를 두고 여러 가지 의견들이 표출되고 있다. 출판사가 오죽하면 자신들이 낸 책을 도로 사들였겠느냐, 그것은 왜곡된 유통구조에서 살아남기 위한 절박한 선택일 수 있다는 동정론도 있고, 상도의를 거론하면서 정의와 양심이라는 단어로 엄정한 단죄를 주장하는 측도 있다. 내 생각에, 이것은 출판업의 일그러진 초상의 문제만은 아닌 것 같다. 개인의 취향이나 소신이 존중받지 못하는 우리 사회의 후진적인 인습이 가장 큰 문제라면 문제일 것이다. 사람들은 여전히, 많은 이들이 보는 영화, 많은 이들이 보는 책이 무조건 좋은 것이라고 믿어버리고 그것에 크나큰 문화적 의미를 부여하는 것 같다. 그리고 그것을 기꺼이 소비하는 것이 건강하고 안정적인 삶을 유지하는 증빙이라고 생각마저 하는 것 같다. 이런 분위기에서는 소수의 취향이, 그리고 그 취향에 반응하는 문화적 성취가 있을래야 있을 수가 없다. 독자들이 베스트셀러 정보에 기대지 말고, 자신이 좋아하는 책과 작가를 가릴 수 있는 고유한 눈을 갖기를 바라는 건 순진한 생각일까. 더 늦기 전에 문화소비에 대한 성숙하고 진지한 자기 성찰이 있어야겠다. 실현 가능성은 전혀 없겠지만 서점에서 베스트셀러 집계 및 발표를 아예 하지 않는 건 어떨까.

삶의 당대성

　놀랍게도 평균 수명이 80년 정도 되는 시대가 되었다. 그 생애 동안 우리는 몇 차례 역사에 기록될 만한 큰 사건들과 맞닥뜨리기 마련이다. 그것을 개인이 수용하는 방식은 매우 조밀하고 디테일한 특수성에 기댈 것이다. 역사적인 사건은 당대인의 무의식 속에 구체적인 심상을 새기면서 다양한 의미를 분사하기 마련이다. 우리 부모 세대에게는 한국전쟁이, 그리고 선배 세대들에게는 민주화 운동이 그랬을 것이다. 확실히 사건에 반응하는 최초의 개인을 추억하는 건 기억이 의미를 획득해가는 과정에서 만들어지는 '의식의 순결'과도 같다. 사실 이것이 말이 되는지는 모르지만, 나는 내가 태어나기 이전 과거에 일어난 어떤 격렬한 역사적 사건들을 질투한 적이 있다. 과거의 사건을 질투한다는 게 말이 되는지는 모르겠지만 그것은 엄연한 사실이다. 예컨대 나는 8.15 해방과 4.19 혁명이 내 삶과 무관한 시간대에 일어난 것을 속상해하고 질투했다. 어떤 거대한 역사적 사건이 자신의 생애 동안 일어난다는 것, 그것은 간과하기 쉽지만 매우 의미심장한 의미를 던진다. 개인과 개인의 삶이 연합을 이루어 어떤 시대성을 확정 짓는다고 할 때, 우리가 경험하는 당대의 사건 역시 내 소소한 진실과 실천의 합종으로부터 시작되는 것이기 때문이다. 그런 의미에서 나는, 내 생애에 소련의 와해와 남북정상회담 같은 큰 사건을 목격하고 경험한 것을 축복으로 여긴다. 나의 삶은 당대의 역사와 동일하게 진전한다는 깨달음은 참 기분 좋은 것이다.

책이라는 신세계

십수 년째 책을 만드는 직업을 가지고 있고, 또한 작가로서 내 이름으로 책을 펴내기도 하면서 책은 내 삶과 떼려야 뗄 수 없는 것이 되어버렸다. 집이나 사무실에서 늘 손에 잡히는 것 역시 책이다. 이미 읽은 책이나 관심 영역에서 영원히 밀린 책들은 버리거나 기증을 하는 편인데 책을 처분하는 것이 나는 늘 어렵다. 한 권 한 권의 가치를 너무나 잘 알기 때문이다. 알아야 보인다는 말이 있다. 어린 시절, 그러니까 초등학교 4, 5학년 때까지는 고향집 책장에 꽂힌 수많은 책이 눈에 들어오지 않았다. 나는 그 나이답게 집 뒤편의 개울이나 학교 운동장에서 보내는 시간이 더할 나위 없이 즐거웠다. 관심 밖에 있던 서가의 책들은 내게는, 마당 한 귀퉁이에 적재되어 있던 쓰고 남은 벽돌과 전혀 다를 게 없었다. 심상한 풍경, 가슴을 움직이지 않는 대상은 그것이 무엇이건 벽돌과 같은 것이다. 그런데 그토록 눈에 띄지도 않던 책들이 어느 순간부터 눈에 들어오기 시작했다. 더 구체적으로 말하면 그 책들의 제목과 활자를 내가 언제부턴가 눈으로 읽기 시작한 것이다. 중학교에 들어가면서부터였던 것 같다. 먼저 톨스토이 전집이 기억나고, 한국 근대소설 선집도 기억난다. 〈제인 에어〉도 있었고 〈말테의 수기〉도 있었다. 채만식과 김유정, 이상의 소설도 있었고, 김승옥과 최인훈의 소설도 있었다. 그것들은 그야말로 신세계였다. 그 신세계가 가능하게 해준 감수성의 세례가 지금의 나를 만들었다고 나는 믿는다. 말하자면 책이 내 삶을 규정해버린 것이다. 그리고 나는 지금도 언제나 새로운 책을 기다린다.

커밍아웃

어제도 좋은 친구들과 술을 마셨지만, 나는 스스로 애주가라고 생각하는 편이다. 그래, 말하자면 술꾼으로서 커밍아웃을 하는 것이다. 시인 조지훈이 만들어놓은 주도의 품계에 의하면 나는 7급 '민주(憫酒)'에 해당하는 것 같다. 민주를 조지훈은 이렇게 설명한다. "마실 줄도 알고 겁내지도 않으나 취하는 것을 민망하게 여기는 사람." 취하는 것을 민망하게 여기면서도 나는 술을 마시면 두 번 중에 한 번은 취하도록 마신다. 내가 술을 마시는 이유는 비교적 명확하다. 일상생활에서 받은 스트레스와 과도한 자기 검열 등으로 경화되고 피로해진 심신을 위로하고 나쁜 기억들을 일시에 해소하는 것이 내가 술을 마시는 의도이다. 그러기 위해서는 아무튼 좀 취하도록 마셔주는 게 좋다. 취한다는 건 의식을 마취시키는 의미이기도 할 것이다. 그래서 의식의 예각을 좀 무디게 깎아주는 것이다. 술을 마시면 사고가 유연해져서 수많은 영감과 아이디어가 떠오르기도 한다. 술을 마셨을 때 좋은 건 이 정도다. 그 외엔 모든 것이 나쁘다고 할 수 있다. 우선 돈이 들고, 시간을 많이 빼앗기며, 아침에 일어날 때 괴롭고, 소화불량과 두통이 따라붙는다. 물론 몸과 정신도 상하기 마련이다. 내가 기대했던 신선한 영감 대신에 난삽한 상상들이 끼어들어 내 의식을 지배할 때의 씁쓸함도 못 봐줄 노릇이다. 그럼에도 나는 당분간은 술을 끊을 생각이 없다. 왜냐하면 여전히 그곳에 술이 있고 술친구들이 있기 때문이다.

소문과 가십

　많은 사람이 소문을 기다린다. 바람을 타고 들려오는 타인의 은밀한 이야기를 애타게 기다린다. 그런데 그게 과연 주체적인 삶의 태도라고 할 수 있을는지. 얼마 전 어떤 유명한 작가의 사생아에 대한 이야기가 온라인의 가십난을 가득 채웠다. 내 눈엔 당사자가 좀 심하게 매도당한다 싶었다. 벌써 오래전의 일이고 알 만한 이들은 다 아는 이야기인데, 작가가 새삼 유명세를 혹독하게 치른 셈이다. 당사자가 아닌 다음에야 우린 총체적 진실에 접근할 수 없다. 그러니 함부로 억측하는 건 삼갈 일이다. 내가 하고 싶은 얘기는 이렇다. 주체적으로 자기 삶을 바라보고 진지하게 사는 사람들일수록 남의 얘기에 개입하지 않는다는 것. 자신이 가진 스토리와 드라마만으로도 이 세상은 충분히 풍요롭고 흥미로우니까. 무료하고 무능하고 게으른 사람들일수록 자기 삶을 방치하고는 오로지 지인의 발병이나 부고, 연애, 결별 따위의 소문을 기다리는 것이다. 그리고 기꺼이 그 소문의 누추한 소비자가 되는 것이다. 타인의 인생의 끄트머리를 붙잡고 늘어지는 것이다. 누가 누구와 잤다는 얘기, 누구에게 아무도 모르는 자식이 있더라는 얘기, 누가 누굴 흉보더라는 얘기 같은 거 퍼뜨리는 사람치고 자기 앞가림 제대로 하는 사람 못 봤다. 그런 얘긴 입에서 입으로 전하지 마라. 참 부끄럽고 민망한 일이다. 다만 당신 자신에게 있었던 일, 당신이 보고 들은 일을 말하는 게 좋겠다.

'중딩'에 대한 고찰

　새삼스러운 이야기이긴 하지만 나는 중학생을 주인공으로 등장시킨 소설을 써서 등단했다. 그것은 내가 '중딩'들에게 유독 관심이 많다는 걸 보여주는 매우 상징적인 예다. 나는 단연코 우리나라에서 중딩들이 가장 극적이면서 흥미로운 부류라고 생각한다. 당사자들이 들으면 섭섭하겠지만, 중딩들에게서는 순수한 동심도 냉철한 이성도 기대할 수 없다. 어중간하게 어른과 아이 사이에 낀 존재들이기 때문이다. 그래서 그런지 대체로 그들의 행동은 어딘지 모르게 억지스럽거나 야만스럽기까지 하다. 중딩의 나이는 열넷에서 열여섯으로 3년의 시간적 간극을 가지지만 그들의 키는 2미터에서 140센티미터까지, 몸무게는 150킬로그램에서 35킬로그램까지 분포되어, 차이의 외연이 놀랍도록 확장된다. 외모 또한 어떤 중딩은 30대 성인의 외모를 갖고 있는가 하면 어떤 중딩은 초등학생 정도의 외모를 가진다. 지적 능력 역시 특정한 준거로는 짚어내지 못할 만큼 개별적 특성을 지닌다. 중딩들은 그 차이로부터 발생하는 이익을 기꺼이 권력의 수단으로 생각하고 이를 물리적으로 행사한다. 그게 바로 중학생이 가진 야만적 속성의 전모이고 중학교에서 학교폭력이 만연하는 이유이기도 하다. 나이나 신분에서 공통성을 가진 수많은 그룹 중에서 중학생 그룹을 제외한 그 어떤 집단도 이처럼 방만한 차이와 차별, 그리고 모순을 보여주지는 못한다. 그러니 내가 어찌 흥미를 느끼지 않을 수 있을까.

이름을 남긴다는 것

며칠 전 소설 쓰는 어떤 선배와 술을 마시면서 제법 심오한(?) 이야기를 나눴다. 선배는 인도에서 오랫동안 여행을 했던, 불교에 관심이 많은 사람이다. 우리가 나눈 이야기의 주제는, 사람이 이름을 남긴다는 것은 과연 어떤 의미일까에 대한 것이었다. 예를 들어 스피노자라는 이름을 우리가 알기까지 거기에 개입된 의식적인 노력과 욕망들은 과연 아름다운 것인가 추한 것인가에 대해 진지한 대화를 나눈 것이다. 지나치게 뻐딱한 생각인지는 모르지만 역사상 위대한 깨달음과 진리를 터득한 현자와 스승들의 이름을 우리가 아는 것은 어떤 집요하면서도 그악스러운 욕망이 작동한 결과가 아닐까. 예를 들어 붓다와 공자와 크리스트와 마호메트의 가르침을 모두 섭렵해 그들보다도 훨씬 높은 경지의 깨달음을 얻은 현자가 존재했었다고 치자. 하지만 그의 깨달음 안에는 세상에 이름을 내는 것이 얼마나 허망한 일인지를 아는 것도 포함되어 있다. 그래서 그는 깨달음을 안고 씨익 웃으며 깊은 산중으로 들어가 움막을 짓고 살다가 아무도 몰래 죽었다. 그의 육신은 사람들 눈에 뜨이지 않은 채 그대로 썩어서 자연으로 돌아갔다. 그의 이름이 무엇이었는지 우리는 알 수 없다. 하지만 그는 분명히 존재했고 누구보다도 높은 지혜를 가진 자였다. 우리가 그의 이름을 모른다고 그가 깨달은 지혜와 진리까지 부정되거나 부인돼서는 안 될 테다. 그리하여 '이름'은 욕망의 객관적 상관물이라는 생각!

종교와의 화해

두 주 전부터 매주 토요일 명동성당에 가서 천주교 예비신자 교리 학습을 받고 있다. 내 어머니가 모셨던 하나님과 불화한 이후, 나는 오랫동안 종교를 배척해왔다. 종교뿐만 아니라 종교인들을 은근히 경멸해왔다. 내 의식 한켠에서는 신을 섬기는 일을, 나약하고 주체적이지 못한 인간들의 불가피한 선택이거나 세련된 문화나 지식의 옷을 입기 위한 또 다른 현시욕의 발현 같은 거라고 단정해왔던 것이다. 종교가 자신의 삶을 표현하는 무시할 수 없는 레토릭으로 존재하는 것 역시 순수하지 못한 것이라는 생각도 했던 것 같다. 그런데 나는 과연 무엇을 위해 종교를 반대해왔나 하는 의문이 들었다. 내가 너무 감정적으로 대응하는 게 아닌가 하는 반성과 함께 말이다. 그래서 일단 제대로 알고 싶어졌다. 신이 무엇이고, 종교가 무엇이며, 그것들과 관계를 맺는 인간의 삶이란 무엇인지 말이다. 비판을 하든 거리를 두든 뭘 알고 하는 게 맞을 것이다. 이건 좀 성급한 이야기인지는 모르지만, 6개월간의 교리 학습을 마치고 내가 천주교에 동의하게 된다면 세례를 받을 때 세례명을 베드로로 하고 싶다. 베드로는 초대 교황의 이름이며, 거꾸로 십자가에 매달려 죽은 사람이다. 그가 선택한 그 극적인 고난의 이미지를 통해, 내 삶의 방만한 현재를 경계해보려는 거다. 그래, 종교를 통해 내 삶을 효율적으로 통제하고 성찰하는 것만으로도 종교와의 화해는 의미가 있을 것이다.

난처한 일

　며칠 전, 진땀을 뺄 만한 난처한 경우가 있었다. 지금 생각해도 얼굴이 좀 화끈거린다. 내가 기획한 책 출간을 제안하기 위해 B시인에게 전화를 걸었다. 전화번호는 모 문예지의 문인주소록을 참조했다. 통화가 되었고 나는 B시인에게 내 기획의도를 전달하고 전반적인 내용을 설명했다. 이야기가 술술 잘 풀려 직접 만나서 이야기를 나누고 싶다는 말까지 전했을 때였다. 나는 내가 전화를 엉뚱한 사람에게 걸었다는 느낌에 사로잡혔다. 이상하게, 어떤 섬세한 부분에서 B시인이 보인 반응이 내게 입력되어 있는 그의 이미지와 다르다는 느낌이 강하게 내 뒷덜미를 물고 늘어졌던 것이다. 그런 느낌이 든 직후부터 나는 우물쭈물 애매하게 하던 말을 정리하고 서둘러서 전화를 끊었다. 그러곤 곰곰 전화 내용을 복기하고 전화번호를 확인해보니, 내가 전화를 했어야 할 B시인과 동명이인의 엉뚱한 B시인에게 전화를 했다는 사실을 알게 되었다. 아, 이를 어쩌나. 방금 통화를 마친 B시인은 나의 제안을 정식으로 접수했을 텐데, 어떻게 수습을 해야 하나. 나는 이런 고민으로 머릿속이 매우 분주했다. 어쩌겠나, 사실대로 말하는 수밖에는. 그런데 내가 참 소심한 인간인지라, 전화를 다시 걸 자신은 없었다. 그래서 결국 최대한 공손하게 문자를 보냈다. 그 졸렬한 문자는 이렇다. 죄송합니다. 제가 다른 B선생님께 전화를 드렸어야 하는데, 함자가 같아 실수를 했습니다. 너그럽게 양해해주시면 고맙겠습니다.

감금의 상상력

수인(囚人), 그러니까 갇힌 자는 당연히 감시와 통제를 받기 마련이다. 갇힌 자는 이때 자연스럽게 자신의 영혼으로부터 해방의 상상력을 불러낸다. 우리는 이를 가리켜 편의상 '감금의 상상력'이라고 부를 수 있을 것이다. 감금의 상상력에 관심을 두고 이를 국가권력과 개인의 관계로 해명을 시도했던 사람은 〈감시와 처벌〉이라는 책을 쓴 미셸 푸코다. 우리 주변에는 셀 수 없이 많은 수인 출신의 저자들이 있다. 성애 문학의 신화적 인물인 사드 백작을 위시해, 미치광이 시인으로 알려진 횔더린, 〈옥중기〉를 남긴 오스카 와일드, 본명이 윌리엄 시드니 포터인 오 헨리, 〈옥중서신〉을 남긴 종교지도자 본회퍼, 〈세계사편력〉을 쓴 자와할랄 네루, 러시아의 대문호 도스토옙스키와 개성적인 시편들을 선보인 프랑스 시인 장주네 등이 모두 감옥과 정신병원에 수용됐던 작가들이다. 우리나라만 해도 박노해, 김남주 등에 의해 씌어진 노동 민중문학의 걸작들, 그리고 신영복의 옥중 서간문 〈감옥으로부터의 사색〉 등 시대를 초월해 읽히는 고전들이 모두 감옥에서 씌어졌다. 사정은 좀 다르지만 다산 정약용의 위대한 저작물도 그의 유배지에서 씌어진 것이다. 물론 이들의 모든 저술이 감금의 상상력의 소산이라고 단정할 순 없다. 하지만 상기한 작품의 밑바탕에는, 자유를 상실한 채 인고의 세월을 보내면서 갈망했던 삶에의 의지와 세계에 대한 비범한 통찰이 드리워져 있다는 것은 부인할 수 없을 것이다. 지금의 작가들도 스스로 가둬보는 시간을 갖는 것은 어떨지.

야구의 휴머니즘

프로야구가 개막해서 인기몰이 중이다. 순전히 구경꾼의 입장에서 얘기할 때, 내가 가장 좋아하는 스포츠는 야구다. 야구팀의 순위나 전적, 선수들의 타율과 방어율 등을 전혀 꿰고 있지 못함에도 불구하고 그렇게 얘기할 수 있는 건 야구라는 경기가 갖고 있는 본질적인 속성에 매료된 경험이 있기 때문이다. 정중동의 성질을 가지고 있는 야구는 인간이 개발해낸 스포츠 중에서 가장 지적이고, 가장 섬세하며, 가장 우아하다. 방망이를 들고 있는 타자나 그 타자와 맞서고 있는 투수의 눈을 유심히 들여다본 사람은 알 것이다. 그들이 느끼는 불안, 고독, 설움은 그들의 것이 아니고 바로 우리 자신의 것이라는 걸. 우리는 우리에게 날아오는 시속 150km의 패스트볼을 될 수 있는 대로 정확히 맞춰 멀리 날려 보내야 한다. 삼세 번 헛스윙을 하게 되면 곧바로 아웃이다. 초조하게 다음 순번을 기다리며 만회할 수 있길 희망하지만 감독이 교체사인을 내면 그마저도 난망이다. 이 모든 걸 종합해볼 때 야구는 휴머니즘이 고안해낸 스포츠인 것 같다. 그 증거들은 곳곳에 있다. 야수들의 그라운드보다 봉긋하게 튀어 오른 투수마운드는 얼마나 인간적인가. 도루와 파울플라이는 얼마나 희극적인가. 홈런은 얼마나 장엄한가. 희생플라이는 얼마나 거룩한가. 병살타는 또 얼마나 가혹한가. 이달엔 꼭 야구장에 가서 휴머니즘을 확인하리라.

지금 아는 것을 그때 알았다면

10년 전쯤 평론가 K가 다소간 취기 어린 목소리로 내게 말한 적이 있다. "그거 알아요? 김형 소설은 너무 달콤해." 그의 말은 다소간 힐난의 뉘앙스를 가지고 있었다. 절친한 사이이긴 하지만 K는 평소, 내 소설에 대해 일언반구도 하지 않는 사람이었다. 그런데 그가 취기를 빌어 난데없이 그런 이야기를 했을 때 뜻밖에 내게는 어떤 자각 같은 게 일었다. 그 당시 나는 젊은 혈기를 도통 다스릴 수 없는 나이였다. 어느 인터뷰에서는 내게 소설은 사건을 의미하는 것이라고 단언하듯이 말한 적도 있다. 정확히는 사건에 개입하는 무의식들의 소요를 묘사하는 것이 바로 나의 소설이라고 주장했다. 스스로 인정하지 않을 수 없는 것이지만 그때까지만 해도 나는 소설을 통해 무언가 스펙터클하고 자극적인 것을 보여줘야만 한다는 강박으로부터 자유롭지 않았다. 나는 자극을 모색하기 위해 우선 윤리와 도덕, 관습 등을 아무렇지 않게 타기하고 농간했다. 살인, 섹스, 질투, 음모 같은 것들을 필연적인 고민도 없이 서사 속에서 직조해냈다. 그 결과 내 어떤 소설들은 미학적 진실의 풍경에 가닿지 못하고 살의와 비명만이 난무하는 아수라가 되었을 뿐이다. K가 얘기한 달콤한 느낌이란 바로 이런 자극적인 묘사에 대한 어떤 편향을 지적한 것이리라. 그런데 이제 마흔이 넘고 보니 문학은 외려 마음의 소요를 다스리는 게 아닐까 하는 생각에 어렴풋이 닿고 있다. 지금 알고 있는 걸 그때 아는 것은 정말 어려운 일이다.

희소성의 소비

서울 시내에는 유서 깊은 식당들이 즐비하다. 냉면으로 이름난 집, 순댓국으로 이름난 집, 돼지갈비로 이름난 집 등등. 나는 맛으로 사람들을 잡아끄는 이런 식당들에 대해 경외감을 갖는 편이다. 그런데 게 중에는 주인 할머니의 욕으로 이름난 식당도 있다. 신기하게도 이곳은 사람들로 문전성시를 이루는데 장시간 줄을 서서 자기 차례를 기다리는 것도 마다하지 않는다. 그렇게 어렵게 들어가서는 주인 할머니의 욕을 한 바가지 얻어먹으며 밥을 먹는 것이다. 이들은 이 집에 가서 할머니의 욕을 얻어먹는 것이 거의 문화소비 수준의 체험이라고 생각하는 것 같다. 또 어떤 꼼장어집은 비좁고 지저분한데도 늘 사람들로 넘친다. 서비스랄 것도 변변찮다. 그럼에도 사람들은 어깨가 부딪칠 정도로 비좁은 곳에서 등받이도 없는 의자에 엉덩이를 걸치고서는 꼼장어를 집어먹는다. 이처럼 욕이나 불편을 적극적으로 소비하는 사람들을 보면, 확실히 희소적인 기회에 참여하는 것 자체가 이제는 소비되는 상품이 되었다는 것을 알 수 있다. 이를테면 살아 있는 배추벌레를 씹을 수 있는 기회를 제공하면서 거액의 요금을 받는다면, 사람들은 배추벌레를 씹기 위해 기꺼이 돈을 지불할 것이다. 돈이 없는 이는 하지 못하는 것을 자신은 할 수 있다는 자부심 때문일 테다. 자연스레 하기 싫은 담장 페인트칠을 돈을 받고 동네 친구들에게 시켰던 톰소여의 재치가 떠오르는 대목이다.

플라톤의 행복

　주변을 둘러보면 모든 사람이 예외 없이 행복하게 살고 싶다고 난리다. 과연 행복이란 인류 역사가 시작된 이래로 인간의 삶을 관통하는 영원한 주제인 듯 싶다. 그런데 좀 유별난 것인지는 모르지만 나는 행복하게 살고 싶다는 생각을 거의 해본 적이 없다. 나는 다만, 절망적인 조건에 처하지 않기만을, 다시 말해 불행하지 않았으면 하는 희망을 품어보았을 뿐이다. 나는 이것을 불행하지 않을 권리라고 표현하고 싶다. 내 생각에 행복은 다소간 억압적 개념이다. 그것은 경쟁의 결과에 대한 성취이거나 고통을 감내한 보상이라는 성격이 짙으니까. 그렇다면 생각을 비틀어 행복하게 살겠다는 생각 대신에 불행하지 않게 살겠다는 생각을 하면 어떻겠느냐는 것이다. 아무도 뛰어가지 않을 때는 그 누구도 숨 가쁘지 않았는데, 한두 사람이 앞서서 빨리 걷다 보니 너도나도 뛰어가기 시작했고 우리는 지금 숨이 차서 헐떡거린다. 이데아 세계를 꿈꾸었던 플라톤은 행복의 다섯 가지 조건에 대해서 이렇게 말했다. 첫째, 먹고 입고 살기에 조금은 부족한 듯한 재산. 둘째, 모든 사람이 칭찬하기엔 조금은 부족한 외모. 셋째, 자신이 생각하는 것의 절반밖에 인정받지 못하는 명예. 넷째, 남과 힘을 겨루었을 때 한 사람에게는 이기고 두 사람에게는 질 정도의 체력. 다섯째, 연설했을 때 듣는 사람의 절반 정도만 박수를 치는 말솜씨. 자, 우린 불행하지 않을 권리를 이미 갖고 있지 않은가.

거짓말

거짓말은, 악의에서 나온 것이든 선의에서 나온 것이든 대부분 민망한 것이다. 거짓말을 가리켜 민망한 것이라고 말하는 사연은 지극히 개인적인 체험에 기대고 있지만 다른 사람의 경우라 할지라도 크게 틀린 말은 아닐 것이다. 사랑하는 사람이 사랑하는 사람에게 하는 거짓말은 사랑의 호흡기를 틀어막는다. 사랑은 더 이상 숨을 쉬지 못하고 서서히 질식하고 만다. 친구 사이에 하는 거짓말 역시 마찬가지다. 거짓말은 우정을 녹슬게 하고 상처를 만든다. 이 어찌 민망한 일이 아니겠는가. 나는 거짓말 때문에 산산조각이 나는 관계들을 많이 보아왔다. 그럼에도 불구하고 나는 이 삶의 어느 순간에 쓰이는 거짓말 중에는 지극히 아름다운 울림을 가지는 거짓말도 존재한다고 믿는다. 나는 드물게도 거짓말을 애틋하게 사용한 인상적인 경험을 가지고 있다. 그것은 어느 봄날 꽃이 만발한 병원 응급실의 저녁, 생의 마지막을 달리는 아버지의 귀에 대고 한 것이다. 의사가 오늘을 넘기지 못할 것이니 마지막 인사를 하라고 말했을 때, 나는 아직은 의식이 살아 있는 아버지의 귀에 대고 "아버지 괜찮을 거래요. 일어나실 수 있대요. 집으로 갈 수 있대요."라고 말한 것이다. 그것은 분명 거짓말이었지만, 아버지는 사정을 다 안 다는 듯 고개를 끄덕이셨다. 그러곤 안도하셨을까. 사람이 죽어갈 때 가장 오래 유지되는 기능이 청력이라고 하는데, 말을 가리라는 뜻이겠다.

옷장 정리

봄을 제대로 맞이하기 위해 대청소를 했다. 집안 곳곳 겨우내 쌓인 먼지를 털어내고 걸레질을 했다. 내친김에 옷장 정리까지 하면서 오랫동안 입지 않았던 옷가지를 추려내 골목에 서 있는 헌옷수거함에 넣어버렸다. 그런데 어떤 옷은 어떤 추억 때문에, 또 어떤 옷은 그 옷에 얽힌 사연 때문에 헌옷수거함에 들어가기 직전 구제되었다. 그 옷들은 이제까지 그랬던 것처럼 앞으로도 오랫동안 한 번도 입지 않을 공산이 크다. 그렇다면 버리는 게 마땅하지 않을까. 그런데 그럴 수가 없다. 이건 무슨 심리인가. 쿨한 사람들은, 쓸 만큼 썼거나 낡아버려서 더 이상 쓸모가 없어진 물건을 잘 버리지 못하는 나 같은 이를 곱지 않은 시선으로 본다. 하지만 그 '쓸모'라는 게 내 관점에서는 그렇게 단순하지가 않은 거다. 예를 들어 어떤 옷이 더 이상 입을 수 없을 정도로 해져서 쓸모가 없어졌을 때, 나는 그 옷이 품고 있는 전혀 다른 차원의 쓸모를 생각하게 된다. 그러니까 그 옷을 입고 만났던 사람들, 그 옷을 입고 가보았던 타향의 기억들과 그 기억을 끄집어내는 동안 내 안에서 작동되는 정서적 환기는 내 관점에서 전적으로 그 옷이 가지고 있는 쓸모인 것이다. 수첩 같은 것도 내가 버리지 못하는 것 가운데 하나인데, 그 안에 적혀 있는 어떤 단어들, 누군가의 전화번호가 내 삶의 알리바이로서 여전히 쓸모 있는 생명력을 가지고 있다고 생각되기에 버리지 못한다.

겸손하고 낮은 시인

　진심으로 존경해마지 않는 시인 L선생님께 전화를 드려 선생님의 책을 꼭 만들고 싶다고 말했던 게 지난주의 일이다. 그랬더니 선생님은 "내가 원체 게을러서 책이 될 만한 글을 쓸 수 없을 것 같다"면서 고사하셨다. L선생님은 등단하신 지 30년이 넘은 지금까지 세 권의 시집만 내셨을 정도로 엄혹한 염결성을 가진 분이다. 평소 선생님의 시편을 통해 가장으로서의 성실한 책임감과 가족에 대한 무한한 사랑, 그리고 노동에 대한 소박한 옹호 등을 읽어냈던 나는 선생님의 정결한 일상을 담은 산문집을 꼭 내고 싶었다. 그래서 선생님께 이렇게 말씀드렸다. "선생님, 오늘부터라도 하루하루 선생님이 보고 들으신 이야기, 만났던 사람들 이야기를 일기 형식으로 써보시는 게 어떨까요? 저희랑 계약을 하시면 서운하시지 않을 정도의 계약금도 드리고 싶습니다." 그러자 선생님은, 일기를 쓰는 건 좋은 일인데, 그걸 미리 계약을 해두고 하는 건 글을 내다 파는 것 같아서 싫다고 하셨다. 그러면서, 당신이 글을 쓰게 되어서 책으로 묶을 만하다는 판단이 들면 당신 쪽에서 먼저 출판사에 전화를 하겠다고 말씀하시는 것이었다. 나는 더는 선생님을 조를 수 없었다. 어떤 시인은 기백만 원의 계약금을 노리고 여기저기 이중삼중으로 기약하지 못할 계약을 한다는 얘길 들었는데, L선생님과 통화를 마치고 나서, 나는 여기에 이토록 겸손하고 낮은 시인도 있다, 라고 허공에 대고 외치고 싶었다.

가짜의 요란함

대학병원의 의사로 일하는 어떤 지인이 들려준 이야기. 병원에는 아프다는 사람들이 많이 온다. 그중에는 아파서 죽겠다는 사람들도 있다. 그러나 의사들은 환자 개인의 격한 반응에 그대로 응수를 하지 않는다. 아파 죽겠다는 액션이 큰 사람일수록 오히려 별게 아닌 경우가 많기 때문이란다. 의사는 간호사가 맥박수나 혈압 등을 체크해서 나온 객관적인 정보를 보고 환자의 상태를 파악해 움직인다. 하루는 어떤 엄마가 차분하게 아이를 안고 계속 어르고 있었단다. 아이가 열이라도 나는 것이겠지. 그런데 의사가 아이를 받아 진찰대에 눕혔을 때, 아이는 이미 죽어 있더라는 것. 그 아이가 진짜 죽도록 아픈 환자였던 것. 죽음은 예고 없이 온다. 예고를 하고 오는 것은 죽음이 아니라 죽음의 공포겠지. 문학도 그렇고 사랑도 그렇다. 요란하게 오는 것은 가짜인 경우가 많다. 요란하다는 것은, 내면의 부실과 거짓을 감추기 위한 것일 공산이 크기 때문이다. 출판사에 책을 출간해달라면서 투고되는 원고들도 사실은 사정이 비슷하다. "이거 정말 좋은 원고입니다. 이 원고를 반려하면 틀림없이 후회할 겁니다." 이런 말들과 함께 들어오는 원고는 대부분이 수준 미달이다. 원고를 보내는 목소리가 이러하지 않고 "제가 무얼 좀 써봤는데, 도통 잘 모르겠습니다. 이런 원고도 책이 될까요?"라는 겸양과 함께 들어오는 원고 속에 더러 보석 같은 것이 숨어 있다.

시인의 봄밤

시인들과 자주 술자리에서 어울리면서 그들의 개성을 여러 번 목격했지만 매번 적응이 잘 안 되곤 한다. 죽지 못해 안달하는 부류도 있고 가만있다가 갑자기 눈물을 뚝뚝 떨구는 부류도 있다. 들든 말든 노래를 흥얼거리는 이도 있다. 저마다 채 표출되지 못한 시적인 흥취를 발산하는 방법들이리라. 어쨌거나 포즈만 무성한 시인들을 나는 그다지 신뢰하지 않는 편이다. 나는 그래서 포즈가 요란한 시인을 만나면 집에 돌아가 꼭 그의 시를 찾아보고는 한다. 이것도 분명한 편견이겠지만 조용히 자신의 삶을 아끼고, 책임감을 갖고 가까운 이를 돌보는 것도 시인에게 분명히 요구되는 태도일 것이다. 물론 그렇게 살고 싶어도 생래적인 기질 때문에 일반의 삶을 실천하는 것이 불가능한 시인들이 많다. 하지만 보일러공으로 일하면서 대전에서 묵묵히 시를 쓰는 이면우 선생 같은 시인도 있는 걸 보면, 시인의 삶이 작동되는 방식은 참말로 가지가지다. 이면우 시인의 〈봄밤〉이란 시에는 이런 대목이 있다. 늦은 밤 아이가 현관 자물통을 확인하기에 시인이 우리 집엔 가져갈 게 없으니 도둑이 들지 않을 거라고 안심시킨다. 그러자 아이가 눈을 동그랗게 뜨며 "엄마가 계시잖아요." 했다는 것이다. 시인이 그 말을 듣고 물끄러미 아이 엄마를 바라보니, "얼굴에 붉은 꽃"이 소리 없이 지나가는 중이더라는 것. 우리의 봄밤이 환한 까닭은 이런 시가 있어서일 게다.

책을 증정하는 관행

어떤 운명의 심술인지 몰라도 소설과 시를 쓰는 삶을 살고 있고 출판편집자로 일하면서 나는 생각보다는 책을 많이 사보지는 않는 편이다. 오랫동안 기다렸던 정말 읽고 싶은 책이 나왔을 때 지갑을 여는 것 말고는 대체로 책 구입을 망설이는 편인데, 그 이유는 비교적 명료하고 단순하다. 책을 사지 않아도 주변에 늘 읽을 책이 넘치기 때문이다. 직장인 출판사의 서가에는 신간을 비롯한 참고도서들이 넘치고, 집에는 동료 선후배 작가들과 출판사에서 보내주는 신간들이 일주일이 멀다 하고 쌓인다. 책은 언제나 문지방을 넘쳐나 흘러넘치는 것이다. 그리고 당연히 이 책들은 다 읽지도 못한다. 그래서 나는 곰곰 생각해보게 되었다. 문인들이 서로 책을 증정하는 관행이 언제부터 생긴 것인지 그 기원을 헤아려본 것이다. 책을 지금처럼 대량으로 찍지 못했던 시절에는 아마도 정말 가족을 포함한 중요한 지인이나 인사를 꼭 해야 하는 스승들에게나 책이 증정됐을 것이다. 얼마 전 100부 한정판으로 찍은 백석의 시집 〈사슴〉의 초판본 한 권이 지방의 문학관에 기증됐다는 뉴스를 접한 적이 있는데, 책 안쪽에 육필로 永郎 兄 白石(영랑 형 백석)이라고 씌어 있다고 했다. 백석이 김영랑 시인에게 증정한 것이라는 것. 귀한 시집을 건네는 백석의 마음이 어떠했을지 짐작하고도 남음이 있다. 하지만 대량 부수의 증정이 관행처럼 굳어진 지금 우리는 증정하는 이나 받는 사람이나 책이 귀한 줄 모르는 시대에 살고 있는 것은 아닌지.

나이 먹는 것을 실감하는 것

　나이 어느새 마흔이 넘어 있다. 마흔이 되는 나이까지 살 수나 있을까라고 생각했던 시절이 있다. 정신적으로나 육체적으로, 곤궁 속으로 들어가기 위해 나 자신을 꾸역꾸역 밀어 넣던 시절의 일이다. 남자들은 나이가 들었다는 걸 느끼는 단계가 몇 차례 있는 것 같다. 나의 경우 첫 번째는 대부분이 예외 없이 형이나 삼촌뻘이었던 축구국가대표 선수나 프로야구 선수들이 어느 사이, 비슷한 연배나 후배들이 되었을 때, 나이가 들었다는 걸 실감했다. 어렸을 때는 정말이지 야구나 축구 국가대표는 형이나 삼촌들만이 할 수 있는 것인 줄 알았다. 그런데 지금 축구 국가대표 선수들이나 야구 선수들은 모두 새까만 후배들이거나 심지어 조카뻘이다. 프로야구에서 작년에 나와 동갑인 어떤 선수가 은퇴를 선언했을 때, 왜 그토록 허전하고 아쉽던지. 두 번째로 나이가 들었다는 걸 느낀 건, 아버지뻘이나 하는 줄 알았던 구청장이나 국회의원, 기관장 등에 나와 나이가 같은 사람들이 당선되는 것을 보았던 최근의 일이다. 세상에나 내 나이에 구청장이 되고 국회의원이 되는 것이 가능하다는 걸 느꼈을 때의 전율이란. 언젠가는 내 나이에 장관도 나오고 대법관도 나오겠지, 아니 그것은 이미 아주 가까운 미래에 이만큼 가까이 와 있는 일일 것이다. 그리고 그때쯤에는 나도 별수 없이 가요무대나 국악방송을 애시청하는 사람이 되어 있을 텐가. 뭔가 마구 억울하다.

너스레

휴일 오후 내내 닉 혼비 소설 〈하우 투 비 굿〉(How to be good)을 귤 다섯 개를 까먹으며 읽었다. 이 소설의 화자인 케이티 카의 입담이 따뜻한 손으로 옆구리를 간질이는 것만큼이나 고소하다. 문학에서 유머가 얼마나 중요한 요소인지를 이 소설을 읽으면서 새삼 느끼고 있다. 닉 혼비도 그렇고 영미권 쪽에서 최근 조금씩 한국 독자들에게 이름과 얼굴이 알려지고 있는 작가들에게 공통적으로 발견되는 것이 순우리말 단어인 '너스레' 라는 말로나 표현할 수 있을 일종의 경쾌한 말놀음인 것 같다는 생각은 나만의 것일까. 더글라스 케네디도 그렇고 조너선 사프란 포어도 그렇고 조너선 프랜즌도 그렇다. 그들보다 일찍 알려져 유명세를 치른 폴 오스터의 서사에서도 분명히 화자의 화사하면서도 화려한 '너스레' 를 발견할 수 있다. 내가 너스레라는 말로 표현한 영미권 신진-중진작가들의 입담은, 서방세계 특유의 물질적 풍요와 자유를 만끽한 주류문화의 향유자로서 나름대로의 사회적 비판의식을 지식인의 목소리로 드러내는 대목에서 효과적으로 구사되는 것 같다. 그리고 그것에는 꼭 엄살과 익살이 양념처럼 끼어든다. 사실상 우리 소설이나 제3세계의 지식 서사에서는 발견하기 힘든 대목이다. 역사적인 피해의식과 근대가 형성되는 과정에서 문명과 문화를 이식해야 했던 기억이 아마도 제3세계 작가들의 유머감각을 위축시켰으리라. 뭐, 근거가 있는 얘기는 아니다.

요절한 시인들

낭만주의 문학이 우리에게 안겨주는 이미지는 병과 퇴폐, 죽음 같은 것들이다. 주변에 친하게 지내는 시인들을 보면, 일부러 그런 사람들만 사귄 건 아닌데 하나같이 무절제하다. 술과 담배에 절어 있고 끼니는 거르고 잠도 잘 자지 않는 것 같다. 마치 죽지 못해 안달하는 것 같은 것이다. 이 짙은 자기파괴의 본능이 시인의 어떤 결정적인 자의식을 표상하는 건 분명한 것 같다. 시인의 평균수명이 일반인의 평균수명과 비교할 때 터무니없이 낮다는 건 익히 알려진 사실이다. 이처럼 시대와 불화하는 많은 시인은 아무도 모르게 앓다가 젊은 나이에 세상을 뜬다. 많은 사람이 젊은 나이에 세상을 뜬 시인들을 요절 시인이라고 부르며 추모한다. 예민한 감수성은 그들의 신경을 쇠약하게 하고 무절제한 생활은 몸을 망가뜨린다. 여기에 예술가로서의 절망과 경제적 궁핍까지 더해지면 사실상 시인들은 죽음에 저항하기를 포기한다. 우리나라의 시인 중에도 재능과 열정을 꽃피울 나이에 안타깝게도 세상을 등진 이들이 많다. 언뜻 떠오르는 이름들만 열거해도 이상과 박인환, 김관식이 그렇고 박정만, 이연주, 진이정, 기형도 등이 그렇다. 우리가 요절한 젊은 시인들을 잊지 못하는 것은, 대개의 사람들에게 정지된 청춘과 유예된 생을 동정하고 흠모하는 무의식이 존재하기 때문이다. 그리고 그 무의식 속에는 우리들의 죄를 시인들이 대속했을지도 모른다는 안도감 또한 들어 있는 듯하다.

출판이라는 생업

　작가이기 이전에 출판기획자로서 생업을 유지하기 위해 나는 빅셀러의 출간을 늘 꿈꾼다. 빅셀러는 사실 적합한 마케팅과 프로모션이 수반되어야 하기 때문에 기획자 개인의 능력으로 한정하는 데는 무리가 있다. 그리고 빅셀러는 신드롬처럼 특정하게 형성된 어떤 사회적 현상에 대한 소비자의 요구에 시장이 응전하는 구조를 가지는 것이어서 무에서 유를 창출하는 기획적 개념이 다소간 희박한 것으로 볼 수도 있다. 이런 관점이 가능하다고는 해도 출판 기획자라면 응당 사회적 현상에 대해 촉각을 곤두세우고 있어야 한다. 나는 개인적으로 출판 기획자의 개인적 능력이 보다 직접적으로 발휘될 수 있는 것은 빅셀러보다는 스테디셀러나 총서류라고 생각하는 편이다. 그것은 꾸준하게 축적된 인문적 교양과 삶을 읽어내는 웅숭깊은 직관과 성찰이 뒷받침되어야 가능하기 때문이다. 그래서 스테디셀러는 사실 빅셀러를 만드는 것보다 몇 배는 힘든 일이다. 그런데 지금 우리 출판시장의 현실적 상황은 스테디셀러나 총서를 기획하는 것을 매우 어렵게 하고 있다. 수요자의 반응에 대한 시장과 생산자들의 인내심이 턱없이 부족하기 때문인데, 이는 다른 회사들과 마찬가지로 출판사의 기업 활동 역시 투여된 자본을 회수하는 사이클이 빨라져야 지속 가능한 쪽으로 바뀌고 있기 때문이다. 우리가 모두 느릴 때는 아무도 숨 가쁘지 않았는데, 조금씩 조금씩 빨리 뛰어가는 사람이 생겨서 이젠 모두가 숨이 가빠졌다.

택시요금 때문에 스트레스 받지 않는 법

택시를 타게 되면, 기사님들과 이야기를 나누게 되는 경우가 많다. 다양한 주제로 이어지는 대화는 대개 자신들의 고된 노동에 대한 대가가 충분하지 못해 생활이 어렵다는 기사님들의 푸념으로 끝난다. 개인택시이건 회사택시이건 기사님들의 사회적 처우가 충분치 않다는 것에 대해 나도 동의한다. 매일매일 사납금을 채워야 하는 회사택시 기사님들의 여건은 훨씬 좋지 않다. 그래서 택시업계는 택시도 대중교통에 포함시켜 정부의 다양한 지원정책의 수혜를 받고 싶어 한다. 연료비 할인이나 버스전용차로 주행 허용 등이 그런 것들이다. 나처럼 밖에서 늦게까지 사람들을 자주 만나는 일을 하는 사람에게 택시는 없어서는 안 되는 중요한 교통수단이다. 그런데 사실 지하철이나 버스 요금에 견주면서 택시비가 아깝다는 생각이 들 때가 있다. 미터기에서 요금이 올라갈 때마다 가슴이 바짝바짝 타는 것이다. 그런데 어느 날, 택시를 마음 편하게 타는 나만의 심리 전술을 고안했다. 그것은 택시를 탈 때마다 택시기사님께 기부한다는 생각을 하자는 것이다. 일부러 자기 수입의 일부를 정기적으로 기부하고 적선하는 사람들이 늘고 있다. 나도 두 군데 정도 하고는 있지만, 택시를 탈 때에도 기부한다는 생각을 하고부터는 미터기 요금이 올라가는 것에 전혀 스트레스를 받지 않게 되었다는 것이다. 기부도 하고 편하게 목적지에도 갈 수 있다면 이 얼마나 황홀한 일인가.

작가의 문학적 신념

재미작가 이창래는 나도 참 좋아하는 작가다. 그의 근작도 아주 인상적으로 읽었다. 그가 인터뷰에서 이런 말을 했다. "모든 작가는 자신의 작품을 독자들이 읽어주길 바라지만 작가들은 예외 없이 자기 자신만을 위해 글을 쓴다." 이건 역설도 아니고 농담은 더더욱 아니다. 나는 이 말의 진실을 충분히 수긍한다. 자기 자신을 위해 글을 쓴다는 말을 표면적으로만 해석하면 독자들과의 소통은 전혀 안중에도 없이 자신의 이기적인 욕망에만 문학을 복무시킨다는 것으로 받아들여질 수 있을 테다. 하지만 그가 그런 말을 한 속뜻은 그게 아니었을 것이다. 작가는 자신이 만족스럽지 않은 작품을 쓰는 것을 가장 두려워한다. 스스로 만족스럽지 않은 작품을 쓰는 자기 자신을 절대로 견디지 못하는 것이다. 우리들이 흔히 말하는 작가의 절망, 문학의 실패는 일차적으로 자기 자신의 글쓰기에 대한 작가들의 불만족에서 오는 것이다. 문학의 출발은 충만한 자기만족을 통한 결핍의 회복이다. 문학은 숙명적으로 자신을 위무하는 데서 출발한다. 자신을 위무하는 데 실패한 작품이 어떻게 타인을 위무할 수 있겠는가. 그것은 어불성설이다. 결국 자기 자신만을 위해 글을 쓴다는 이창래의 말은 독자를 위한 최상의 작품을 내놓기 위한 절대적인 전제를 이야기한 것일 뿐이다. 그런데 이런 태도를 우리 작가들은 지금 얼마나 지켜나가고 있을까. 작가 이창래의 확신에 찬 문학적 신념에 경의를 표한다.

혼자 밥을 먹는 것

사회생활이라는 것을 하게 되면 사람들과 어울려서 밥을 먹는 것부터 익숙해져야 한다. 더 바란다면 그것을 즐길 줄 알아야 한다. 그런데 나는 좀처럼 사람들과 함께 식사하는 것에 익숙해지지 않는다. 티를 낼 정도는 아니지만, 사람들과 밥을 먹는 것이 다소간 불편한 것이다. 그래서 나는 그런 기회가 있을 때는 물론이고 호시탐탐 혼자서 밥을 먹을 수 있는 기회를 엿보기도 한다. 사람들 중에는 혼자서 밥을 먹는 것을 거의 공포 수준으로 받아들이는 이들이 있다. 이들에겐 혼자서 밥을 먹는 행위를 매우 비정상적이고 심지어는 병적인 것으로 간주하려는 심리적 경향이 있다. 혼자서 자주 밥을 먹는 나는 그런 시선을 종종 느낀다. 내가 식당에서 혼자 밥을 먹고 있으면 주변에 있는 이들이 나를 사회성이 심각하게 결여되어 있거나 정상적인 인간관계에서 이탈한 사람으로 보는 게 아닐까 하는 염려가 슬그머니 생기는 것이다. 자 이제 밝히겠다. 내가 왜 혼자서 밥을 먹는 편을 좋아하는지. 그것은 밥을 먹는다는 것의 일차적인 속성 때문이다. 내게 한 끼의 식사란 생존을 위한 본능적인 행위다. 밥을 먹는다는 건 생명을 유지하기 위한 것이다. 문화적인 행위와는 거리가 멀다. 따라서 (미식가들이 들으면 놀라 자빠지겠지만) 내게 식사란 배설처럼 그냥 아무도 몰래 얼른 해치워야 하는 동물적인 행위인 것이다. 들키고 싶지 않은, 수줍음을 유발하는 행위, 그게 나의 식사다.

펑펑 울다

나는 감정표현이 서툰 편이다. 특히 격렬한 감정일수록 그렇다. 나는 소리 내어 깔깔 웃는 사람들이 부럽고, 펑펑 소리 내어 우는 사람들은 조금 더 부럽다. 이렇게 감정을 삭이고 삭이다가 내 안에 근심의 우주가 생기면 어쩌지 하는 것도 명백한 근심이다. 어려서부터 잘 웃지 않는 소년이었던 나는 잘 울지도 못한다. 울지 않는 것인지 울지 못하는 것인지는 정확히 모르겠지만, 좀처럼 울지 않는 것은 사실이다. 사람들은 비교적 큰 내 눈을 보면 잘 울 것 같다고 짐작하지만, 나는 정말이지 좀처럼 울지 않는다. 그래서 나는 내가 울었던 순간을 잘 기억하는 편이다. 그것은 매우 드문 일이기 때문에. 며칠 전 밤에, 나는 정확히 5년 만에 펑펑 울었다. 소리 내어 펑펑 우는 소리가 서러워 좀 더 울었다. 시인 이면우는 아무도 울지 않는 밤은 없다고 했던가. 그렇다면 그 밤에는 우는 사람의 주인공은 나였다. 나는 울음의 주연배우였다. 내가 왜 울었는지, 무엇이 슬펐는지는 얘기하지 않겠다. 내 속에 그렇게 많은 울음이 있었다는 것이 얼마나 두렵고도 신비한 일인지는, 아침에 거울 속에서 발갛게 충혈된 눈을 보면서야 깨달았다. 5년 전에 울었던 날의 기억도 떠오른다. 그날의 날씨와 온도와 내가 입었던 옷들. 그래, 이렇게 5년마다 한 번씩만 울자. 울어서 공중으로 날아간 설움을 배웅하는 저녁을 갖자. 가급적이면 그 밤처럼 어두워진 다음에 울었으면 좋겠다.

시인 김수영

  시인 김수영의 미망인인 김현경 여사의 회고록이 최근 출간된 모양이다. 고등학교에 다닐 때부터 김수영에게 호기심이 있던 나는 그의 선집과 전집, 그리고 그와 관련된 책들을 꽤 찾아서 읽어봤다. 하지만 언젠가부터 호의와 찬탄 일색인 김수영에 대한 평가의 대세가 다소 불편하게 느껴졌다. 한번은 어떤 술자리에서 김수영에 대해서 내가 비판조로 이야기를 한 적이 있었는데, 그 덕분에 그 자리에 있던 사람들로부터 하나같이 눈총을 받은 적이 있었다. 직설적으로 말하면, 김수영은 그가 죽은 직후인 1960년대 말부터 1970년대에 한국사회에서 촉발된 지식인 아비투스의 형성과정에서 특정 집단의 전략적 소용에 의해 과대평가 됐다는 것이 내가 가진 생각이다. 시인에 대한 평가는 정확하고 객관적인 균형을 유지하고 있을 때 그에 대한 최상의 예의와 존경이 되는 게 아닐까. 한글세대가 아닌 탓에 몸에 익은 한문투와 번역을 업으로 삼으면서 익숙해졌을 번역투가 적당히 섞여 있는 그의 시가, 그를 일관되게 옹호하는 세력이 평가했듯이 그렇게 선명한 민중지향성과 근대적 시민의 자유의지를 담아내고 있었는지 난 잘 모르겠다. 오히려 나는 소유와 욕망 사이에서 일어나는 개인적 분열과 모순 때문에 갈팡질팡하는 그의 쇄말적 진실과 그것이 당대와 불화할 때 무기력하게 절망하는 모습이 솔직하고 멋있어 보였다. 미망인은 그를 어떻게 추억하고 있을지 무척 궁금하다.

어제의 내일, 내일의 어제

최근, 지인이 발표한 어떤 글을 읽다가 '오늘' 을 표기하는 두 가지 표현 방법을 배웠다. 하나는 '어제의 내일' 이고 또 하나는 '내일의 어제' 다. 가만히 들어보면, 말장난처럼 다가올 수도 있지만 이 표현들은 단순한 언어유희가 아니라 오늘이라는 제한적인 시간을 공시적인 조건으로 바라보게 하는 새로우면서도 신선한 관점을 제시해준다. 다시 말해, 오늘을 하늘에서 뚝 떨어진 독립적인 시간이 아니라 매 순간 흘러가는 시간의 속성이 가지고 있는 풍부한 콘텍스트, 그리고 그것과 연동되는 의미들을 어제와 내일이라는 과거와 미래의 함의 속에서 성찰하게 하는 것이다. 우리는 과연 오늘이라는 시간을 어떻게 받아들이고 어떻게 쓰고 있을까. 공교롭게도, 전시회를 구경하고 나오다가 쓰러져서 갑자기 유명을 달리한 원로시인의 부고가 전해진 오늘, 우리는 과연 하루하루의 시간을 어떻게 써야 할 것인가. 원로시인에게 오늘은 과연 예정되어 있던 시간이었을까. '어제의 오늘' 과 '내일의 어제' 라는 말은 그런 점에서 참 귀한 말이 아닐 수 없다. 우리가 어제 상상했던 내일과 내일이면 돌아봐야 하는 어제가 바로 오늘이라는 말은 시간의 연속선상에서 일 촉도 허투루 쓰지 말라는 추상 같은 금언인 동시에, 삶의 소소한 의미조차도 소중하게 여기라는 뜻이겠다. 앞으로 이 말을 오래오래 기억해야겠다. 그러면 훨씬 더 시간을 풍요롭게 쓸 수 있을 것 같다.

백팩 메는 법

출퇴근할 때 버스와 지하철을 이용한 지가 벌써 십수 년째다. 자동차가 있기는 하지만 거의 사용을 하지 않는데 그 이유는 대중교통을 이용할 때마다 내가 느끼는 동시대인들에 대한 어떤 동질감이 안겨주는 쾌감이 결코 만만치 않기 때문이다. 그러니까, 숙취나 졸음에 시달리면서 겨우 지하철을 올라탔을 때 나와 비슷한 처지의 수많은 사람을 보면서, '아 나 같은 사람들이 이렇게나 많구나'라는 자각과 함께 지극한 위로를 받는 것이다.

그런데 출퇴근 지하철과 버스가 언제나 어떤 낭만과 위로를 안기는 건 아니다. 워낙 붐비는 공간이다 보니 타인과 육체적 접촉을 피할 수 없는 것이다. 특히 요즘 만원 지하철과 버스에서 가장 사람들을 불편하게 하는 건, 등에 메는 백팩 스타일의 가방이다. 특히 내용물이 가득해서 불룩한 백팩은 주변에 서 있는 승객들에게 심한 압박감을 준다.

사람의 몸은 감각이 있어서 압박을 주고받는 걸 느끼면 조금씩 양보나 배려를 할 수 있지만 백팩은 무감각한 무생물이어서 그마저 불가능하다. 백팩이 차지하는 공간은 거의 건장한 성인이 차지하는 공간과 맞먹는데 말이다.

나는 그래서 이런 제안을 하고 싶다. 사람들이 붐비는 지하철과 버스 안에서만이라도 백팩을 등에서 내리고 손으로 들고 있자는 것이다. 아니면 지하철 내에 있는 선반을 이용하든지. 다시 한 번 말하지만 백팩을 등에 멘 건 성인 남자 두 사람이 붙어 있는 것과 같다.

균형감각

며칠 전 이미 소설집으로 묶어서 발표한 적이 있는 꽤나 진지한 단편소설 한 편을 재미 삼아 내 페이스북에 올려보았다. 올리면서 나는 특별한 기대 같은 것이 전혀 없었다. 페이스북 같은 SNS 공간에서는 짧고 재치 있는 글들이 환영을 받는다는 걸 너무나 잘 알고 있었기 때문이다. SNS에서는 긴 글을 올리지 않는 게 일종의 불문율 같은 것이다. 그런데 원고지 100매가 넘는 내 단편소설은 페이스북 창을 끝없이 채울 정도로 긴 텍스트였다. 그걸 PC가 아닌 스마트폰으로 읽을라치면, 얼마나 자주 화면을 드래깅해야 하겠는가. 그런데 놀라운 일이 벌어졌다. 올린 지 얼마 되지도 않았는데, 클릭수가 내가 평소에 올리는 분량이 짧은 글들에 비해 전혀 적지 않았고 오히려 댓글은 서너 배나 많이 달린 것이다. 댓글들의 내용도 매우 인상적이었는데, 의례적이고 형식적인 댓글은 거의 없고 진짜로 소설을 읽은 사람만이 쓸 수 있는 진지하고 구체적인 댓글 일색이었던 것이다. 나는 이 일을 겪으면서 한 가지를 깨달았다. 사람들이 겉으로는 짧고 재미있는 글을 원하면서도, 그와 동시에 한편으론 길고 진중한 글에 대한 결핍을 자각하고 있었다는 사실을 말이다. 그러니까 우리는 무언가를 좋아하고 그것에 취할 때 똑같이 그 반대의 것에 대한 결핍을 함께 키우는 것이다. 균형을 잡고 중심으로 돌아오고자 하는 인간의 항상성이나 균형감각이 알면 알수록 놀라울 따름이다.

퇴출된 레슬링

레슬링이 2020년부터 하계올림픽의 정식종목에서 제외되기로 했다는 IOC 총회 결과를 두고 많은 사람이 의견을 쏟아내고 있다. 그들은 모두 레슬링이라는 운동 종목이 가지고 있는 더할 나위 없는 아날로그적 속성과 육체성을 언급하며 연민에 겨운 표현을 한다. 몸뚱어리 하나로 상대와 맞서야 하는 레슬링은 사실 화려함도 없고 재미도 없다. 경기 내내 지루하게 상대의 몸과 붙었다가 떨어지길 반복한다. 그리고 맨바닥에서 한 선수는 뒤집으려고 애를 쓰고 한 선수는 뒤집히지 않으려고 애를 쓴다. 게다가 레슬링은 유니폼조차도 변변치가 못하다. 스포츠 산업 공학적인 측면에서 글로벌 브랜드들의 스폰서를 받기가 힘들다. 하지만 레슬링은 그래서 권투와 더불어 가장 인간적이고 원초적인 감성을 건드리는 스포츠다. 나도 어렸을 적 올림픽에서 한국 선수들이 선전하는 것을 보면서, 형과 어지간히 방에서 레슬링을 해댔다. 그러다가 머리도 찢고 코피를 흘려보기도 했다. 파테르 자세를 흉내 내보기도 하고, 레슬링 선수들처럼 근력을 키우기 위해 철봉이나 밧줄에 매달려보기도 했다. 레슬링은 공이나 방망이, 또는 라켓이 없이도 언제 어디서나 할 수 있는 자연의 스포츠다. 그런데 올림픽에서 돈이 안 되고 재미가 없다는 이유로 퇴출을 당했다. 인간이 가장 인간적인 것들부터 하나둘씩 버리고 있는 것만 같아 몹시도 쓸쓸한데, 마지막에 남는 건 그럼 과연 무엇일까.

노인에 대한 생각

마흔이 넘으면서부터 나이가 들어간다는 것을 자주 생각하게 된다. 노인이 된다는 것의 의미에 대해서 말이다. 탑골 공원이 통제를 시작하면서 노인들이 주로 소일하는 공간은 종묘 앞 광장이 되었다. 지난 토요일 오후에는 그곳에 나가봤다. 추위 때문에 으레 벌어지는 바둑판과 장기판은 뜸했지만 삼삼오오 모여 인스턴트커피를 마시면서 수다를 떠는 노인들의 모습들이 보였다. 새로 출범하는 정부 이야기, 부동산 이야기 등등. 한쪽엔 노인들의 사진을 찍어주는 이도 있었다. 수동 카메라를 든 그이 앞에 앉아서 포즈를 취하는 노인의 표정은 한결같이 결연했다. 삼엄한 무표정이랄까. 무슨 사진이기에 하는 순간, 탁 무릎을 쳤다. 그들이 찍는 사진은 영정에 쓸 사진이었던 것. 노인들은 어쨌건 죽음과 가까운 자들이라는 것을 영정 사진을 찍는 풍경이 말해주고 있었다. 노인은 죽음을 의식하는 자들이다. 자신의 영정 사진을 미리 찍어두는 노인의 심정은 어떨까. 죽음을 준비하는 사람에게 이 계절의 바람과 햇볕은 어떻게 다가갈까. 노인을 사회의 소수자, 마이너리티로 간주하기 전에 우리는 반드시 이렇게 물어야 한다. 그들이 준비하는 죽음의 고독이 가지고 있는 품위에 대해 우리는 도대체 얼마만큼이나 알 수 있느냐고. 그 품위를 이해하는 일이 경로당의 연료비를 월 30만 원에서 50만 원으로 올리고, 고속전철 요금을 30퍼센트 할인해주는 것보다도 노인들을 더 위하는 일이 아닐까. 아니 언젠가는 노인이 될 우리 자신에게도 말이다.

최민식 선생님

개인적으로 존경해마지 않는 사진작가 최민식 선생님이 2월 12일 아침 세상을 뜨셨다. 한국 다큐멘터리 사진 1세대이자 포토리얼리즘의 거장이셨던 선생님이 자신의 분신과 같던 수동 니콘 필름카메라를 손에서 놓으신 것이다. 선생님의 사진에 일찍이 감화됐던 나는 편집자로서 선생님의 책을 만든 경험이 있다. 내가 부산 자택으로 몇 차례 찾아뵌 적도 있고 선생님이 서울에 올라오실 일이 있으면 미리 기별을 주셔서 뵙곤 했다. 기골이 장대했던 선생님은 고령에도 몸이 굽지 않고 꼿꼿했고 걸음걸이도 젊은 사람보다 훨씬 빨라서 건강을 의심하기 어려웠다. 그런데 이렇게 갑자기 생의 끈을 놓으시다니. 평생 휴머니즘을 추구하셨던 선생님은 약자와 빈자들 편이었다. 미국과 유럽 등에서는 선생님의 작품을 높이 평가하고 세계적 작가의 반열에 올렸지만, 외려 국내 주류 사진계는 선생님을 홀대하고 무시했다. 아마도 이것은 선생님이 대학에서 정규 코스를 밟지 않은 형편과 깊은 연관이 있으리라. 선생님은 젊은 시절, 일본으로 밀항해 그곳에서 미술교육을 받았지만 사진은 독학으로 깨친 것으로 알려졌다. 선생님은, 한국 기층민중의 현실을 충실하게 렌즈에 담아내는 작업을 눈여겨 본 선교사의 후원을 받아 어렵게 작품 활동을 이어나갔다. 초창기엔 사진집 출간과 전시회 준비도 자비를 들여 했다. 그러면서 서울 중심의 주류 사진계를 조금도 기웃거리지 않았다. 선생님에겐 당신의 렌즈가 주류였고 중심이었다.

입술

액체의 분량을 나타내는 고유 도량 단위 중에 '홉' 이라는 게 있다. 예전에 소매점에서 기름이나 술 같은 것을 홉 단위로 판매했다. 1홉은 대략 180㎖인데, 이는 소주 반병 분량에 해당한다. 그러니까 우리가 술집이나 소매점에서 보통 접하는 소주 한 병은 2홉에 해당한다. 예전에는 4홉들이 병에 넣은 소주도 판매를 했었는데 지금은 그런 유리병은 생산되지 않는 것 같다. 성인 남자의 몸 안에는 대략 5,000㎖, 즉 5ℓ의 피가 있다. 사람의 혈액량은 몸무게의 13분의 1 정도로 알려져 있다. 5,000㎖를 홉으로 환산하면 28홉이 조금 못 된다. 나는 시적인 언술의 힘을 빌어, 사람의 입술에 28홉의 피가 들어 있다고 간주하려고 한다. 입술이 붉은 건 우리가 흐르는 피를 가지고 있고, 그 피가 붉다는 것을 말하는 것이다. 날카로운 메스로 입술을 그었다고 가정했을 때 피는 흐르고 흘러 28홉의 피가 쏟아져 나올 것이다. 의학적인 관점에서 보았을 때 이와 같은 설정은 난센스다. 왜냐하면 28홉의 피가 입술을 통해서 모두 쏟아져 나오기 전에, 그 사람의 숨은 과다출혈로 인해 끊어질 것이고 피 역시 계속 흐르지 않고 응고될 것이기 때문이다. 28홉의 피의 전위가 흐르고 있는 입술, 우린 입술을 통해 서로의 피와 닿는다. 우리는 입술을 통해 서로의 피의 흐름을 감지한다. 키스는 피와 피가 서로의 향기와 온도를 알아보는 인사법이다.

봄날의 어떤 풍경

내가 어느 해, 대학로에 있던 출판사에 근무하던 봄날의 일이다. 점심을 먹고 느긋한 산책을 하다가 방송대 교정으로 들어섰다. 교정에는 갖가지 봄꽃들이 피어나고 있었다. 산책하기에 더없이 좋은 날이었던 것이다. 교내 우체국 앞을 지날 때, 택배용 탑차가 한 대 서 있는 것을 보았다. 나는 아무 생각 없이 탑차를 가까이에 끼고 스치듯이 지나갔는데, 그때 보지 않았으면 좋았을 장면을 보고 말았다. 그 좁은 운전석에서 왜소한 몸집의 젊은 운전기사 하나가 몸을 잔뜩 웅크린 채로, 몹시 조급한 표정으로 점심을 먹고 있었다. 밖은 약 먹은 꿈속처럼 환한 봄날이고, 햇볕은 알맞게 따뜻하고, 우체국 옆의 목련나무는 마술을 부리듯 하얀 꽃들을 펑펑 터뜨리고 있었다. 그런데 기껏해야 스물여덟이나 아홉밖에 되어 보이지 않는 젊은 청년은, 운전석에서 몸을 숨기고 마치 숭고한 의무라도 되는 양, 어떤 의식이라도 치르는 양 필시 손수 준비했을 도시락을 입안으로 꾸역꾸역 밀어 넣는 것이다. 나는 그 순간 왜 갑자기 삶이 견딜 수 없이 민망하게 느껴졌던 것일까. 난 그의 점심 식사가 그 어떤 파티의 오찬보다도 즐겁고 유쾌한 것이기를 간절히 바라면서, 서둘러 한가로운 봄날의 산책을 마쳤다. 그리고 며칠 후 일상의 틈에서 발견한 그 작은 풍경에 대해 생각해보았다. 먹고 사는 제 몸을 숨겨야만 하는 영혼은 얼마나 순정하고 애틋한 것인가를.

대작가의 사랑

    1866년, 대문호 도스토옙스키는 악덕 출판업자와 불리한 계약을 하게 된다. 계약 내용은 한 달 안에 장편소설 한 편을 탈고해야 한다는 것. 간질과 빈곤 두 가지 재앙과 힘겨운 싸움을 벌이고 있던 이 대작가는 계약을 이행하지 못할 경우 금전적으로 엄청난 불이익을 당할 처지에 놓이게 된다. 고민 끝에 도스토옙스키는 안나 그리고리예브나라는 속기사를 고용한다. 도스토옙스키는 소설을 구술하고 안나는 그것을 속기로 받아 적는다. 작업은 놀랍게도 26일 만에 끝난다. 그렇게 해서 완성된 작품이 바로 소설 〈도박꾼〉이다. 작가와 속기사의 관계로 처음 만나게 된 두 사람은 이후 서로 사랑을 느끼고 결혼까지 이른다. 속기사에서 대문호의 부인이 된 안나 그리고리예브나 도스토옙스키는 나중에 회고록을 남기게 되는데, 책 속에서 도스토옙스키의 중년부터 말년까지 14년 동안의 삶을 정밀하게 묘사한다. 남편으로서의 도스토옙스키의 인간적인 면모를 드러내는 다음의 삽화는 특히 정겹다. 안나가 임신을 하자 길눈이 어두웠던 도스토옙스키가 언제라도 산파를 부르러 갈 수 있도록 미리 길을 익히기 위해 매일 산파의 집까지 산책을 했다는 것이다. 그리고 안나가 고열에 시달리며 목숨이 위태로운 상황에 처했을 때 신심 깊은 사제의 집에 찾아가 통곡하며 그녀 없인 살 수 없다고 울부짖었다고 한다. 대작가의 진솔한 사랑 앞에서 올겨울 추위도 견딜 만하다.

질 나쁜 폭력

얼마 전 내 개인 페이스북에, 정치적 의사를 표현한 이유로 개인적 신상을 공격받고 있는 유명작가 L선생을 두둔하는 글을 올린 적이 있다. L선생은 워낙 널리 알려진 셀러브리티여서 으레 유명세를 치르는 거라고 볼 수도 있었지만, 그를 공격하는 이들의 언어와 행태는 너무나도 졸렬하고 유치한 것이었다. 그런데 다행히 내 글에서 어떤 위로를 받았는지 L선생이 자신의 트위터와 페이스북에 내 글을 소개한 모양이었다. 이후, 놀랍게도 내게도 공격의 글이 올라왔다. 그중에는 내가 L선생에게 고용된 알바가 아니냐는 표현도 있었다. 참 어처구니가 없었다. 어처구니란, 맷돌의 손잡이를 가리키는 말인데 생각해보라 어처구니가 없다면 그 무거운 맷돌을 어떻게 돌릴 것인지를. 참으로 황당하고 난처한 일이 아닐 수 없다. 나는 최대한 정중하게 답변을 달았다. "저는 L선생님 알바가 아닙니다. 선생님 댁에 가본 적도 없고 무엇 하나 받은 게 없습니다. 이성적으로 컨트롤할 수준이 아니라면 비판 글은 올리시지 않는 게 좋겠다는 생각입니다." 자기에게 주어진 고유한 이성의 사고 능력을 스스로 왜곡하고 그것을 바탕으로 타인을 비방하는 것은 아주 질이 나쁜 폭력이다. 왜냐하면, 그것은 상대방은 물론이고 자기 자신까지도 능욕하는 것이기 때문이다. 어처구니가 언제나 맷돌 위에 달려 있어야 하는 것처럼 이성 역시 언제나 진실과 붙어 있어야 한다.

단골집이 없는 이유

술을 좋아하는 이들에겐 대개 단골집이 있기 마련이다. 언제든지 가면 반갑게 맞아주는 주인이 있는 곳, 그리고 덤으로 다른 손님들은 누릴 수 없는 어떤 특별함을 기대할 수 있는 곳 예컨대 그런 곳이 단골집이겠다. 하지만 내겐 단골집이 없다. 성인이 되고부터 줄곧 술을 마셔왔음에도 지금껏 단 한 번도 단골집이라고 부를 수 있는 곳을 두지 않았다. 그 이유는 무엇일까? 곰곰 생각해봐도 딱히 이것 때문이다 싶은 이유를 발견할 수는 없다. 하지만 내가 나를 완전하게 아는 것이 불가능한 것이라면 내가 나를 전혀 모르는 것 역시 무책임한 것이다. 어찌 그 이유를 전혀 모를 수 있을 것인가. 나름 짐작하는 이유가 있다. 내가 단골집을 만들지 않는 것은 확실히 내 기질과 관련이 있는 것 같다. 나는 무연함과 익명성을 무척이나 즐기는 사람인데, 아마도 이런 기질이 작용한 것이리라. 단골을 자처하고 정해둔 집엘 가면, 주인이 아는 척을 할 것이고 그러면 말을 주고받게 되고, 행동에도 제약을 느낄 게 아닌가. 나는 술을 마실 때 마음이 편한 곳이 가장 좋다. 내가 원하는 것은 내게 따뜻한 말을 건네는 것보다는 그냥 나를 내버려두는 것이다. 그것이 친절이든 시비든 술 마실 때는 그 어떤 간섭도 받고 싶지 않다. 그럴 수밖에 없는 것이, 술 마시는 것은 내가 누리는 가장 사치스러우면서도 일반적인 취미이며 스트레스 관리법이기 때문이다. 공연한 인연을 만들어 이 자유를 빼앗기고 싶지 않기 때문이다.

의사와 소매치기

내가 '휴닥'이라는 별명을 붙인 의사 한 분이 있다. 이 분은 본업으로 무척 바쁜 일상을 보내는 와중에도 틈틈이 에세이와 소설들을 자신의 페이스북에 올린다. 그런데 그것이 그렇게 따뜻할 수가 없다. 그가 올리는 글의 문학적 수준이 어떠한가는 당연히 전혀 중요하지 않다. 그의 글이 전하는 온기가 많은 이들의 가슴에 희망과 긍정을 심어주고 있다는 게 중요하니까. 최근 나는 그가 올린 글에서 무척 짜릿한 감동을 받았다. 이런 내용이다. 몹시 붐비는 출근길 지하철 안에서 외투 호주머니에 손을 집어넣었는데, 거기에 열두 살짜리 낯선 소년의 손이 있더라는 것이다. 그는 소매치기가 분명한 그 아이의 "얼음장처럼 차가운" 손을 꼭 잡았단다. 아이의 눈망울에는 눈물이 그렁그렁. 하지만 그는 아이의 손을 놓지 않았단다. "아무 소리도 내지 못하고 지나야 할 역을 벌써 지나도록, 손에 땀이 나도록." 그는 아이의 손이 따뜻해질 무렵 그 손을 놓아주었단다. 그러자 아이는 안도의 눈물을 떨구고 목례를 하고 내렸단다. 그는 이 글의 끝을 이렇게 맺는다. '그 아이가 훔쳐간 것은 돈 한 푼 안 되는 내 지나간 정거장과 얼마 안 남은 온기, 다 가져가도 되는' 아, 어떤 기성시인의 시보다도 감동적인 절창이다. 이제 밝히겠다. 내가 붙인 '휴닥'이라는 별명이 '휴머니스트 닥터'의 줄임말이란 걸. 이런 의사들만 있다면 병원 가는 일도 극장에 가는 일처럼 즐겁겠다.

나의 풍습

아침에 거울을 보고 직접 머리칼을 잘랐다. 10년째 해오고 있는 나만의 습관이며 풍습이다. 나 역시 처음에는 미용실이나 이발소에서 이발을 하다가 어느 순간 그것이 좀 사치스럽게 느껴지기 시작한 이후 스스로 머리칼을 자르기 시작했다.

혼자서 스스로 머리칼을 자르는 것이 어떻게 가능하냐고 묻는 사람도 있을 것이다. 비결은 간단하다. 자주 조금씩 손을 대면 가능하다는 것이다. 스스로 머리칼을 자르는 일을, 미용실에 이발을 맡길 때처럼 한 달이나 혹은 두 달에 한 번 한다면 그것은 매우 어렵고 부담스러운 일이다. 그사이 길게 자란 머리칼을 스스로 단속하면서 정리하는 것은 기술적으로도 쉬운 일이 아니기 때문이다.

하지만 나의 경우 보통 이 주일에 한 번꼴로 머리칼을 자른다. 이쯤 되면 자른다기보다는 정돈을 하는 거라고 보는 편이 맞을 것이다. 삐죽 솟아났거나 좀 무성해진 부분만을 가위나 면도기를 이용해 잘라내는 것이다. 눈에 잘 보이지 않는 뒷머리 역시 손거울 하나를 더 준비해서 큰 거울에 비추면서 대강 깎을 부분을 정하면 큰 문제가 없다. 머리칼을 스스로 자르는 일은 묘한 쾌감이 있다.

그것은 자기 자신을 정화하고 탈속하는 상징적인 암시를 주기에도 충분하다. 내 신체에 변형을 가하는 일을 스스로 집행하는 것, 이것은 은근히 주체적 삶에 대한 의지가 지극히 육체적인 영역까지 나아갈 때의 극적인 영감을 안겨 주기도 한다.

문학의 자율성

동료 소설가나 시인 중에는 마감에 쫓겨서 허둥지둥 글을 쓴다고 하소연을 하는 이들을 쉽게 볼 수 있다. 마감일이 왜 그렇게 늘 급행열차처럼 닥치는지 알 수 없다는 표정 속에는 글 쓰는 삶을 택한 그들의 운명적 비애가 스며 있기도 하다.

그들의 너스레를 나 역시 충분히 이해하고 남음이 있다. 하지만 나는 어떤 글 속에 작가 역량의 총합이 제대로 담기기 위해서는 마감일이 정해져 있지 않은 자유로운 상황에서 글이 씌어져야 한다는 생각을 하고 있는 사람이다.

문학의 자율성을 생각하면 더더욱 그렇다. 하지만 문학의 자율성 때문에 생계를 무시할 수는 없는 게 현실이다. 당장 한 푼의 수입이 아쉬운 상황에서 글 청탁을 거절할 배짱이 있는 문인이 몇이나 되겠는가. 그래서 그들은 원하건 원치 않건 청탁에 응하고 끙끙 앓다가 마감이 닥쳐서야 온 정신을 짜내는 고문을 시작하는 것이다. 그런데 생각해보면 그것 역시 자신들이 선택한 것이다.

만약 그들에게 글 쓰는 수입 이외에 다른 고정 수입이 있다면 원하지 않는 청탁쯤은 거뜬히 물리칠 수도 있지 않겠는가. 그리고 자기 계획하에 자기가 쓰고 싶은 글을 차분히 쓸 수 있을 것이다. 나는 이것이 정상적인 글쓰기의 생태계가 되어야 한다고 믿는다. 하지만 요즘의 젊은 문인 중에는 정기적인 수입을 보장하는 직장생활이나 노동을 감내하려는 이들을 갈수록 찾아보기가 힘들다. 무언가 잘못됐다.

연민과 안도

출근길에 불광역에서 오금 방향으로 3호선을 탈 때마다 자주 만나는 동행자가 있다. 그는 안타깝게도 우리가 흔히 '난쟁이'라고 함부로 부르는 왜소증을 가진 장애인이다. 나는 일주일에 적어도 세 번 이상은 그와 마주치는 것 같다.

그의 키는 안타깝게도 1미터가 조금 넘을 뿐이다. 그는 사람들로 가득한 지하철의 틈바구니에서도 단단히 균형을 잡고 서 있다. 작은 신장 탓에 시야가 거의 가리는 상황에서 그것이 얼마나 힘든 일인지는 자명하다. 그런데 공교롭게도 내가 내리는 역과 출구도 그의 동선과 정확히 겹친다. 안국역 6번 출구. 그는 다행스럽게도 매일 아침에 출근할 수 있는 직장을 가진 것이 틀림없다.

장애인들의 취업이 유독 어려운 우리 사회의 현실에서 그건 다행한 일이 아닐 수 없다. 오늘 아침 출근길에도 그를 만났다. 지하철이 안국역에 도착하고 문이 열리자, 그가 서둘러 먼저 내리고 내가 그를 따라 내렸는데, 내가 처음부터 앞서 가면 모를까 이런 상황에서 도저히 나는 그를 앞지를 수가 없다. 평소 빨리 걷는 버릇이 있는 나로서는 이해할 수 없는 여유를 부리는 셈이다.

어쨌거나 그를 만나는 아침이면, 무언가 죄스럽고 민망한 기분이 감정의 골을 가득 메운다. 이 알량한 양심과 윤리로 삶에 드리운 겨울의 강을 건너가고 있다. 오늘 하루 그에게 영광 있기를. 내 마음속 연민과 안도 사이에 놓인 비겁의 징검다리를 본다.

신의 대리자

리얼 스페이스든 가상공간이든 SNS에서든 어디서든 분란이 끊이지 않는다. 사소한 것이 발단이 되어 인연을 끊고 서로를 차단한다. 어디가 됐든 사람이 모여 있는 곳이라면 다툼과 불화가 없을 순 없다. 날 몰라주면 서운하고 알아주면 기쁘다. 나랑 친한 사람이 푸대접을 받으면 화가 나고 미운 사람이 잘나가도 화가 난다.

그렇다고 아예 눈 가리고 귀를 가릴 수도 없다. 사람 없는 북극이나 남극에 가서 살 수도 없다. 그게 인간의 실존적 조건이다. 그러니, 이렇게 생각하는 건 어떨까. 나에게 말을 거칠게 하는 사람은, 그만큼 고통이 많았던 사람이라고. 말을 험하게 하는 사람은, 그만큼 두려움과 겁이 많은 사람이라고. 언제나 싸움을 걸고 이기려는 사람은, 오직 그것 말고는 삶의 의미를 찾지 못하는 자여서 오히려 삶이 빈곤한 것이라고.

혹여나 그가 이겨서 무언가를 가져가도 그의 삶은 결코 풍요로운 게 아니라고. 그러니까 그는 이겨도 이긴 게 아니고 나는 져도 진 게 아닌 것이다. 풍요란, 나를 넓혀서 삶을 깊이 느끼는 것이다. 가능하다면 경쟁하지 말고 홀로 그윽해지자, 그래서 풍요롭자. 아름다운 것들을 찾아서 널리 나누고 사랑하자.

신이 있어, 내 삶에 분란을 주는 것은 화해와 용서라는 풍요로움을 보다 빨리 깨치라는 뜻이다. 혹여나 나를 헐뜯고 모함하는 자를 만난다면 그가 곧 나를 위해 온 신의 대리자라고 생각하자.

어른이 된다는 것

해가 바뀌어, 우리는 모두 한 살씩 나이를 더 먹게 되었다. 예외가 없이 공평한 일이다. 저마다 소회가 있을 수밖에 없다. 그런데 나이를 한 살 더 먹음으로써 10년 단위의 나이를 갱신해 새로운 나이대로 접어든 사람들, 이를테면 이제 20대가 되거나 30대가 되거나 40대가 된 사람들의 소회는 다른 이들보다 좀 더 복잡할 것이다.

나이가 주는 중압감은 큰데, 여전히 자신이 어딘지 미숙한 것만 같고, 여전히 부족한 게 많은 것 같고 그럴 것이다. '내 나이가 벌써 이렇게 되었다니' 하면서 한숨을 내쉬는 분들도 있을 것이다. 그렇다, 누가 나이를 부정하거나 극복할 수 있겠는가. 우리 모두는 육체적 나이와 정신적 나이의 불화를 경험하면서 살 수밖에 없다.

돌이켜보자, 나만 해도 열 살 때는 스무 살이 어른인 줄 알았고, 스무 살 때는 서른 살이 어른인 줄 알았으며, 서른 살 때는 마흔 살이 어른이겠다 싶었다. 하지만 지금 생각하니 그와 같은 생각은 너무 순진하고 안일한 생각이었던 것 같다. 어른이 자기긍정과 타자에 대한 전폭적인 이해를 완성한 존재라는 관점에서 보면, 인간에게 어른의 시절은 없는 듯하다.

우리가 각자 경험한 불안의 정도나 고통의 깊이가 다를 뿐이지 우리는 영원히 어른이 되기 위해 살다가, 어느 순간 죽음과 직면할 뿐이다. 이렇듯, 우리가 크게 다르지 않다는 걸 확인하는 것만으로도 세상의 온도는 조금 더 올라가지 않을까.

부정의 정신

신춘문예 당선작들이 각 일간지 1월 1일자 신문을 통해 발표되었다. 일단 작가 혹은 시인의 작위를 선사 받은 당선자들에게 문학 동네의 공기를 미리 마시고 있는 선배 입장에서 진심으로 축하의 말씀을 드리고 싶다.

새해 첫 아침에 자신의 자취방 책상 위에서 혹은, 3,500원짜리 오늘의 커피를 시켜놓고 종업원의 눈치를 보며 하루 종일 죽쳤던 카페에서 누가 볼 새라 한 자 한 자 써 내려간 작품이, 신문 전면에 발표되는 것은 사실 그간 그가 겪거나 견뎌온 글쓰기의 고통과 고독에 대한 매우 극적이고 타당한 보상이 아닐 수 없다. 그 감격을 그들은 충분히 누릴 자격이 있다.

하지만 언제까지 감격만으로 살 수는 없는 법. 이제 발을 디딘 문단은 정글과도 같다. 냉정한 고수들이 즐비하다. 한 해에 쏟아지는 신예 작가 중 책을 한 권이라도 내는 작가는 열에 한둘이다. 단언하건대, 얼마나 빨리 등단이라는 자기도취에서 벗어나느냐 하는 것이 작가로서 그가 향후 생존할 수 있는 관건이 된다.

자기도취에서 깨는 것, 그것은 자기 부정에 가까운 것이어야 한다. 자기 긍정과 도취에 머무는 자는 더 이상 앞으로 나갈 개연성을 가질 수 없다. 그는 탄생과 함께 추락을 선고받는다. 글쓰기의 본질은 궁극적으로 '항상 지금 여기'를 부정하는 정신의 불가피한 행위다. 만족하고 수긍하는 순간 문학의 정신은 온데간데없이 소멸하기 때문이다.

독창성과 고유성

글을 잘 쓰는 사람들이 참 많은 것 같다. 글을 통해 보이는 내공이 이만저만이 아니다. 엄살로 하는 말이 아니라 내가 소설가와 시인으로 위장해서 행세하는 것이 참 운이 좋다는 생각이 들 정도다. 각설하고 내가 다른 이가 쓴 글을 평가할 때, 가장 엄격하게 적용하는 기준이 있는데 그것은 '독창성과 고유성'이다. 말하자면 글이 가지고 있는 독자적인 색깔과 향기와 온도 같은 걸 본다는 거다. 아무리 매끄럽고 현란하게 씌어진 글일지라도 그것에서 글쓴이의 고유한 자취가 느껴지지 않으면, 그래서 어쩐지 기성품 같은 느낌이 든다면 나는 그 글에 결코 좋은 점수를 줄 수가 없다. 그것은 그 사람의 글이 아니라, 흉내 낸 복제품일 뿐이니까.

어디선가 본 듯한 표현, 작가나 시인의 어투와 문체를 아무렇지 않게 자기 글에 가져다 쓰는 사람들의 그 만용과 치기를 나는 참을 수도 견딜 수도 없다. 그것이 의식하지 못하는 사이에 이루어지는 어떤 감염이나 영향의 소산이라고 해도 그렇다.

글은 그 사람 자신이어야 한다. 글은, 지문이 그런 것처럼 개별적 존재로서의 자기 실존을 증명하고 자신을 타자와 구분 짓는 지표로 얼마든지 간주될 수 있는 것이어야 한다. 삶이 두텁지 못하고 사고가 빈약한 이의 글은, 다른 이를 모방하지 않고서는, 다시 말해 다른 이의 세계에 기대지 않고서는 어떤 세계도 세우기 어렵다. 두렵더라도 자기 목소리를 내자. 모방으론 당신 자신을 절대로 구원할 수 없다.

습관

요즘 〈습관의 힘〉이라는 책이 종합베스트셀러 1위에 올라 있는 모양이다. 습관을 바꾸면 자신의 삶을 여러 측면에서 유리하게 개선할 수 있다는 논지의 책이다. 그런데 사실 그걸 모르는 사람은 거의 없다. 그런데도 이런 책이 널리 읽히는 걸 보면 습관이 무섭긴 무서운 모양이다.

사실 내게도 몇 가지 안 좋은 습관이 있다. 밥을 빨리 먹는 것도 그렇고, 고개를 숙이고 걷는 것, 그리고 술 마실 때 안주를 별로 먹지 않는 것도 그런 것 중 하나다.

그런데 그중에서 제일 안 좋은 습관 하나를 꼽으라면 그것은 '노래방에서 말없이 사라지기'일 것이다. 며칠 전에도 그랬고, 지지난 주에도 그랬고, 아무튼 노래방에서 다른 이들이 가무에 흠뻑 취해 있을 때 슬그머니 자리를 뜨는 게 내 습관인 거다. 슬슬 체력이 소진되고 다음 날 출근이 걱정되면 그때부터 나는 눈에 띄지 않고 빠져나갈 타이밍을 잡게 되는 것이다.

함께 있는 멤버들이 격의 없이 친한 선후배일 경우가 많아서 이 나쁜 습관은 사후에 용서가 되는 경우가 많지만, 아무래도 새해부터는 이 버릇을 고쳐야겠다. 그건 아무래도 예의가 아닌 까닭이다. 동료가 락스피릿이 충만한 노래를 윽박지르고 사람들이 거기에 맞춰 모두 춤을 추는 상황이더라도, 분연히 서브 마이크를 빼앗아 붙잡고 "저 먼저 갈게요!"라고 외치고 나와야겠다. 그런데 그렇게 하면 판이 깨지려나.

망자의 세계

최근 시인 L과 K가 연거푸 부친상을 당했다. 한 해가 저물어가는 때에 두 사람이 저 세상으로 영영 떠난 것이다. 장례식장에서 조문하면서, 죽음에 대해 생각할 시간을 가져보았다.

저 세상은 이 세상이 아닌 어떤 곳을 가리킨다. 망자들은 저세상으로 갔기 때문에 이 세상의 일을 이제 알 수 없다. 그들은 18대 대통령으로 누가 당선됐는지도 모르고, 인기 있는 주말연속극의 다음 이야기도 끝내 알 수 없는 것이다. 조수미가 다음 앨범에서 어떤 음악을 선보일지도 알지 못하고, 내년 한국 프로야구에서 어떤 팀이 우승을 차지할지도 알 수 없다.

죽은 자는 결국, 미래의 지식, 미래의 환경과 철저히 차단당하는 존재인 것이다. 그럼에도 이쪽에 있는 사람들은 저쪽 세상에 대해 아는 척을 한다. 그건 어쩐지 불공평한 것처럼 느껴진다. 저쪽 세상으로 간 자들이 이쪽 세상에 대해 이제 더 이상 아는 것을 포기한 것이라면, 이쪽에 있는 우리도, 저쪽으로 가기 전에는 저쪽 세상에 대해서 함부로 얘기할 수 없는 것이어야 맞지 않을까. 그럼에도 여전히 이쪽 세상에서는 사후의 세계를 어떤 신념과 연결시켜 교술을 만들어내고 이를 통해 많은 이의 영혼을 꾀기도 한다. 최근 마야의 달력으로 예시된 실체 없는 종말론에 대해서도 사람들은 호들갑스럽게 반응했는데, 그것 역시 저쪽 세계에 대한 이쪽 세계의 무례와 무지에서 나온 것이리라.

진보주의자의 유연성

대선이 끝났다. 유례없는 양자 대결 구도가 펼쳐진 이번 대선에서는 지지하는 후보가 다른 양쪽 진영이 첨예하게 갈렸다. 결과는 진보 진영의 패배. 승리한 쪽은 환호했고 패배한 쪽에서는 탄식과 울분이 흘러나왔다. 물론 받아들이기 힘든 현실 앞에서 원망도 있고 분노도 있을 수 있다. 하지만 반성이 먼저여야 하겠다. 뼈를 깎는 성찰이 먼저여야 하겠다. 이민을 가겠다든지 하는 지나친 감정적 대응은 자제를 하는 게 좋겠다. 삶은 여기에서 끝나는 게 아니고 다시 이어지기 때문이다.

어쨌거나 나는 진보 진영이 좀 더 유연한 진정성을 가져야 한다고 생각한다. 강남좌파로 상징되는 위선과 위악을 이제 모두 버려야 한다고 생각한다. 문화적 세련됨을 내포하는 패션으로서의 진보가 아니라, 밖으로 보이는 포즈로서의 생태주의가 아니라, 먼저 자기모순과 처절하게 뒹구는 저 니체적인 진보주의자들을 보고 싶은 것이다.

자기모순을 눈이 시리도록 들여다볼 때, 타자의 모순과 사회의 모순까지 제대로 보이는 것 아니겠는가. 승리한 저쪽 진영에 대해서는 아무 말도 하지 않고 이쪽에 대해서 말하는 것은, 그래도 이쪽에 희망이 있다고 믿기 때문이다. 제발, 미움의 교조를 허물고 자기혁명부터 하자. 자기 삶에서 키워온 비겁부터 쫓아내자. 오늘부터라도 당장, 추운 행상에서 파는 과일값을 깎지 말고, 버스나 지하철의 노약자석을 염탐하지 말자.

문학상

상賞이 가지는 일차적인 속성은 격려와 칭송의 의미를 지닌다. 어떤 분야건 열심히 노력해서 재능과 열정을 꽃피운 사람은 격려와 칭송을 받아 마땅하다. 그런데 예술인에게 주어지는 상의 경우, 이런 순수한 의미를 보지하고 있는지 의심스러운 경우가 없지 않다. 모든 예술작품이 교환가치에 의해 거래되는 상품으로 간주되고 있는 요즈음 이런 의심은 더욱 타당하다. 문학도 예외일 수는 없다.

일본의 문학평론가 시노다 하지메가 1981년 르몽드 지에 기고한 글을 읽어 보면 문학상이 가지고 있는 비순수의 속성을 파악할 수 있다. 그는 이렇게 단언하고 있다.

"수상자건 독자건 간에 문학상에 중요성을 부여하는 이들이란 문학의 문외한들뿐인 것이다. 그 유명한 〈아쿠다카와 문학상〉 또한 예외가 아니다. 편집자들(출판사나 신문사의 영향력 있는 인사들을 얘기하는 것), 또 심사위원단이나 문단 전체가, 문학상이라는 것이 어떤 특정 작가를 대중 앞에 내세우고자 하는 광고 캠페인임을 잘 알고 있기 때문이다."

시노다 하지메의 말은 문학상의 부정적인 측면만을 강조한 감이 없지 않아 있지만 결코 이치에 닿지 않는 말은 아닌 것처럼 보인다. 지금, 무엇보다 중요한 것은 문학이 더 이상 작품이 아닌 상품으로 간주되고 있는 소비사회에 이르러 좋은 작품과 그런 작품을 가려내는 자신만의 뚜렷한 심미안을 기르는 일일 것이다.

결벽증

아주 오래전에, '동물의 왕국'이라는 프로그램에서 '군디'라는 설치류의 생태를 소개하는 걸 본 적이 있다. 쥐목, 군디과, 군디 속에 속하는 이 동물은 아주 특이한 습성을 가지고 있었는데, 흔히 인간들만 가지고 있다고 알려진 결벽증이 그것이었다.

군디는 주로 북아프리카에 서식하는데, 저녁에만 활동하고 초식을 주로 한단다. 그런데 밥을 먹고 잠을 자는 것 외에 군디들이 주로 하는 일은 제 몸의 털을 고르고 치장하는 것이다. 고고하고 깨끗한 자기 모습을 바라보는 것을 최고의 기쁨으로 생각하는 것이다.

사람으로 치자면 지독한 나르시시스트라고 할 수 있겠다. 그런데 이처럼 고고한 결벽증을 가진 군디가 실수로 웅덩이나 진흙탕 같은 데 빠져 몸이 더러워지기라도 하면 아주 극단적인 행동을 보인다. 더럽혀진 자신의 몸을 보고는 낙심한 나머지 스스로 제 몸을 마구 더럽히는 것이다. 일부러 진흙탕에 들어가 몸을 뒹굴리거나 나무 등걸에 몸을 비벼대는 식으로 말이다. 내 몸은 이미 더러워졌어, 나는 이제 깨끗해질 수 없어라며 자포자기를 하는 것이다.

나는 이 군디의 생태가 너무나도 신기하고 놀라워서 그 당시 메모를 남겼다. 그때 내가 남긴 메모의 내용은 이렇다. "어떤 외상은 내상이 전이된 것이다." 그러면서 내가 알고 있는 몇몇 사람들이 자연스레 떠오르기도 했다. 사람 중에는 확실히 군디의 생태를 닮은 사람들이 있는 것 같다.

지하철에서 있었던 일

새삼스러울 것도 없는 말이지만, 나는 양성 평등주의자다. 어떤 쪽이 어떤 쪽을 어떤 식으로든 억압해서는 안 된다는 것이 내 일관된 생각이다.

그런데 여자 입장에서 살펴보면 일상을 구성하는 순간 중 억울하고 안타까운 때가 제법 있는 것 같다. 이를테면 타고난 신체 구조상 어쩔 수 없이 감내해야 하는 불편도 그런 것인데, 현재 남자와 여자의 성인을 기준으로 평균 키를 보면 남자는 175센티미터에 육박하고 여자는 160센티미터 정도라고 한다. 물경 15센티미터라는 적지 않은 차이가 있는 것이다.

이 키가 보여주는 남녀의 신체 구조적 차이는 대중교통을 이용할 때 여자 쪽에 현저한 불편을 안긴다. 언젠가 나는 이것을 체험하기 위해 작은 시도를 해본 적이 있다. 사람들이 시루 속의 콩나물처럼 다닥다닥 붙어 있는 출근 시간의 지하철 안에서 무릎을 굽혀 176 정도 되는 내 키를 15센티미터 정도 낮춰본 것이다. 그랬더니 곧바로 눈앞을 남자들의 등짝이 가로막으면서 시계가 거의 제로에 가까워 숨이 막혀왔던 것이다.

남자 키로는 머리를 자유롭게 움직이고 시야를 확보할 수 있었지만 여자 키가 되어보니, 그마저도 무척이나 어려운 것이었다. 그 누구도 의도하지 않은, 신체적인 구조에서 발생하는 그런 불편에 대하여 남자들이 마음을 써주는 것만 해도 여자들은 한없이 위로받을 텐데. 그런 생각이 드는 실험이었다.

결핍이 가져다주는 것

우리 몸의 자생력은 알면 알수록 놀랍다. 특히 조화와 균형을 유지하려는 생리적 본능은 정말 신비롭기까지 하다. 영양학적 차원에서 보면 몸에 생기는 병은 일반적인 생각과는 달리 사실 결핍에서 기인하는 것은 거의 없다. 거의 모두가 과잉해서 오는 것이다.

예컨대, 채식주의자들이 의도적으로 육식을 멀리한 결과 동물성 단백질이 결핍되었을 때, 그들의 몸에서는 놀랍게도 식물성 영양분을 단백질로 변환시키는 새로운 효소물질이 생성된다는 것이다. 어쨌거나, 사람의 몸에는 결핍을 보충하려는 프로그램이 내장되어 있는 것 같다. 하지만 과잉에는 속수무책이라고 한다. 당분이 넘치고, 단백질이 넘치고, 지방이 넘치고, 열량이 넘치는 것에 몸이 자체적으로 대응하는 것은 불가능하다는 것이다. 그리고 그것이 병을 부르는 것이다. 그렇다면 마음은 어떨까? 마음은 몸과는 달리 안타깝게도 결핍에 자체적으로 대응하는 프로그램은 존재하지 않는 듯하다. 사랑이 부족하면 사랑을 앓고, 자존감이 부족하면 콤플렉스를 앓는다. 그냥 끙끙 앓는 수밖엔 없는 것이다. 시기와 질투, 원망, 분노, 혐오 같은 마음의 병은 예외 없이 어떤 결핍의 산물들이다. 하지만 이것이 항상 나쁜 걸까. 시기심과 질투, 원망이나 분노는 우리의 안일한 영혼을 교란시켜, 전혀 다른 세계에 입장하는 순간의 전율과 충격을 추동하기도 한다. 그때, 우리 영혼의 영토는 무한히 확장될 수도 있다.

신춘문예 응원

한국에만 있다는 신춘문예 시즌이다. 많은 이들이 마음 졸이며 정성껏 작품을 마감하고, 우체국으로 달려가 기도하는 마음으로 우편 접수를 했을 터다.

신춘문예를 포함해 신인 공모의 심사에 몇 차례 참여해 본 자로서 조심스럽게 말을 하자면, 심사 위원들이 가장 눈여겨보는 것은 이 응모자가 얼마나 문학적으로 훈련이 되어 있느냐 하는 것이다. 자신의 기본기와 숙련도를 한 작품 안에서 얼마나 검증해 내느냐의 여부가 당락을 가르는 것이다.

신춘문예는 하늘에서 뚝 떨어진 '천재'를 뽑자는 것이 아니다. 심사 위원들은 응모자가 얼마나 혹독하게 자신의 문학적 재능을 연마해 왔는지, 얼마나 치열하게 세상의 아픔을 자신의 품으로 끌어안았는지, 그리고 문학적 열정을 섬세하게 벼려 왔는지의 흔적을 찾아낸다. 다시 말하지만 당선권 작품이 기본적으로 요구하는 건 문학적 숙련도다. 거기에 더해 오늘의 문학을 내일의 문학으로 갱신하는 자신만의 독자적인 색깔을 입힐 수 있다면 금상첨화다.

빼어난 기성품을 보는 듯 매끈한 작품, 패기를 가장한 치기만 나열되어 있는 작품의 허술한 뼈대와 강기는 금방 탄로 난다. 요행을 바라지 마라. 매섭고 독한 수련의 시기를 거친 자는, 마치 옹이처럼 자신의 영혼에 돋을새김을 남기고 그것은 그가 쓰는 작품의 행간에 고스란히 스민다. 이건 흉내 내거나 모방할 수 있는 것이 아니다. 분투했던 이여, 그대에게 백배 천배의 보상이 있으리라.

훈수

한가로운 휴일 한낮, 나이 차이가 아주 많이 나는, 그리고 한 번도 일면식이 없는 모교의 후배로부터 전화가 걸려왔다. 그는 자신들이 만드는 모종의 책에 실을 원고를 부탁하기 위해 전화를 한 터였다. 그때 나는 공교롭게도 막 식사를 시작하는 중이었다. 그런데 후배는 대뜸 자신이 누구인지만을 밝히고는 용건을 말하는 것이었다.

뭔가 불편하긴 했지만 나는 일단 그가 말하는 용건을 다 듣고 나서 그가 필요로 하는 대답을 해주었다. 그러자 그는 자기 할 일을 다 했다는 듯이 서둘러 전화를 끊으려는 것이었다. 이건 아니라고 생각한 나는 "잠깐"이라고 그를 제지하면서 그에게 '훈수'라는 걸 하기 시작했다.

"후배는 지금 스무 살밖에 안 되어서 아직 윗사람에게 전화하는 법을 모르는 것 같은데, 윗사람에게 전화를 할 때에는, 더욱이 무언가 부탁을 하기 위한 전화일 때는 섬세한 예의가 필요한 법이야. 먼저 상대방이 전화를 받을 수 있는 상황인지를 여쭙는 것이 그 예의의 시작이지. 지금 같은 경우만 해도 사실은 내가 식사 중이어서 전화 받기가 썩 편한 상황은 아니었다네."

그러자 후배는 내가 미안할 정도로 쩔쩔매며 고맙다고, 잘 배웠다고, 감사하다고 연신 말을 했다. 후배 딴에는 내가 어려운 선배여서 서툴렀던 것일 수도 있는데, 이제 나도 나이를 먹고 소위 '꼰대'가 되어가는 것인가. 스무 살 때의 나는 어땠는지 기억이 나지 않는다.

도시에서 사는 법

에밀 시오랑은 아침부터 저녁까지 무엇을 하느냐는 질문에 "나 자신을 견딥니다"라고 답했다. 그것은 사실상 자문자답의 형식이다. 자기 자신을 오랫동안 견뎌온 사람에게 그런 질문을 던지는 타자의 경솔함을 나로선 상상하기가 어렵다. 그것은 자기 스스로 던지는 질문일 때 훨씬 타당할 수 있다.

자신을 혹독하게 견딘 사람은 언제든지, 자기 안의 타자를 몸 밖으로 내어놓거나 들일 수 있다고 믿는다. 그에겐 언제나 그 자신이 필요할 뿐이다. 나에게 서울이라는 이 도시는 숨어 살기에 딱 좋은 곳이다. 어떤 사람들은 자신을 숨기기 위해 은둔지를 찾아 외딴 섬이나 깊은 숲 속 같은 오지로 떠나기도 한다.

우리는 인적이 끊긴 사막에서 지혜를 깨친 성스러운 은자들의 시대를 알고 있다. 하지만 그런 곳일수록 그 심란하고 첨예한 존재의 자의식은 빛을 발해서 더욱 오롯해지는 법이다. 존재의 발각. 하여 나는 도시에 숨어 있다. 대형마트에서 카트를 밀고 나오는 대열의 뒤에, 홍대의 밤거리를 물별처럼 유영하는 숱한 취객들 속에, 스타벅스나 엔제리너스의 주문대 앞에, 콩나물처럼 인간들이 빽빽이 들어선 출퇴근길의 지하철에 말이다.

그러니, 혹여 당신이 도시의 번다한 거리에서 나를 닮은 사람을 보거든, 그냥 본체만체 지나가시는 게 좋겠다. 사실상 그것이 내가 제일 바라는 것이다. 내가 먼저 알아볼 수 있는 당신이 되어보는 것은 나쁘지 않다.

홀로 영험해지는 것

연말이어서 문학상 시상식과 송년회 등 문단 술자리가 많다. 그런데 그런 술자리에 앉아 있다 보면 어느 순간부터 마음이 좀 쓸쓸해지고 만다. 그러면서 문단 술자리에 오래도록 모습을 드러내지 않는, 변변치 못한 작가와 시인들의 얼굴이 떠오른다.

그들은 지금 무엇을 하고 있을까. 그들은 지금 어떤 골목을 배회하고 있을까. 나는 그들의 얼굴을 떠올리며 그 이름들을 가만히 불러보는 것이다. 그리고 속으로 주문을 외기 시작한다. 그 자리에 있던, 명망과 권세가 있는 평론가와 작가들에게 이렇게 말하기 시작하는 것이다. 그것은 다만 입안으로만 삼키는 비겁한 목소리에 불과하지만.

"지금 당신 앞에서 환하게 웃으며 술을 따르고, 친절하고 상냥하게 고개를 끄덕거리는 작가들의 이름을 당신이 기억하는 건 좋다. 그건 당신 자유다. 그런데 혹여 당신의 기억의 용량에 여유가 있다면, 당신이 술자리에서 오래도록 만나지 못한, 당신의 잔에 술 한 잔 따른 적 없는 작가들의 이름을 떠올려달라. 그리고 그에게 전화를 걸어, 혹시 요즘 무슨 생각을 하고 있느냐고, 어떤 글을 쓰고 있느냐고 물어봐 달라."

문학은 모여서 하는 것이 아니라는 걸 모르는 작가는 없을 것이다. 그러나 모이고 싶어도 모일 수 없는 소외되고 유리된 작가들의 이름을, 그 변방의 상상력을 우리는 최대한 존중해야 한다. 가급적 환한 곳과 등을 질 때, 그의 정신과 문장은 홀로 영험해진다.

첫사랑

첫사랑이었을지도 모르는 Y를 만났다. 오래전 그와 나는 서로 좋아했지만 연인이 되지 못했다. 비난으로 하는 얘기는 아닌데, 우리가 연인이 되지 못했던 것은 그녀의 세속적 욕망이 강했기 때문이다.

현재 Y의 남편은 청와대 소속 주무관이고, Y역시 실력 있는 전문직에 종사하고 있다. Y는 집에서는 영어만 사용한다고 말했다. Y는 아이들에게 내 이야기를 많이 했고 남편은 내 소설의 애독자라는 말도 했다. 한번은 신문을 보던 둘째 아이가 내 기사를 보고는 Y에게 "엄마 친구가 신문에 나왔어"라고 말했단다.

Y를 만났을 때, 그녀는 1.5리터 페트병에 매실원액을 가득 넣어서 왔다. 그러면서 술 먹은 다음 날 먹으라는 것이다. 내가 극구 사양하고 받지 않자 그녀는 매우 슬픈 표정을 지었다. 우리는 옛날 음악을 틀어주는 집에 가서 내가 오래전 Y 앞에서 불렀던 'The Boxer'를 리퀘스트했다. 비는 오지 않았고, 술을 마시고 걸을 때 그녀의 팔과 내 팔이 살짝살짝 부딪쳤다. Y를 처음 만났을 때 나는 정신적으로 육체적으로 매우 빈한했고 몸무게는 66킬로그램이었다. 하지만 그 어디에도 부채는 없었다. 투명했다. 지금의 나는 가난을 지향하는 건강함의 의미를 알 것 같고 몸무게는 71킬로그램이고 약간 불투명하다. 몸무게를 예전대로 줄이면, 나는 과거의 어디쯤으로 향하고 있을까. 미래는 고독해서 잘 보이지 않고, 내일은 기온이 급강하한다고 했다.

예술가의 세 가지 자세

문예비평가 롤랑 바르트는 자신의 책 〈텍스트의 즐거움〉에서, 예술이 절망과 타협의 위기에 직면했을 때 그것을 타파하기 위해 예술가가 취할 수 있는 자세로 세 가지를 든 바 있다. 그것에 동의하건 안 하건, 그 세 가지 실례는 우리 쪽 형편에서 볼 때 크게 이질적인 것처럼 보이지 않아 매우 흥미롭다.

첫 번째 자세는 예술가가 다른 기표로 관심을 옮기는 것, 다시 말해 타 장르로의 관심 이동이다. 예를 들면 문학을 하던 사람이 미술이나 음악 같은 것으로 자신의 활동 영역을 옮기는 것을 이른다. 그럼으로써 예술적 자율성을 억압하는 외부의 정치적 관심을 스스로 해제한다는 것이다.

두 번째 자세는 지식 서사적인 글쓰기에 복종하여 정보 전달 중심의 글쓰기에 참여하는 것이다. 지식 서사는 작가의 정통적인 글쓰기의 개념과는 거리가 있는, 비평이나 리뷰 같은 글을 가리킨다. 이를 통해 작가는 훨씬 더 분명하고 명료한 태도를 취하면서 타협의 가능태로부터 탈출을 기도할 수 있다는 것이다.

세 번째로 들고 있는 자세는 아예 글을 쓰지 않는 절필을 택하는 것이다. 이것은 말할 것도 없이 예술가가 자신의 절망을 표현하는 가장 지독한 역설이다. 서구 사회의 문화적 전통에서 예술가들이 자율성을 지키기 위해 취하는 태도가 우리의 그것과 크게 다르지 않다는 것을 확인하니, 진실한 예술 정신이란 동서를 막론하고 통용되는 것임을 알겠다.

동백꽃

　꽃은 예술 작품의 중요한 소재가 되어왔다. 시인들에게도 꽃은 **빼놓을** 수 없는 관찰과 묘사의 대상이다. 시인들은 꽃에 자신의 감정을 이입해서 특별한 정서를 표현하곤 한다. 꽃 중에서도 시인들에게 가장 인기 있는 꽃은 과연 무엇일까.

　서양의 시인들은 장미와 백합을 즐겨 노래했는데, 우리나라의 경우 시인들에게 가장 사랑받는 꽃은 동백꽃이 아닐까 한다. 미당에서부터, 문인수, 송찬호, 정끝별, 박진성 등 수많은 시인이 동백을 노래했다. 대부분의 꽃이 눈 속에 숨어 봄을 준비하고 있는 겨울에 기적처럼 꽃망울을 터뜨리는 꽃이 바로 동백이다. 상록활엽교목에 속하는 동백나무는 한국, 중국, 일본이 원산이다.

　동백꽃은 한겨울에 핀다는 것 외에도 두 가지 특이한 성질이 있다. 첫째는 온대지방에서는 보기 드문 조매화의 하나라는 것. 조매화는 말 그대로 새가 수분을 매개하는 꽃을 말한다. 동백꽃은 벌이나 나비가 활동하지 않는 겨울에 새의 도움으로 수분을 하는데, 바로 이 새가 동박새이다. 동박새는 겨울에는 동백나무의 꿀을 먹고 열매를 맺으면 열매를 먹는다.

　동백나무의 두 번째 특성은 꽃이 지는 모습에 있다. 모르는 사람은 뭔가 잘못되어 떨어진 것으로 착각할 만큼 가장 아름답게 만개한 상태에서 마치 목이 부러지듯 툭 하고 송이째 떨어진다. 아마도 많은 시인은 이 동백꽃이 지는 모습에서 생의 숙명적인 허무 같은 어떤 강렬한 이미지를 발견했으리라.

가난한 화가 이야기

언젠가 H시인의 집들이에 초대를 받아 간 적이 있다. 그녀는 한국문학사에 등재될 것이 분명한 중요한 시인임에도 불구하고 전세 옥탑방에 살고 있었다. 물론 그녀는 자신의 빈곤을 전혀 부끄러워하지도 의식하지도 못한다. 그 자리엔 그녀의 친구인 가난한 화가도 와 있었다. 화가는 자신보다 더 가난한 어떤 화가의 이야기를 들려줬다.

어느 날, 가난한 화가가 자신의 좁은 작업실 안에서 대형 그림을 그리기 위해, 목재와 천을 사다가 캔버스를 짜고 작업을 시작했단다. 며칠을 작업에 몰두한 끝에 마침내 그림이 완성되었다. 하지만 비좁은 방의 문이 턱없이 작았기 때문에 완성된 그림을 집 밖으로 가지고 나갈 수가 없었다. 캔버스를 만들 때는 나무와 천 등 부속물의 형태로 들어왔지만 지금은 그림까지 그려진 커다란 캔버스였던 것이다.

화가는 아무리 궁리를 해도 그림을 훼손하지 않고 캔버스를 밖으로 가지고 나갈 방법이 떠오르지 않자 결국 자신의 신세를 한탄하며 그 그림을 부수어 버렸다고 한다. 참 쓸쓸한 에피소드가 아닐 수 없다. 예술가들의 생활고는 사실 어제오늘의 이야기가 아니다.

몇 년 전, 한국 문인의 평균 소득이 1년 300만 원이라는 통계가 나온 적이 있다. 먹고 사는 걱정 때문에 예술 창작의 의욕이 쇠하는 건 정말 안타까운 일이다. 각박하고 춥고 어려운 때일수록 시집이라도 한 권 더 사서 읽고, 전시장에라도 한 번 더 가는 것이 어떨까?

소설가의 영혼

책을 예닐곱 권 낸 지금은 회사의 동료들 모두, 내가 소설을 쓴다는 걸 알고 있다. 하지만 등단 이후 꽤 오랫동안 나는 소설가라는 사실을 회사의 동료들에게 숨겨왔다. 우연히 내가 소설가라는 사실을 알게 된 동료들은 하나같이 꽤 놀라워하곤 했다. 소설가라면 응당 광기나 이재(異才) 따위를 거느려야 한다고 생각했던 그들에게 난 누구보다도 온건한 동료의 모습을 보여줬을 뿐이었다.

사실 등단 이후 취업을 위해 이력서를 쓸 때, 등단 사실을 기재해야 할지를 놓고 심각하게 고민을 한 적이 있다. 어떤 경우, 소설가로 등단했다는 사실은 직무 수행능력의 결여와 동의어로 받아들여졌기 때문이다. 선배 소설가들이 도대체 직장에서 무슨 짓들을 했길래. 아마 그들은 지각과 결근과 스트라이크의 단골이었을 거다.

내가 직접 겪은 소설가의 영혼은 변덕스런 초봄의 날씨와 같아서, 어느 경우 어떤 불한당보다도 포악하고, 어떤 경우엔 가브리엘 천사처럼 순하다. 소설가의 내부엔 음울한 지옥과 성스런 천국, 하늘을 찌를 듯한 자존과 온몸을 찢는 자폐가 다 들어 있다. 그들은 그 사이에 놓인 아찔한 간극 때문에 괴로워하고 바닥을 뒹군다.

소설은 그들이 아우성치며 바닥을 구를 때 떨어지는 빛나는 결정, 반짝이는 비늘과 같은 것이다. 당신 옆자리에 그가 출근하는 것은, 오로지 비굴을 감내할 정도로 폭압적인 생존에 차마 저항할 용기가 없기 때문이다.

할머니의 가르침

시간을 꼭 지켜야 하는 출근길엔 생각할 수 없지만, 퇴근길엔 천천히 걷기도 하고 창밖 거리를 내다볼 수 있는 버스를 타기도 한다. 그날도 버스를 타고 이미 어둑해진 차창 밖의 거리를 다소 감상적으로 바라보았다.

때마침 창밖에 갑자기 비가 내리기 시작해 사위는 더 어두워졌고 버스 안은 좀 더 소란스러워졌다. 미처 우장을 갖추지 못한 사람들이 차창 밖의 비를 확인하며 다소 투덜거렸다. 그건 나 역시 마찬가지였다. 아침에 아내가 쥐여 주던 우산을 물리친 것이 후회됐다.

두 명이 앉을 수 있는 내 앞좌석에는 할머니와 청년이 함께 앉아 있었다. 얼핏 보니 할머니 손에는 잘 접힌 우산이 들려져 있었다. 이윽고 몇 정류장을 더 갔을 때 할머니는 버스에서 내리려고 일어서셨다. 그런데 할머니의 손에는 우산과 함께 들고 있던 작은 지갑만 들려 있을 뿐 우산은 들려 있지 않았다. 창밖의 빗줄기는 조금씩 굵어지고 있었는데 말이다.

착한 인상의 옆자리의 청년이 황급히 할머니를 불러 세웠다. "할머니 우산 빠뜨리셨어요!" 그러자 할머니가 그 청년을 돌아보며 이렇게 말했다. "학생, 이 우산은 원래 그 자리에 있었던 거여. 나보다 앞서 그 자리에 앉았던 이가 놓고 내린 겨. 누가 잃어버린 물건은 그냥 그 자리에 놔두는 게 상책이여."

김승옥 선생님의 말씀

1960년대, 한국 소설 문단은 김승옥이라는 천재의 등장으로 일대 전환기를 맞이했다. 김승옥 이전의 작가들은 일제 강점기에 학교 교육을 받기 시작해서 소설 문장이 고답적이었고 전쟁이라는 상처에 얽매여 지극히 실존적이고 암울한 세계인식의 틀을 벗어나지 못했다. 하지만 김승옥은 달랐다. 그는 한글로 교육받은 세대답게 근대적 개인의 정체성을 포착하는 위트와 지적 세련을 동반한 문체로 한국소설에 감수성의 혁명을 불러일으켰던 것이다.

나는 선생님의 주례로 결혼식을 올렸다. 그리된 데는 내가 당선되던 1999년 한국일보 신춘문예 소설부문에 선생께서 심사를 맡아보신 소이연이 있다. 아니 아무리 그랬다 해도 내가 작가 김승옥의 문체에 뜨겁게 감염됐던 개인적인 체험을 가지고 있지 않다면 언감생심 선생께 주례를 청했을 리는 만무했을 것이다.

결혼식 당일, 이윽고 주례가 시작됐다. 나는 떨리는 가슴을 진정시키며 선생의 말씀을 한마디라도 놓치지 않으려고 아랫입술을 지그시 깨물었다. 선생은 말씀하셨다. "작가는 통장과 전답을 갖지 않아야 한다." 작가란 무릇 물욕에서 자유로워야 참다운 문학을 할 수 있다는 말씀이었다.

그리고 정확히 13년이 흘렀다. 그날 이후 내가 선생의 말씀을 온전히 지키고 있는지는 의문이지만, 그날의 그 뜨거운 기억과 가슴속의 맹세는 아직까지 내 속에서 꿈틀거리면서 스스로를 삼가게 하고 있다.

책을 펴낸다는 것

자신의 책을 가지고 싶다는 것은 현대인의 거의 본능과도 같은 욕망일 것이다. 그런데 처세나 처신에 대한 알량한 경험칙을 토대로 적당한 경구나 에피그램 등을 뒤섞어 본문을 만들고, 그것을 트렌디한 입맛을 자극하는 문구로 표현된 목차에 따라 배치해서 엉터리 자기계발서를 내는 사람들이 무척 많다고 한다. 그 의도 또한 순수하지 못한데, 대개 자신의 커리어와 포트폴리오를 강화하기 위해, 다시 말해 '저자'라는 이름을 갖기 위해 책을 낸다는 것이다. 그러곤 해당 분야의 전문가를 자처하면서 사회교육원 같은 여러 곳에서 강의를 하거나 자신의 이름을 딴 컨설팅 브랜드를 만들어 수익을 올린다고 한다. 더 웃긴 것은 그런 책들이 기업이나 도서관에 기증의 형태로 납품되는 등 실제로 적지 않게 유통된다는 것이고, 그 결과 그 엉터리 책의 저자들이 명사 대접을 받으면서 이 사회에 가짜 유토피아의 환상을 전파하고 다닌다는 것이다. 또한 이런 책들만을 제작하기 위해 만들어진 출판대행업체와 그 프로세스를 코칭해주는 사람들까지 성업 중이란다. "당신도 책을 쓸 수 있다."가 그들이 내건 카피라는데, 이걸 속성으로 가르치면서 수강료로 기백에서 많게는 천만 원까지 받는다고. 양심도 없고 이성도 없고 불량한 양심을 감시하는 눈도 없다. 고독과 무관심 속에서 한 줄의 진실된 문장을 길어 올리기 위해 불면의 밤을 보내는 작가들에게 미안하지도 않을까. 그런 것들이 다 먹고 살자고 하는 일이라는 데 생각이 미치면 심사는 더 복잡해진다.

글 쓰는 삶

등단이란 걸 하고 작품활동을 시작한 것과 출판사에서 편집자 일을 시작한 것이 올해로 16년째인데, 그 기간 동안 나는 나의 직업적인 신분상 글쓰기의 사회적 조건과 환경에 대해 비상한 관심을 가질 수밖에 없었다. 그런데 내 관찰에 의하면 지금이 그 어느 때보다도 많은 사람이 글을 쓰는 시절인 것 같다. 여러 가지 이유가 있겠지만 스마트 기기의 보급으로 SNS가 널리 이용되면서 글쓰기의 환경, 즉 쓰는 자와 읽는 자의 호환관계가 그 어느 때보다도 활발해지고 편리해진 것이 가장 큰 이유인 것 같다. 글쓰기를 통한 표현의 욕구가 과거에 비해 많아진 것 아닌가, 라고 보는 건 무리일 것이다. 예나 지금이나 자신의 내면을 들여다보고 자기 안에 드리워진 생각이나 느낌을 글을 통해 끄집어내고 싶은 욕구는 동일하게 있어왔는데, 그것이 지금에 이르러 외부적, 기술적 조건과 맞아떨어지며 '빅뱅'을 일으킨 것으로 보는 게 맞을 것이다. 이제는 누구나 마음만 먹으면 잠재적인 작가writer가 될 수 있다. 실제로 블로그나 페이스북에 올린 글이 호응을 얻어 책을 내는 사람들이 얼마나 많은가. 그럼에도 여전히 글쓰기를, 어떤 특정한 자격이 주어져야만 할 수 있는 비기로 받아들여 주저하는 분들이 있다. 나는 그런 사람이 주변에 있으면 이런 말을 해주곤 했다. "글쓰기는 자신을 사랑하는 가장 적극적인 행위이다. 당신 자신을 사랑한다면 글을 써라." 노벨문학상을 수상한 미국 작가 토니 모리슨 역시 글쓰기를 주저하는 사람에게 이런 말을 했다. "당신이 읽고 싶은 책이 세상에 없다면, 당신이 그것을 써라." 자, 사정이 이런데도 안 쓸 텐가? 마지막으로

한 마디 더 최후의 일격 같은 말을 던진다면, "글 쓰는 것만으로도 당신의 삶은 지금보다 30퍼센트는 훌륭해질 수 있다."

탐욕과 위선

나는 주변 사람들에게 종종 보수의 탐욕보다 진보의 위선을 더 경멸한다, 라는 말을 해왔다. 그러면서 오해도 많이 받았다. 하지만 내 입장은 비교적 단순한 데서 온 것이다. 탐욕이 나쁜 것은 세상 사람들이 다 알지만, 위선은 사실 잘 안 보여서 교묘한 것이라는 생각에서. 처음엔 좋은 뜻으로 시작한 일에, 사람과 돈과 이목이 쏠리면 나쁜 욕망이라는 게 따라붙기 마련인 것 같다. 사람이 하는 일이란 게 그렇게 되어 있는 듯. 그래서, 그렇기 때문에 더더욱 '선'이나 '정의'라는 이름을 내걸고 하는 일에는 좀 더 철저하고 엄격한 내부단속이 필요하다. 적어도 심리적인 측면에서는 예측하지 못했던 폭력이나 도덕적 타락이 더 큰 상처를 입힌다. 평소 히틀러와 나치에 대한 글을 많이 찾아서 읽는 편인데, 나치가 정치적 목적과 그에 부합하는 정책을 추구하는 일개 정당에서 결국 수백만의 인명을 살해한 거대한 범죄권력집단이 된 것도 그 안에 엄격한 내부감시 기능과 자정능력이 없었기 때문이다. 전두환을 위시한 신군부 세력도 그렇고 폴 포트의 크메르루즈도 그렇다. 나치가 항복을 선언하기 직전까지도 대다수의 독일 국민은, (비록 괴벨스의 천재적인 선전술에 속은 것이지만) 자신들이 세계대전의 승리국이 될 것을 의심하지 않았고, 자신들이 지지한 정권이 시작한 전쟁을 정의의 전쟁이라고 생각했다. 아마 나치가 승리했다면, 당연히 뉘른베르크 재판도 없었을 것이며, 그들의 범죄는 매우 공고하게 그리고 조직적으로 은폐되었을 것이다. 우리가 지금 정부나 정치꾼, 미국과 일본의 우익, 일부 시민사회 단체의 위선에 둔감한 것처럼.

위선의 역설

위선이란 어쩌면 현대인에게는 피할 수 없는 숙명 같은 것인지도 모르겠다. 학습에 의해 만들어진 도덕적 판단과 현세적 욕망은 언제나 뒤틀리면서 부딪치고 사람들에게 모순과 분열의 고통을 안기기 때문이다. 그래서 그런지 위선이 드러나는 방식도 매우 복잡다기한 것 같다. 예컨대 사람들에게 거의 천연적으로 입력되어 있는 프로그램 중에는 이성이나 감정의 명령에 반대 방향을 선택함으로 그것에 연루된 어떤 욕망을 원천적으로 초월하려는 기제 같은 게 있는데, 이것 역시 사람들이 '위선'이라고 쉽게 오해하는 것이기도 하다. 예컨대 화가 A와 B가 필생의 라이벌 관계라고 가정하자. 사람들도 그걸 모두 알고 있다. 그런데 A와 B는 사람들이 자신들을 라이벌이라고 부르는 것이 지긋지긋하다. 그럼에도 계속 상대방이 의식되고 상대방을 넘어서고 싶은 것도 사실이다. 그런데 어느 날 A에게 중요한 미술분야의 수상자를 결정할 수 있는 최종적인 권한이 주어진다. 수상 후보 중에는 B의 애제자도 있다. 본능적인 감정의 명령은 당연히 B의 애제자를 수상자에서 배제하는 것이다. 하지만 A는 본능의 명령을 거역해 B의 애제자를 수상자로 결정한다. 그럼으로써 자신과 B 사이에 오랫동안 드리워진, 자신을 속박하고 억압해온 욕망의 그늘을 스스로 해제하고자 한다. 우리는 이것을 무엇이라고 부를 수 있을까. 과연 위선이라고 쉽게 단정할 수 있을까? 아니면 위선의 역설인가?